中国古典文学名著丛书

搜神记 世说新语

U0733787

[晋] 干宝等 著

华夏出版社
HUAXIA PUBLISHING HOUSE

图书在版编目（CIP）数据

搜神记 世说新语／（晋）干宝等著. —北京：华夏
出版社，2013.01（2024.09重印）
　　（中国古典文学名著丛书）
　　ISBN 978 – 7 – 5080 – 6362 – 1

　　Ⅰ. ①搜… Ⅱ. ①干… Ⅲ. ①笔记小说 – 中国 – 东晋
时代②笔记小说 – 中国 – 南朝时代 Ⅳ. ①I242.1

　　中国版本图书馆 CIP 数据核字（2011）第 083809 号

出版发行：华夏出版社
　　　　　（北京市东直门外香河园北里 4 号　邮编 100028）
经　　销：新华书店
印　　制：永清县晔盛亚胶印有限公司
版　　次：2013 年 01 月北京第 1 版
　　　　　2024 年 09 月北京第 2 次印刷
开　　本：670×970　1/16 开
印　　张：15.5
字　　数：230.6 千字
定　　价：40.00 元

本版图书凡印制、装订错误，可及时向我社发行部调换

前　言

　　本书是《搜神记》和《世说新语》的合集。

　　《搜神记》是东晋时期的一部神话志怪小说集。小说的作者干宝（？～336），字令升，河南新蔡人，东晋史学家。作者在《晋书·干宝传》中说他有感于生死之事，"遂撰集古今神祇灵异人物变化，名为《搜神记》"，想通过搜集前人著述及传说故事，证明鬼神确实存在。全书共20卷，搜集了古代的神异故事454个。

　　《搜神记》的内容十分丰富，有神仙术士的变幻，有精灵物怪的神异，有妖祥卜梦的感应，有佛道信仰的因果报应，还有人神、人鬼的交通恋爱等。其中保留了相当一部分西汉传下来的历史神话传说和魏晋时期的民间故事，这些故事优美动人，深受人们的喜爱。神话，如卷十四的"盘瓠神话"，是关于古时蛮族始祖起源的猜测；"蚕马神话"是有关蚕丝生产的神话。历史传说，如卷十一"干将莫邪"讲述的复仇故事；卷十六紫玉传说，讲述吴王小女的生死爱情。民间故事，如卷十一"东海孝妇"，讲述孝妇周青蒙冤的故事。《搜神记》不仅继承了中国古代幻想作品的优秀特质，更博采众长，将神话、魔幻、武侠、言情、地理、人文、上古历史糅于一体，以史诗般的笔触再现中华民族文明起源的洪荒时代，重构瑰丽雄奇的中华神话，故事大多篇幅短小，情节简单，设想奇幻，极富浪漫主义色彩。《搜神记》是集我国古代神话传说之大成的著作，开创了我国古代神话小说的先河，对后世影响深远，如唐代传奇故事中蒲松龄的《聊斋志异》、神话戏《天仙配》及后世的许多小说、戏曲，都和它有着密切的联系。

　　《世说新语》是南北朝时期的一部笔记小说，由南朝刘宋宗室临川王刘义庆（403～444年）组织一批文人编写而成，全书共三卷，分为德行、言语、政事、文学、方正、雅量等36类，每类收若干则故事，共1200多则。

　　《世说新语》记述了自汉魏至东晋士族阶层的逸闻轶事，反映了当时士大夫们的思想、生活和清谈放诞的风气。书中所载均属历史上实有的人物,但他们的言论或故事则有一部分出于传闻,不尽符合史实。尽管如此,小说仍反映了门阀世族的思想风貌,保存了社会、政治、思想、文学、语言等方面史料,触及社会生活的各个方面,可以说是一部对于当时社会生活进行包罗万象式描写的书,被鲁迅先生称为"一部明士的教科书"。

《世说新语》在艺术上有较高的成就,鲁迅先生曾把它的艺术特色概括为"记言则玄远冷隽,记行则高简瑰奇"。小说中的每则故事,文字长短不一,有的数行,有的三言两语,语言简约传神,含蓄隽永,如《俭啬》:"王戎有好李,卖之恐人得其种,恒钻其核",仅用16个字,就写出了王戎贪婪吝啬的本性。《世说新语》刻画人物形象及表现手法灵活多样,对人物的描写有的重在形貌,有的重在才学,有的重在心理,但集中到一点,就是重在表现人物的特点,通过独特的言谈举止写出了独特人物的独特性格,使之气韵生动、活灵活现、跃然纸上。如《雅量》记述顾雍在群僚围观下棋时,得到丧子噩耗,竟强压悲痛,"虽神气不变,而心了其故。以爪掐掌,血流沾褥"。一个细节就生动地表现出顾雍的个性。

《世说新语》问世以来,一直受到人们的推崇,对后世有着十分深刻的影响,许多故事流传甚广,不少戏剧、小说也都取材于它,如关汉卿的杂剧《玉镜台》、罗贯中的《三国演义》等。

此次再版,我们对原书中的笔误、缺漏和难解字词进行了更正、校勘和释义,对原书原来缺字的地方用□表示了出来,以方便读者阅读。由于时间仓促,水平有限,其中难免有所疏失,望专家和读者予以指正。

编　者
2011 年 5 月

篇 目 目 录

搜　神　记

搜神记原序

晋散骑常侍新蔡干宝令升撰

　　虽考先志于载籍，收遗逸于当时，盖非一耳一目之所亲闻睹也，又安敢谓无失实者哉。卫朔失国，二传互其所闻，吕望事周，子长存其两说。若此比类，往往有焉。从此观之，闻见之难，由来尚矣。夫书赴告之定辞，据国史之方册，犹尚若此；况仰述千载之前，记殊俗之表，缀片言于残阙，访行事于故老，将使事不二迹，言无异途，然后为信者，固亦前史之所病；然而国家不废注记之官，学士不绝诵览之业，岂不以其所失者小，所存者大乎。今之所集，设有承于前载者，则非余之罪也。若使采访近世之事，苟有虚错，愿与先贤前儒，分其讥谤。及其著述，亦足以发明神道之不诬也。群言百家，不可胜览；耳目所受，不可胜载。亦粗取足以演八略之旨，成其微说而已。幸将来好事之士，录其根体，有以游心，寓目，而无尤焉。

作者：干宝等编著

目　　录

卷　　一

神农以赭鞭鞭百草,尽知其平毒寒温之性,臭味所主,以播百谷,故天下号神农也。

赤松子者,神农时雨师也,服冰玉散,以教神农,能入火不烧。至昆仑山,常入西王母石室中,随风雨上下。炎帝少女追之,亦得仙,俱去。至高辛时,复为雨师,游人间。今之雨师本是焉。

赤将子轝者,黄帝时人也。不食五谷,而啖百草华。至尧时,为木工。能随风雨上下。时于市门中卖缴,故亦谓之缴父。

宁封子,黄帝时人也。世传为黄帝陶正,有异人过之,为其掌火。能出五色烟。久则以教封子,封子积火自烧,而随烟气上下。视其灰烬,犹有其骨。时人共葬之宁北山中。故谓之宁封子。

偓佺者,槐山采药父也。好食松实。形体生毛,长七寸。两目更方。能飞行逐走马。以松子遗尧,尧不暇服。松者,简松也。时受服者,皆三百岁。

彭祖者,殷时大夫也。姓钱,名铿。帝颛顼之孙,陆终氏之中子。历夏而至商末,号七百岁。常食桂芝。历阳有彭祖仙室。前世云:祷请风雨,莫不辄应。常有两虎在祠左右。今日祠之讫地,则有两虎迹。

师门者,啸父弟子也。能使火。食桃葩。为孔甲龙师。孔甲不能修其心意,杀而埋之外野。一旦,风雨迎之。山木皆燔。孔甲祠而祷之,未还而死。

前周葛由,蜀羌人也。周成王时,好刻木作羊卖之。一旦,乘木羊入蜀中,蜀中王侯贵人追之,上绥山绥山多桃,在峨眉山西南,高无极也。随之者不复还,皆得仙道。故里谚曰:"得绥山一桃,虽不能仙,亦足以豪。"山下立祠数十处。

崔文子者,泰山人也。学仙于王子乔。子乔化为白蜺,而持药与文子。文子惊怪,引戈击蜺,中之,因堕其药。俯而视之,王子乔之尸也。置之室中,覆以敝筐。须臾,化为大鸟。开而视之,翻然飞去。

冠先,宋人也。钓鱼为业。居睢水旁,百余年,得鱼,或放,或卖,或自食之。常冠带,好种荔,食其葩实焉。宋景公问其道,不告,即杀之。后数十年,踞宋城门上,鼓琴,数十日乃去。宋人家家奉祠之。

琴高,赵人也。能鼓琴。为宋康王舍人。行涓彭之术,浮游冀州、涿郡间二百余年。后辞入涿水中,取龙子,与诸弟子期之。曰:"明日皆洁斋候。"于水旁设祠屋。果乘赤鲤鱼出,来坐祠中。且有万人观之。留一月,乃复入水去。

陶安公者,六安铸冶师也。数行火。火一朝散上,紫色冲天。公伏冶下求哀。须臾。朱雀止冶上,曰:"安公!安公!冶与天通。七月七日,迎汝以赤龙。"至时,安公骑之,从东南去。城邑数万人,豫祖安送之,皆辞诀。

有人入焦山七年,老君与之木钻,使穿一盘石,石厚五尺,曰:"此石穿;当得道。"积四十年,石穿,遂得神仙丹诀。

鲁少千者,山阳人也。汉文帝尝微服怀金过之,欲问其道。少千拄金杖,执象牙扇,出应门。

淮南王安,好道术。设厨宰以候宾客。正月上午,有八老公诣门求见。门吏曰王,王使吏自以意难之,曰:"吾王好长生,先生无驻衰之术,未敢以闻。"公知不见,乃更形为八童子,色如桃花。王便见之,盛礼设乐,以享八公。援琴而弦 歌曰:"明明上天,照四海兮。知我好道,公来下兮。公将与余,生羽毛兮。升腾青云,蹈梁甫兮。观见三光,遇北斗兮。驱乘风云,使玉女兮。"今所谓淮南操是也。

刘根,字君安。京兆长安人也。汉成帝时,入嵩山学道。遇异人授以秘诀,遂得仙。能召鬼。颍川太守史祈以为妖,遣人召根,欲戮之。至府,语曰:"君能使人见鬼,可使形见。不者,加戮。"根曰:"甚易。"借府君前笔砚书符,因以叩几;须臾,忽见五六鬼,缚二囚于祈前。祈熟视,乃父母也。向根叩头曰:"小儿无状,分当万死。"叱祈曰:"汝子孙不能光荣先祖,何得罪神仙,乃累亲如此。"祈哀惊悲泣,顿首请罪。根默然忽去,不知所之。

汉明帝时,尚书郎河东王乔,为邺令。乔有神术,每月朔,尝自县诣台。帝怪其来数,而不见车骑;密令太史候望之。言其临至时,辄有双凫,从东南飞来。因伏伺,见凫,举罗张之,但得一双舄。使尚书识视,四年中所赐尚书官属履也。

蓟子训,不知所从来。东汉时,到洛阳见公卿,数十处,皆持斗酒片脯候之。曰:"远来无所有,示致微意。"坐上数百人,饮啖终日不尽。去后,皆见白云起,从旦至暮。时有百岁公说:小儿时见训卖药会稽市,颜色如此。训不乐住洛,遂遁去。正始中,有人于长安东霸城,见与一老公共摩挲铜人,相谓曰:"适见铸此,已近五百岁矣。"见者呼之曰:"蓟先生小住。"并行应之。视若迟徐,而走马不及。

汉阴生者,长安渭桥下乞小儿也。常于市中丐,市中厌苦,以粪洒之。旋复在市中乞,衣不见污如故。长吏知之,械收系,着桎梏,而续在市乞。又械欲杀之,乃去。洒之者家,屋室自坏,杀十数人。长安中谣言曰:"见乞儿与美酒,以免破屋之咎。"

谷城乡平常生,不如何所人也。数死而复生。时人为不然。后大水出,所害非一,而平辄在缺门山上大呼言:平常生在此。云复雨,水五日必止。止,则上山求祠之。但见平衣杖革带。后数十年,复为华阴市门卒。

左慈,字符放,庐江人也。少有神通。尝在曹公座,公笑顾众宾曰:"今日高会,珍馐略备。所少者,吴松江鲈鱼为脍。"放曰:"此易得耳。"因求铜盘贮水,以竹竿饵钓于盘中,须臾,引一鲈鱼出。公大拊掌,会者皆惊。公曰:"一鱼不周坐客,得两为佳。"放乃复饵钓之。须臾,引出,皆三尺余,生鲜可爱。公便自前脍之,周赐座席。公曰:"今既得鲈,恨无蜀中生姜耳。"放曰:"亦可得也。"公恐其近道买,因曰:"吾昔使人至蜀买锦,可敕人告吾使;使增市二端。"人去,须臾还,得生姜。又云:"于锦肆下见公使,已敕增市二端。"后经岁余,公使还,果增二端。问之,云:"昔某月某日,见人于肆下,以公敕敕之。"后公出近郊,士人从者百数,放乃赍酒一罂,脯一片,手自倾罂,行酒百官,百官莫不醉饱。公怪,使寻其故。行视沽酒家,昨悉亡其酒脯矣。公怒,阴欲杀放。放在公座,将收之,却入壁中,霍然不见。乃募取之。或见于市,欲捕之,而市人皆放同形,莫知谁是。后人遇放于阳城山头,因复逐之。遂走入羊群。公知不可得,乃令就羊中告之,曰:"曹公不复相杀,本试君术耳。今既验,但欲与相见。"忽有一老羝,屈前两膝,人立而言曰:"遽如许。"人即云:"此羊是。"竞往赴之。而群羊数百,皆变为羝,并屈前膝,人立,云:"遽如许。"于是遂莫知所取焉。老子曰:"吾之所以为大患者,以吾有身也;及吾无身,吾有何患哉。"

若老子之俦,可谓能无身矣。岂不远哉也。

孙策欲渡江袭许,与于吉俱行、时大旱。所在熇厉,策催诸将士,使速引船,或身自早出督切。见将吏多在吉许。策因此激怒,言:"我为不如吉耶? 而先趋附之。"便使收吉至,呵问之曰:"天旱不雨,道路艰涩,不时得过。故自早出,而卿不同忧戚,安坐船中,作鬼物态,败吾部伍。今当相除。"令人缚置地上暴之,使请雨若能感天,日中雨者,当原赦;不尔,行诛。俄而云气上蒸,肤寸而合;比至日中,大雨总至,溪涧盈溢。将士喜悦,以为吉必见原,并往庆慰。策遂杀之。将士哀惜,藏其尸。天夜,忽更兴云覆之。明旦往视,不知所在。策既杀吉,每独坐,仿佛见吉在左右。意深恶之,颇有失常。后治疮方差,而引镜自照,见吉在镜中,顾而佛见。如是再三。扑镜大叫,疮皆崩裂,须臾而死。(吉,琅琊人,道士。)

介琰者,不知何许人也。住建安方山,从其师白羊公杜受玄一无为之道。能变化隐形。尝往来东海,暂过秣陵,与吴主相闻。吴主留琰,乃为琰架宫庙,一日之中,数遣人往问起居。琰或为童子,或为老翁,无所食啖,不受饷遗。吴主欲学其术,琰以吴主多内御,积月不教。吴主怒,敕缚琰,着甲士引弩射之。弩发,而绳缚犹存不知琰之所之。

吴时有徐光者,尝行术于市里:从人乞瓜,其主勿与,便从索瓣,杖地种之;俄而瓜生,蔓延,生花,成实;乃取食之,因赐观者。鬻者反视所出卖,皆亡耗矣。凡言水旱甚验。过大将军孙綝门,褰衣而趋,左右垂践。或问其故。答曰:"流血臭腥不可耐。"綝闻恶而杀之。斩其首,无血。及綝废幼帝,更立景帝,将拜陵,上车,有大风荡綝车,车为之倾。见光在松树上拊手指挥嗤笑之,綝问侍从,皆无见者。俄而景帝诛綝。

葛玄,宅孝先,从左元放受九丹液仙经。与客对食,言及变化之事,客曰:"事毕,先生作一事特戏者。"玄曰:"君得无即欲有所见乎?"乃漱口中饭,尽变大蜂数百,皆集客身,亦不螫人。久之,玄乃张口,蜂皆飞入,玄嚼食之,是故饭也。又指虾蟆及诸行虫燕雀之属,使舞,应节如人。冬为客设生瓜枣,夏致冰雪。又以数十钱使人散投井中,玄以一器于井上呼之,钱一一飞从井出。为客设酒,无人传杯,杯自至前,如或不尽,杯不去也。尝与吴主坐楼上,见作请雨土人,帝曰:"百姓思雨,宁可得乎?"玄曰:"雨易得耳!"乃书符着社中,顷刻间,天地晦冥,大雨流淹。帝曰:"水中有鱼乎?"玄复书符掷水中,须臾,有大鱼数百头。使人治之。

　　吴猛,濮阳人。仕吴,为西安令,因家分宁。性至孝。遇至人丁义,授以神方;又得秘法神符,道术大行。尝见大风,书符掷屋上,有青乌衔去。风即止。或问其故。曰:"南湖有舟,遇此风,道士求救。"验之果然。西安令于庆死,已三日,猛曰:"数未尽,当诉之于天。"遂卧尸旁,数日,与令俱起。后将弟子回豫章,江水大急,人不得渡;猛乃以手中白羽扇画江水,横流,遂成陆路,徐行而过,过讫,水复。观者骇异。尝守浔阳,参军周家有狂风暴起,猛即书符掷屋上,须臾风静。

　　园客者,济阴人也。貌美,邑人多欲妻之,客终不娶。尝种五色香草,积数十年,服食其实。忽有五色神蛾,止香草之上,客收而荐之以布,生桑蚕焉。至蚕时,有神女夜至,助客养蚕,亦以香草食蚕。得茧百二十头,大如瓮,每一茧缫六七日乃尽。缫讫,女与客俱仙去,莫知所如。

　　汉,董永,千乘人。少偏孤,与父居肆,力田亩,鹿车载自随。父亡,无以葬,乃自卖为奴,以供丧事。主人知其贤,与钱一万,遣之。永行,三年丧毕,欲还主人,供其奴职。道逢一妇人曰:"愿为子妻。"遂与之俱。主人谓永曰:"以钱与君矣。"永曰:"蒙君之惠,父丧收藏,永虽小人,必欲服勤致力,以报厚德。"主曰:"妇人何能?"永曰:"能织。"主曰:"必尔者,但令君妇为我织缣百疋。"于是永妻为主人家织,十日而毕。女出门,谓永曰:"我,天之织女也。缘君至孝,天帝令我助君偿债耳。"语毕,凌空而去而去,不知所在。

　　初,钩弋夫人有罪,以谴死,既殡,尸不臭,而香闻十余里。因葬云陵,上哀悼之。又疑其非常人,乃发冢开视,棺空无尸,惟双履存一云。昭帝即位,改葬之,棺空无尸,独丝履存焉。

　　汉时有杜兰香者,自称南康人氏。以建业四年春,数诣张传。传年十七,望见其车在门外,婢通言:"阿母所生,遗授配君,可不敬从?"传,先名改硕,硕呼女前,视,可十六七,说事邈然久远。有婢子二人:大者萱支,小者松支。钿车青牛上,饮食皆备。作诗曰:"阿母处灵岳,时游云霄际。众女侍羽仪,不出塘宫外。飘轮送我来,岂复耻尘秽。从我与福俱,嫌我与祸会。"至其年八月旦,复来,作诗曰:"逍遥云汉间,呼吸发九嶷。流汝不稽路,弱水何不之。"出薯子三枚,大如鸡子,云:"食此,令君不畏风波,辟寒温。"硕食二枚,欲留一,不肯,令硕食尽。言:"本为君作妻,情无旷远,以年命未合,且小乖,大岁东方卯,当还求君。"兰香降时,硕问祷祀何如。香曰："消魔自可愈疾，淫祀无益。"香以药为消魔。

魏济北郡从事掾弦超，字义起，以嘉平中夜独宿，梦有神女来从之。自称："天上玉女，东郡人，姓成公，字知琼，早失父母，天帝哀其孤苦，遣令下嫁从夫。"超当其梦也，精爽感悟，嘉其美异，非常人之容，觉寤钦想，若存若亡，如此三四夕。一旦，显然来游，驾辎軿车，从八婢，服绫罗绮绣之衣，姿颜容体，状若飞仙，自言年七十，视之如十五六女。车上有壶榼，青白琉璃五具。食啖奇异，馔具醴酒，与超共饮食。谓超曰："我，天上玉女，见遣下嫁，故来从君，不谓君德。宿时感运，宜为夫妇。不能有益，亦不能为损。然往来常可得驾轻车，乘肥马，饮食常可得远味，异膳，缯素常可得充用不乏。然我神人，不为君生子，亦无妒忌之性，不害君婚姻之义。遂为夫妇。"赠诗一篇，其文曰："飘浮勃逢敖，曹云石滋芝。一英不须润，至德与时期。神仙岂虚感，应运来相之。纳我荣五族，逆我致祸菑。"此其诗之大较，其文二百余言，不能尽录。兼注易七卷，有卦，有象，以象为属。故其文言既有义理，又可以占吉凶，犹扬子之太玄，薛氏之中经也。超皆能通其旨意，用之占候，作夫妇经。七八年，父母为超娶妇之后，分日而燕，分夕而寝，夜来晨去，倏忽若飞，唯超见之，他人不见。虽居暗室，辄闻人声，常见踪迹，然不睹其形。后人怪问，漏泄其事；玉女遂求去。云："我，神人也。虽与君交，不愿人知，而君性疏漏，我今本末已露，不复与君通接。积年交结，恩义不轻；一旦分别，岂不怆恨？势不得不尔。各自努力！"又呼侍御下酒，饮啖，发簏，取织成裙衫两副遗超。又赠诗一首，把臂告辞，涕泣流离，肃然升车，去若飞迅。超忧感积日，殆至委顿。去后五年。超奉郡使至洛，到济北鱼山下，陌上西行，遥望曲道头有一马车，似知琼。驱驰至前，果是也。遂披帷相见，悲喜交切。控左援绥，同乘至洛。遂为室家，克复旧好。至太康中，犹在。但不日日往来，每于三月三日，五月五日，七月七日，九月九日旦，十五日辄下，往来经宿而去。张茂先为之作神女赋。

卷　二

寿光侯者,汉章帝时人也。能劾百鬼众魅,令自缚见形。其乡人有妇为魅所病,侯为劾之,得大蛇数丈,死于门外,妇因以安。又有大树,树有精,人止其下者死,鸟过之亦坠。侯劾之,树盛夏枯落,有大蛇,长七八丈,悬死树间。章帝闻之,征问。对曰:"有之。"帝曰:"殿下有怪,夜半后,常有数人,绛衣,披发,持火相随。岂能劾之?"侯曰:"此小怪,易消耳。"帝伪使三人为之。侯乃设法,三人登时仆地,无气。帝惊曰:"非魅也,朕相试耳。"即使解之。或云:"汉武帝时,殿下有怪常见,朱衣,披发,相随,持烛而走。帝谓刘凭曰:'卿可除此否?'凭曰:'可。'乃以青符掷之,见数鬼倾地。帝惊曰:'以相试耳。'解之而苏。"

樊英,隐于壶山。尝有暴风从西南起,英谓学者曰:"成都市火甚盛。"因含水嗽之。乃命计其时日,后有从蜀来者,云:"是日大火,有云从东起,须臾大雨火遂灭。"

闽中有徐登者,女子化为丈夫,与东阳赵昺,并善方术。时遭兵乱,相遇于溪,各矜其所能。登先禁溪水为不流,昺次禁杨柳为生稊。二人相视而笑。登年长,昺师事之。后登身故,昺东入长安,百姓未知,昺乃升茅屋,据鼎而爨。主人惊怪,昺笑而不应,屋亦不损。

赵昺尝临水求渡,船人不许。昺乃张帷盖,坐其中,长啸呼风,乱流而济。于是百姓敬服,从者如归。长安令恶其惑众,收杀之。民为立祠于永康,至今蚊蚋不能入。

徐登、赵昺,贵尚清俭,祀神以东流水,削桑皮以为脯。

陈节访诸神,东海君以织成青襦一领遗之。

宣城边洪,为广阳领校,母丧归家。韩友往投之,时日已暮,出告从者:"速装束,吾当夜去。"从者曰:"今日已暝,数十里草行,何急复去?"友曰:"此间血覆地,宁可复住。"苦留之,不得。其夜,洪欻发狂,绞杀两子,并杀妇。又斫父婢二人,皆被创,因走亡,数日,乃于宅前林中得之,已自经死。

鞠道龙,善为幻术。尝云:"东海人黄公,善为幻,制蛇,御虎。常佩赤金刀。及衰老，饮酒过度。秦末，有白虎见于东海，诏遣黄公以赤刀往厌之；术既不行，遂为虎所杀。"

谢纠，尝食客，以朱书符投井中，有一双鲤鱼跳出，即命作脍。一坐皆得遍。

晋永嘉中，有天竺胡人，来渡江南。其人有数术：能断舌复续，吐火。所在人士聚观。将断时，先以舌吐示宾客，然后刀截，血流覆地，乃取置器中，传以示人，视之舌头，半舌犹在，既而还取含续之。坐有顷，坐人见舌则如故，不知其实断否。其续断，取绢布，与人合执一头，对翦中断之；已而取两断合视，绢布还连续，无异故体。时人多疑以为幻，阴乃试之，真断绢也。其吐火，先有药在器中，取火一片，与黍（食唐）合之，再三吹呼，已而张口，火满口中，因就爇取以炊，则火也。又取书纸及绳缕之属，投火中，众共视之，见其烧爇了尽；乃拨灰中，举而出之，故向物也。

扶南王范寻养虎于山，有犯罪者，投与虎，不噬，乃宥之。故山名大虫，亦名大灵。又养鳄鱼十头，若犯罪者，投与鳄鱼，不噬，乃赦之，无罪者皆不噬。故有鳄鱼池。又尝煮水令沸，以金指环投汤中，然后以手探汤：其直者，手不烂，有罪者，入汤即焦。

戚夫人侍儿贾佩兰，后出为扶风人段儒妻，说："在宫内时，尝以弦管歌舞相欢娱，竞为妖服以趋良时。十月十五日，共入灵女庙，以豚黍乐神，吹笛，击筑，歌上灵之曲。既而相与连臂踏地为节，歌赤凤皇来，乃巫俗也。至七月七日，临百子池，作于阗乐，乐毕，以五色缕相羁，谓之'相连绶。'八月四日，出雕房北户，竹下围棋。胜者，终年有福；负者，终年疾病。取丝缕，就北辰星求长命，乃免。九月，佩茱萸，食蓬饵，饮菊花酒，令人长命。菊花舒时，并采茎叶，杂黍米酿之，至来年九月九日始熟，就饮焉，故谓之'菊花酒。'正月上辰，出池边盥濯，食蓬饵，以被妖邪。三月上巳，张乐于流水。如此终岁焉。"

汉武帝时，幸李夫人，夫人卒后，帝思念不已。方士齐人李少翁，言能致其神。乃夜施帷帐，明灯烛，而令帝居他帐遥望之。见美女居帐中，如李夫人之状，还幄坐而步，又不得就视。帝愈益悲感，为作诗曰："是耶？非耶？立而望之，偏婀娜，何冉冉其来迟！"令乐府诸音家弦歌之。

汉北海营陵有道人，能令人与已死人相见。其同郡人妇死已数年，闻而往见之，曰："愿令我一见亡妇，死不恨矣。"道人曰："卿可往见之。若闻鼓声，即出，勿留。"乃语其相见之术。俄而得见之；于是与妇言语，悲喜恩情如生。良久，闻鼓声，恨恨不能得住，当出户时，忽掩其衣裾户间，擊绝而去。至后岁余，此人身亡。家葬之，开冢，见妇棺盖下有衣裾。

吴孙休有疾，求覡视者，得一人，欲试之。乃杀鹅而埋于苑中，架小屋，施床几，以妇人屐履服物着其上。使覡视之，告曰："若能说此冢中鬼妇人形状者，当加厚赏，而即信矣。"竟日无言。帝推问之急，乃曰："实不见有鬼，但见一白头鹅立墓上，所以不即白之。疑是鬼神变化作此相，当候其真形而定。不复移易，不知何故，敢以实上。"

吴孙峻杀朱主，埋于石子冈。归命即位，将欲改葬之，冢墓相亚，不可识别。而宫人颇识主亡时所着衣服，乃使两巫各住一处，以伺其灵，使察鉴之，不得相近。久时，二人俱白见一女人，年可三十余，上着青锦束头，紫白袷裳，丹绨丝履，从石子冈上半冈，而以手抑膝长太息，小住须臾，更进一冢上，便止，徘徊良久，奄然不见。二人之言，不谋而合。于是开冢，衣服如之。

夏侯弘自云见鬼，与其言语。镇西谢尚所乘马忽死，忧恼甚至。谢曰："卿若能令此马生者，卿真为见鬼也。"弘去良久，还曰："庙神乐君马，故取之。今当活。"尚对死马坐，须臾，马忽自门外走还，至马尸间，便灭，应时能动，起行。谢曰："我无嗣，是我一身之罚。"弘经时无所告。曰："顷所见，小鬼耳，必不能辨此源由。"后忽逢一鬼，乘新车，从十许人，着青丝布袍。弘前提牛鼻，车中人谓弘曰："何以见阻？"弘曰："欲有所问。镇西将军谢尚无儿。此君风流令望，不可使之绝祀。"军中人动容曰："君所道正是仆儿。年少时，与家中婢通誓约不再婚，而违约；今此婢死，在天诉之，是故无儿。"弘具以告。谢曰："吾少时诚有此事。"弘于江陵，见一大鬼，提矛戟，有随从小鬼数人。弘畏惧，下路避之。大鬼过后，捉得一小鬼，问："此何物？"曰："杀人以此矛戟，若中心腹者，无不辄死。"弘曰："治此病有方否？"鬼曰："以乌鸡薄之，即差。"弘曰："今欲何行？"鬼曰："当至荆、扬二州尔。"时比日行心腹病，无有不死者，弘乃教人杀乌鸡以薄之，十不失八九。今治中恶辄用乌鸡薄之者，弘之由也。

卷　三

汉永平中，会稽钟离意，字子阿，为鲁相。到官，出私钱万三千文，付户曹孔诉，修夫子车。身入庙，拭几席剑履。男子张伯除堂下草，土中得玉璧七枚，伯怀其一，以六枚白意。意令主簿安置几前，孔子教授堂下床首有悬瓮，意召孔诉问："此何瓮也？"对曰："夫子瓮也。背有丹书，人莫敢发也，"意曰："夫子，圣人。所以遗瓮，欲以悬示后贤。"因发之。中得素书，文曰："后世修吾书，董仲舒。护吾车拭吾履，发吾笥，会稽钟离意。璧有七，张伯藏其一。"意即召问："璧有七，何藏一耶？"伯叩头出之。

段翳，字符章，广汉新都人也。习易经，明风角。有一生来学。积年，自谓略究要术，辞归乡里。翳为合膏药，并以简书封于筒中，告生曰："有急，发视之。"生到葭萌，与吏争度津。吏挝破从者头。生开筒得书，言："到葭萌，与吏斗，头破者，以此膏裹之。"生用其言，创者即愈。

右扶风臧仲英，为侍御史。家人作食，设案，有不清尘土投污之。炊临熟，不知釜处。兵弩自行。火从箧簏中起，衣物尽烧，而箧簏故完。妇女婢使，一旦尽失其镜；数日，从堂下掷庭中，有人声言："还汝镜。"女孙年三四岁，亡之，求，不知处；两三日，乃于圊中粪下啼。若此非一。汝南许季山者，素善卜卦，卜之，曰："家当有老青狗物、内中侍御者名益喜，与共为之。诚欲绝，杀此狗，遣益喜归乡里。"仲英从之，怪遂绝。后徙为太尉长史，迁鲁相。

太尉乔玄，字公祖，梁国人也。初为司徒长史，五月末，于中门卧，夜半后，见东壁正白，如开门明。呼问左右。左右莫见。因起自往手扪摸之，壁自如故。还床，复见。心大怖恐。其友应劭，适往候之，语次相告。劭曰："乡人有董彦兴者，即许季山外孙也。其探赜索隐，穷神知化，虽眭孟，京房，无以过也。然天性褊狭，羞于卜，筮者间来候师。"王叔茂谓往迎之。须臾，便与俱来。公祖虚礼盛馔，下席行觞。彦兴自陈："下土诸生，无他异分。币重言甘，诚有踧踖。颇能别者，愿得从事。"公祖辞让再三，尔乃听之，曰："府君当有怪，白光如门明者。然不为害也。六月上旬，鸡明时，闻南家哭，即吉。到秋节，迁北行，郡以金为名。位至将军三公。"公祖曰："怪异如此,救族不暇,何能致望于所不图? 此相饶耳。"至六月九日,未明。太尉杨秉暴薨。七月七日,拜钜鹿太守。"钜"边有金。后为"度辽将军,"历登三事。

管辂,字公明,平原人也。善易卜。安平太守东莱王基,字伯舆,家数有怪,使辂筮之。卦成,辂曰："君之卦,当有贱妇人,生一男,坠地,便走入灶中死。又,床上当有一大蛇,衔笔,大小共视,须臾便去。又,乌来入室中,与燕共斗,燕死,乌去。有此三卦。"基大惊曰："精义之致,乃至于此,幸为占其吉凶。"辂曰："非有他祸,直客(一作官。)舍久远,魑魅魍魉,共为怪耳。儿生便走,非能自走,直宋无忌之妖将其入灶也。大蛇衔笔者,直老书佐耳。乌与燕斗者,直老铃下耳。夫神明之正,非妖能害也。万物之变,非道所止也。久远之浮精,必能之定数也。今卦中见象,而不见其凶,故知假托之数,非妖咎之征,自无所忧也。昔高宗之鼎,非雉所雊;太戊之阶,非桑所生。然而野鸟一雊,武丁为高宗;桑谷暂生,太戊以兴焉。知三事不为吉祥,愿府君安身养德,从容光大,勿以神奸,污累天真。"后卒无他。迁安南督军后,辂乡里乃太原,问辂："君往者为王府君论怪云:'老书佐为蛇,老铃下为乌,'此本皆人。何化之微贱乎? 为见于爻象出君意乎?"辂言:"苟非性与天道,何由背爻象而任心胸者乎? 夫万物之化,无有常形;人之变异,无有定体。或大为小,或小为大,固无优劣。万物之化,一例之道也。是以夏鲧天子之父,赵王如意,汉高之子,而鲧为黄熊,意为苍狗,斯亦至尊之位,而为黔喙之类也。况蛇者协辰巳之位,乌者栖太阳之精,此乃腾黑之明象,白日之流景。如书佐、铃下,各以微躯,化为蛇乌,不亦过乎。"

管辂至平原,见颜超貌主夭亡。颜父乃求辂延命。辂曰："子归,觅清酒鹿脯一斤,卯日,刈麦地南大桑树下,有二人围位,次但酌酒置脯,饮尽更斟,以尽为度。若问汝,汝但拜之,勿言。必合有人救汝。"颜依言而往,果见二人围碁,频置脯,斟酒于前。其人贪戏,但饮酒食脯。不顾数巡,北边坐者忽见颜在,叱曰："何故在此?"颜惟拜之。南面坐者语曰:"适来饮他酒脯,宁无情乎?"北坐者曰:"文书已定。"南坐者曰:"借文书看之。"见超寿止可十九岁,乃取笔挑上语曰:"救汝至九十年活。"颜拜而回。管语颜曰:"大助子,且喜得增寿。北边坐人是北斗,南边坐人是南斗。南斗注生,北斗主死。凡人受胎,皆从南斗过北斗;所有祈求,皆向北斗。"

信都令家妇女惊恐,更互疾的。使辂筮之。辂曰:"君北堂西头有两死男子:一男持矛,一男持弓箭。头在壁内,脚在壁外。持矛者主刺头,故头重痛不得举也;持弓箭者主射胸腹,故心中悬痛不得饮食也。昼则浮游,夜来病人,故使惊恐也。"于是掘其室中,入地八尺,果得二棺:一棺中有矛;一棺中有角弓及箭,箭久远,木皆消烂,但有铁及角完耳。乃徙骸骨去城二十里埋之,无复疾病。

利漕民郭恩,字义博,兄弟三人,皆得躄疾。使辂筮其所由。辂曰:"卦中有君本墓,墓中有女鬼,非君伯母,当叔母也。昔饥荒之世,当有利其数升米者,排着井中,啧啧有声,推一大石下,破其头,孤魂冤痛,自诉于天耳。"

淳于智,字叔平,济北庐人也。性深沉,有思义。少为书生,能易筮,善厌胜之术。高平刘柔,夜卧,鼠啮其左手中指,意甚恶之。以问智。智为筮之,曰:"鼠本欲杀君而不能,当为使其反死。"乃以朱书手腕横文后三寸,为田字,可方一寸二分,使夜露手以卧。有大鼠伏死于前。

上党鲍瑗家多丧病贫苦,淳于智卜之,曰:"君居宅不利,故令君困尔。君舍东北有大桑树。君径至市,入门数十步,当有一人卖新鞭者,便就买还,以悬此树。三年,当暴得财。"瑗承言诣市,果得马鞭悬之。三年,浚井,得钱数十万,铜铁器复二万余,于是业用既展,病者亦无恙。

谯人夏侯藻,母病困,将诣智卜,忽有一狐当门向之嗥叫。藻大愕惧。遂驰诣智。智曰:"其祸甚急。君速归,在狐嗥处,拊心啼哭,令家人惊怪,大小毕出,一人不出,啼哭勿休。然其祸仅可免也。"藻还如其言,母亦扶病而出。家人既集,堂屋五间拉然而崩。

护军张劭母病笃。智筮之,使西出市沐猴系母臂。令傍人捶拍,恒使作声,三日放去。劭从之,其猴出门,即为犬所咋死,母病遂差。

郭璞,字景纯,行至庐江,劝太守胡孟康急回南渡。康不从,璞将促装去之,爱其婢,无由得,乃取小豆三斗,绕主人宅散之。主人晨起,见赤衣人数千围其家,就视,则灭。甚恶之,请璞为卦。璞曰:"君家不宜畜此婢,可于东南二十里卖之,慎勿争价,则此妖可除也。"璞阴令人贱买此婢,复为投符于井中,数千赤衣人一一自投于井。主人大悦。璞携婢去,后数旬,而庐江陷。

赵固所乘马忽死,甚悲惜之,以问郭璞。璞曰:"可遣数十人持竹竿,东行三十里,有山林陵树,便搅打之。当有一物出,急宜持归。”于是如言,果得一物,似猿。持归,入门,见死马,跳梁走往死马头,嘘吸其鼻。顷之,马即能起。奋迅嘶鸣,饮食如常。亦不复见向物。固奇之,厚加资给。

扬州别驾顾球姊,生十年,便病,至年五十余,令郭璞筮,得大过之升。其辞曰:“大过卦者义不嘉。冢墓枯杨无英华。振动游魂见龙车。身被重累婴妖邪。法由斩祀杀灵蛇。非己之咎先人瑕。案卦论之可奈何。”球乃迹访其家事,先世曾伐大树,得大蛇,杀之,女便病。病后,有群鸟数千,回翔屋上,人皆怪之,不知何故,有县农行过舍边,仰视,见龙牵车,五色晃烂,其大非常,有顷遂灭。

义兴方叔保得伤寒,垂死,令璞占之,不吉,令求白牛厌之。求之不得,唯羊子玄有一白牛,不肯借。璞为致之,即日有大白牛从西来,径往临,叔保惊惶、病即愈。

西川费孝先善轨革,世皆知名,有大若人王旻,因货殖至成都,求为卦。孝先曰:“教住莫住,教洗莫洗。一石谷捣得三斗米。遇明即活,遇暗即死。”再三戒之,令诵此言足矣。旻志之。及行,途中遇大雨,憩一屋下,路人盈塞,乃思曰:“教住莫住,得非此耶?”遂冒雨行,未几,屋遂颠覆,独得免焉。旻之妻已私邻比,欲媾终身之好,俟旋归,将致毒谋。旻既至,妻约其私人曰:“今夕新沐者,乃夫也。”将哺,呼旻洗沐,重易巾帻。旻悟曰:“教洗莫洗,得非此耶?”坚不从。妻怒,不省,自沐。夜半反被害。既觉,惊呼邻里共视,皆莫测其由。遂被囚系考讯。狱就,不能自辨。郡守录状,旻泣言死即死矣,但孝先所言,终无验耳。左右以是语上达。郡守命未得行法乎旻。问曰:“汝邻比何人也?”曰:“康七。”遂遣人捕之。“杀汝妻者,必此人也。”已而果然。因谓僚佐曰:“一石谷捣得三斗米,非康七乎。”由是辨雪,诚遇明即活之效。

隗照,汝阴鸿寿亭民也。善易,临终,书板授其妻曰:“吾亡后,当大荒。虽尔,而慎莫卖宅也。到后五年春,当有诏使,来顿此亭,姓龚,此人负吾金,即以此板往责之。勿负言也。”亡后,果大困,欲卖宅者数矣,忆夫言,辄止。至期,有龚使者,果止亭中,妻遂赍板责之。使者执板,不知所言,曰:“我平生不负钱,此何缘尔邪?”妻曰:“夫临亡,手书板见命如此,不敢妄也。”使者沉吟良久而悟,乃命取蓍筮之卦成,抵掌叹曰:“妙哉隗生!含明隐迹,而莫之闻。可谓镜穷达而洞吉凶者也。”于是告其妻曰:"吾不负金,贤夫自有金。乃知亡后当暂穷,故藏金以待太平。所以不告儿妇者,恐金尽而困无已也。知吾善易,故书板以寄意耳。金五百斤,盛以青罌,覆以铜柈,埋在堂屋东头,去地一丈,入地九尺。"妻还掘之,果得金,皆如所卜。

韩友,字景先,庐江舒人也。善占卜,亦行京房厌胜之术。刘世则女病魅,积年,巫为攻祷,伐空冢故城间,得狸鼍数十,病犹不差。友筮之,命作布囊,俟女发时,张囊着窗牖间。友闭户作气,若有所驱。须臾间,见囊大胀如吹。因决败之。女仍大发。友乃更作皮囊二枚沓张之,施张如前,囊复胀满,因急缚囊口,悬着树,二十许日,渐消。开视,有二斤狐毛。女病遂差。

会稽严卿善卜筮。乡人魏序欲东行,荒年,多抄盗,令卿筮之。卿曰:"君慎不可东行。必遭暴害。而非劫也。"序不信。卿曰:"既必不停,宜有以禳之。可索西郭外独母家白雄狗,系着船前。"求索,止得驳狗,无白者。卿曰:"驳者亦足。然犹恨其色不纯。当余小毒,止及六畜辈耳。无所复忧。"序行半路,狗忽然作声,甚急,有如人打之者。比视,已死,吐黑血斗余。其夕,序墅上白鹅数头,无故自死。序家无恙。

沛国华佗,字符化,一名敷。琅邪刘勋,为河内太守,有女,年几二十,苦脚左膝有疮,痒而不痛,疮愈数十日复发,如此七八年。迎佗使视。佗曰:"是易治之。"当得稻糠,黄色犬一头,好马二匹。以绳系犬颈,使走马牵犬,马极,辄易,计马走三十余里,犬不能行,复令步人拖曳,计向五十里,乃以药饮女。女即安卧不知人,因取大刀断犬腹,近后脚之前,以所断之处向疮口,令二三寸,停之须臾,有若蛇者,从疮中出。便以铁椎横贯蛇头,蛇在皮中动摇良久,须臾,不动,乃牵出,长三尺许,纯是蛇,但有眼处而无童子,又逆麟耳。以膏散着疮中,七日愈。

佗尝行道,见一人病咽,嗜食不得下,家人车载,欲往就医。佗闻其呻吟声,驻车往视语之曰:"向来道边,有卖饼家蒜齑大酢,从取三升饮之,病自当去。"即如佗言,立吐蛇一枚。

卷　四

风伯，雨师，星也。风伯者，箕星也。雨师者，毕星也。郑玄谓：司中、司命，文星第四，第五星也。雨师：一曰屏翳，一曰号屏，一曰玄冥。

蜀郡张宽，字叔文，汉武帝时为侍中。从祀甘泉，至渭桥，有女子浴于渭水，乳长七尺。上怪其异，遣问之。女曰："帝后第七车者知我。"所来时，宽在第七车。对曰："天星。主祭祀者，斋戒不洁，则女人见。"

文王以太公望为灌坛令，期年，风不鸣条。文王梦一妇人，甚丽，当道而哭。问其故。曰："吾泰山之女，嫁为东海妇，欲归，今为灌坛令当道有德，废我行；我行，必有大风疾雨，大风疾雨，是毁其德也。"文王觉，召太公问之。是日果有疾雨暴风，从太公邑外而过。文王乃拜太公为大司马。

胡母班，字季友，泰山人也。曾至泰山之侧，忽于树间，逢一绛衣驺呼班云："泰山府君召。"班惊愕，逡巡未答。复有一驺出，呼之。遂随行数十步，驺请班暂瞑，少顷，便见宫室，威仪甚严。班乃入阁拜谒，主为设食，语班曰："欲见君，无他，欲附书与女婿耳。"班问："女郎何在？"曰："女为河伯妇。"班曰："辄当奉书，不知缘何得达？"答曰："今适河中流，便扣舟呼青衣，当自有取书者。"班乃辞出。昔驺复令闭目，有顷，忽如故道。遂西行，如神言而呼青衣。须臾，果有一女仆出，取书而没。少顷，复出。云："河伯欲暂见君。"婢亦请瞑目。遂拜谒河伯。河伯乃大设酒食，词旨殷勤。临去，谓班曰："感君远为致书，无物相奉。"于是命左右："取吾青丝复来！"以贻班。班出，瞑然忽得还舟。遂于长安经年而还。至泰山侧，不敢潜过，遂扣树自称姓名，从长安还，欲启消息。须臾，昔驺出，引班如向法而进。因致书焉。府君请曰："当别。"再报班，语讫，如厕，忽见其父着械徒，作此辈数百人。班进拜流涕问："大人何因及此？"父云："吾死不幸，见遣三年，今已二年矣。困苦不可处。知汝今为明府所识，可为吾陈之。乞免此役。便欲得社公耳。"班乃依教，叩头陈乞。府君曰："生死异路，不可相近，身无所惜。"班苦请，方许之。于是辞出，还家。岁余，儿子死亡略尽。班惶惧，复诣泰山，扣树求见。昔驺

遂迎之而见。班乃自说："昔辞旷拙，及还家，儿死亡至尽。今恐祸

故未已，辄来启白，幸蒙哀救。"府君拊掌大笑曰："昔语君：死生异路，不可相近故也。"即敕外召班父。须臾至，庭中问之："昔求还里社，当为门户作福，而孙息死亡至尽，何也？"答云："久别乡里，自忻得还，又遇酒食充足，实念诸孙，召之。"于是代之。父涕泣而出。班遂还。后有儿皆无恙。

宋时弘农冯夷，华阴潼乡堤首人也。以八月上庚日渡河，溺死。天帝署为河伯。又五行书曰："河伯以庚辰日死，不可治船远行，溺没不返。"

吴余杭县南，有上湖，湖中央作塘。有一人乘马看戏，将三四人，至岑村饮酒，小醉，暮还时，炎热，因下马，入水中枕石眠。马断走归，从人悉追马，至暮不返。眠觉，日已向晡，不见人马。见一妇来，年可十六七，云："女郎再拜，日既向暮，此间大可畏，君作何计？"因问："女郎何姓？那得忽相闻？"复有一少年，年十三四，甚了，乘新车，车后二十人至，呼上车，云："大人暂欲相见。"因回车而去。道中绎络，把火见城郭邑居。既入城，进厅事，上有信幡，题云："河伯信。"俄见一人，年三十许，颜色如画，侍卫烦多，相对欣然，敕行酒，笑云："仆有小女，颇聪明，欲以给君箕帚。"此人知神，不敢拒逆。便敕：备办会就郎中婚。承白：已办。遂以丝布单衣，及纱袷绢裙，纱衫裤履屐，皆精好。又给十小吏，青衣数十人。妇年可十八九，姿容婉媚，便成。三日，经大会客拜阁，四日，云："礼既有限，发遣去。"妇以金瓯麝香囊与婿别，涕泣而分。又与钱十万，药方三卷，云："可以施功布德。"复云："十年当相迎。"此人归家，遂不肯别婚，辞亲出家作道人。所得三卷方：一卷脉经，一卷汤方，一卷丸方。周行救疗，皆致神验。后母老，兄丧，因还婚宦。

秦始皇三十六年，使者郑容从关东来，将入函关，西至华阴，望见素车白马，从华山上下。疑其非人，道住止而待之。遂至，问郑容曰："安之？"答曰："之咸阳。"车上人曰："吾华山使也。愿托一牍书，致镐池君所。子之咸阳，道过镐池，见一大梓，有文石，取款梓，当有应者。"即以书与之。容如其言，以石款梓树，果有人来取书。明年，祖龙死。

张璞，字公直，不知何许人也。为吴郡太守，征还，道由庐山，子女观于祠室，婢使指像人以戏曰："以此配汝。"其夜，璞妻梦庐君致聘曰："鄙男不肖，感垂采择，用致微意。"妻觉怪之。婢言其情。于是妻惧，催璞速发。中流，舟不为行。阖船震恐。乃皆投物于水，船犹不行。或曰："投女。"则船为进。皆曰:"神意已可知也。以一女而灭一门,奈何?"璞曰:"吾不忍见之。"乃上飞庐,卧,使妻沈女于水。妻因以璞亡兄孤女代之。置席水中,女坐其上,船乃得去。璞见女之在也,怒曰:"吾何面目于当世也。"乃复投己女。及得渡,遥见二女在下。有吏立于岸侧,曰:"吾庐君主簿也。庐君谢君。知鬼神非匹。又敬君之义,故悉还二女。"后问女。言:"但见好屋,吏卒,不觉在水中也。"

建康小吏曹着,为庐山使所迎,配以女婉。着形意不安,屡求请退。婉潜然垂涕,赋诗序别。并赠织成裈衫。

宫亭湖孤石庙,尝有估客下都,经其庙下,见二女子,云:"可为买两量丝履,自相厚报。"估客至都,市好丝履,并箱盛之,自市书刀,亦内箱中。既还,以箱及香置庙中而去,忘取书刀。至河中流,忽有鲤鱼跳入船内,破鱼腹,得书刀焉。

南州人有遣吏献犀簪于孙权者,舟过宫亭庙而乞灵焉。神忽下教曰:"须汝犀簪。"吏惶遽不敢应。俄而犀簪已前列矣。神复下教曰:"俟汝至石头城,返汝簪。"吏不得已,遂行,自分失簪,且得死罪。比达石头,忽有大鲤鱼,长三尺,跃入舟。剖之,得簪。

郭璞过江,宣城太守殷佑,引为参军。时有一物,大如水牛,灰色,卑脚,脚类象,胸前尾上皆白,大力而迟钝,来到城下,众咸怪焉。佑使人伏而取之。令璞作卦,遇遯之蛊,名曰"驴鼠。"卜适了,伏者以戟刺,深尺余。郡纪纲上祠请杀之。巫云:"庙神不悦。此是邗(并改共)亭驴山君使。至荆山,暂来过我,不须触之。"遂去,不复见。

庐陵欧明,从贾客,道经彭泽湖,每以舟中所有多少投湖中,云:"以为礼。"积数年后,复过,忽见湖中有大道,上多风尘,有数吏,乘车马来候明,云:"是青洪君使要。"须臾,达见,有府舍,门下吏卒。明甚怖。吏曰:"无可怖!青洪君感君前后有礼,故要君,必有重遗君者。君勿取,独求'如愿'耳。"明既见青洪君,乃求"如愿。"使逐明去。如愿者,青洪君婢也。明将归,所愿辄得,数年,大富。

益州之西,云南之东,有神祠,克山石为室,下有神,奉祠之,自称黄公。因言:此神,张良所受黄石公之灵也。清净不宰杀。诸祈祷者,持一百钱,一双笔,一丸墨,置石室中,前请乞,先闻石室中有声,须臾,问:"来人何欲?"既言,便具语吉凶,不见其形。至今如此。

永嘉中,有神见兖州,自称樊道基。有姬,号成夫人。夫人好音乐,能弹箜篌,闻人弦歌,辄便起舞。

沛国戴文谋,隐居阳城山中,曾于客堂,食际,忽闻有神呼曰:"我天帝使者,欲下凭君,可乎?"文闻甚惊。又曰:"君疑我也。"文乃跪曰:"居贫,恐不足降下耳。"既而洒扫设位,朝夕进食,甚谨。后于室内窃言之。妇曰:"此恐是妖魅凭依耳。"文曰:"我亦疑之。"及祠飨之时,神乃言曰:"吾相从方欲相利,不意有疑心异议。"文辞谢之际,忽堂上如数十人呼声,出视之,见一大鸟,五色,白鸠数十随之,东北入云而去,遂不见。

麋竺,字子仲,东海朐人也。祖世货殖,家赀巨万。常从洛归,未至家数十里,见路次有一好新妇,从竺求寄载。行可二十余里,新妇谢去,谓竺曰:"我天使也。当往烧东海麋竺家,感君见载,故以相语。"竺因私请之。妇曰:"不可得不烧。如此,君可快去。我当缓行,日中,必火发。"竺乃急行归,达家,便移出财物。日中,而火大发。

汉宣帝时,南阳阴子方者,性至孝。积恩,好施。喜祀灶。腊日,晨炊,而灶神形见。子方再拜受庆,家有黄羊,因以祀之。自是已后,暴至巨富。田七百余顷,舆马仆隶,比于邦君。子方尝言:我子孙必将强大,至识三世,而遂繁昌。家凡四侯,牧守数十。故后子孙尝以腊日祀灶,而荐黄羊焉。

吴县张成,夜起,忽见一妇人立于宅南角,举手招成曰:"此是君家之蚕室。我即此地之神。明年正月十五,宜作白粥,泛膏于上。"以后年年大得蚕。今之作膏糜像此。

豫章有戴氏女,久病不差,见一小石形像偶人,女谓曰:"尔有人形,岂神? 能差我宿疾者,吾将重汝。"其夜,梦有人告之:"吾将佑汝。"自后疾渐差。遂为立祠山下。戴氏为巫,故名戴侯祠。

汉阳羡长刘(王巳)尝言:"我死当为神。"一夕,饮醉,无病而卒。风雨,失其枢。夜闻荆山有数千人嗷声,乡民往视之,则棺已成冢。遂改为君山,因立祠祀之。

卷　五

蒋子文者,广陵人也。嗜酒,好色,挑挞无度。常自谓:"己骨清,死当为神。"汉末,为秣陵尉,逐贼至钟山下,贼击伤额,因解绶缚之,有顷遂死。及吴先主之初,其故吏见文于道,乘白马,执白羽,侍从如平生。见者惊走。文追之,谓曰:"我当为此土地神,以福尔下民。尔可宣告百姓,为我立祠。不尔,将有大咎。"是岁夏,大疫,百姓窃相恐动,颇有窃祠之者矣。文又下巫祝:"吾将大启佑孙氏,宜为我立祠;不尔,将使虫入人耳为灾。"俄而小虫如尘虻,入耳,皆死,医不能治。百姓愈恐。孙主未之信也。又下巫祝:"吾不祀我,将又以大火为灾。"是岁,火灾大发,一日数十处。火及公宫。议者以为鬼有所归,乃不为厉,宜以抚之。于是使使者封子文为中都侯,次弟子绪为长水校尉,皆加印绶。为立庙堂。转号钟山为蒋山,今建康东北蒋山是也。自是灾厉止息,百姓遂大事之。

刘赤父者,梦蒋侯召为主簿。期日促,乃往庙陈请:"母老,子弱,情事过切。乞蒙放恕。会稽魏过,多材艺,善事神,请举过自代。"因叩头流血。庙祝曰:"特愿相屈,魏过何人,而有斯举?"赤父固请,终不许,寻而赤父死焉。

咸宁中,太常卿韩伯子某,会稽内史王蕴子某,光禄大夫刘耽子某,同游蒋山庙。庙有数妇人像,甚端正。某等醉,各指像以戏,自相配匹。即以其夕,三人同梦蒋侯遣传教相闻,曰:"家子女并丑陋,而猥垂荣顾。"辄刻某日:"悉相奉迎。"某等以其梦指适异常,试往相问,而果各得此梦,符协如一。于是大惧。备三牲,诣庙谢罪乞哀。又俱梦蒋侯亲来降已曰:"君等既已顾之,实贪,会对克期垂及,岂容方更中悔?"经少时并亡。

会稽鄮县东野有女子,姓吴,字望子,年十六,姿容可爱。其乡里有解鼓舞神者,要之,便往。缘塘行,半路,忽见一贵人,端正非常。贵人乘船,挺力十余,整顿令人问望子"欲何之?"具以事对。贵人云:"今正欲往彼,便可入船共去。"望子辞不敢。忽然不见。望子既拜神座,见向船中贵人,俨然端坐,即蒋侯像也。问望子"来何迟?"因掷两橘与之。数数形见,遂隆情好。心有所欲,辄空中下之。尝思噉鲤一双,鲜鲤随心而至。望子芳香,流闻数里,颇有神验。一邑共事奉。经三年,望子忽生外意,神便绝往来。

陈郡谢玉，为琅邪内史，在京城，所在虎暴，杀人甚众。有一人，以小船载年少妇，以大刀插着船，挟暮来至逻所，将出语云："此间顷来甚多草秽，君载细小，作此轻行，大为不易。可止逻宿也。"相问讯既毕，逻将适还去。其妇上岸，便为虎将去；其夫拔刀大唤，欲逐之。先奉事蒋侯，乃唤求助。如此当行十里，忽如有一黑衣为之导，其人随之，当复二十里，见大树，既至一穴，虎子闻行声，谓其母至，皆走出，其人即其所杀之。便拔刀隐树侧，住良久，虎方至，便下妇着地，倒牵入穴。其人以刀当腰斫断之。虎既死，其妇故活。向晓，能语。问之，云："虎初取，便负着背上，临至而后下之。四体无他，止为草木伤耳。"扶归还船，明夜，梦一人语之曰："蒋侯使助汝，知否？"至家，杀猪祠焉。

淮南全椒县有丁新妇者，本丹阳丁氏女，年十六，适全椒谢家。其姑严酷，使役有程，不如限者，仍便笞捶不可堪。九月九日，乃自经死。遂有灵向，闻于民间。发言于巫祝曰："念人家妇女，作息不倦，使避九月九日，勿用作事。"见形，着缥衣，戴青盖，从一婢，至牛渚津，求渡。有两男子，共乘船捕鱼，仍呼求载。两男子笑共调弄之。言："听我为妇，当相渡也。"丁妪曰："谓汝是佳人，而无所知。汝是人，当使汝入泥死；是鬼，使汝入水。"便却入草中。须臾，有一老翁，乘船，载苇。妪从索渡。翁曰："船上无装，岂可露渡？恐不中载耳。"妪言无苦。翁因出苇半许，安处不着船中，徐渡之。至南岸，临去，语翁曰："吾是鬼神，非人也。自能得过，然宜使民间粗相闻知。翁之厚意，出苇相渡，深有惭感，当有以相谢者。若翁速还去，必有所见，亦当有所得也。"翁曰："恐燥湿不至，何敢蒙谢。"翁还西岸，见两男子覆水中。进前数里，有鱼千数，跳跃水边，风吹至岸上。翁遂弃苇，载鱼以归。于是丁妪遂还丹阳。江南人皆呼为丁姑。九月九日，不用做事，咸以为息日也。今所在祠之。

散骑侍郎王佑疾困，与母辞诀，既而闻有通宾者，曰："某郡，某里，某人，尝为别驾。"佑亦雅闻其姓字，有顷，奄然来至，曰："与卿士类有自然之分，又州里情，便款然。今年国家有大事，出三将军，分布征发吾等十余人为赵公明府参佐，至此仓促，见卿有高门大屋，故来投，与卿相得，大不可言。"佑知其鬼神，曰："不幸疾笃，死在旦夕，遭卿，以性命相托。"答曰："人生有死，此必然之事。死者不系生时贵贱。吾今见领兵三千，须卿得度簿相付，如此地难得，不宜辞之。"佑曰："老母年高，兄弟无有，一旦死亡,前无供养。"遂唏嘘不能自胜。其人怆然曰:"卿位为常伯,而家无余财,向闻与尊夫人辞诀,言辞哀苦,然则卿国士也,如何可令死。吾当相为。"因起去。明日,更来。其明日,又来。佑曰:"卿许活吾,当卒恩否?"答曰:"大老子业已许卿,当复相欺耶!"见其从者数百人,皆长二尺许,乌衣军服,赤油为志。佑家击鼓祷祀,诸鬼闻鼓声,皆应节起舞,振袖飒飒有声。佑将为设酒食。辞曰:"不须。"因复起去。谓佑曰:"病在人体中,如火。当以水解之。"因取一杯水,发被灌之。又曰:"为卿留赤笔十余枝,在荐下,可与人使簪之。出入辟恶灾,举事皆无恙。"因道曰:"王甲、李乙,吾皆与之。"遂执佑手与辞。时佑得安眠,夜中忽觉,乃呼左右,令开被,"神以水灌我,将大沾濡。"开被。而信有水在上被之下,下被之上,不浸,如露之在荷。量之,得三升七合。于是疾三分愈二。数日。大除。凡其所道当取者,皆死亡。唯王文英,半年后乃亡。所道与赤笔人,皆经疾病及兵乱,皆亦无恙。初,有妖书云:"上帝以三将军赵公明、钟士季各督数鬼下取人。"莫知所在。佑病差,见此书,与所道赵公明合焉。

汉下邳周式尝至东海,道逢一吏,持一卷书,求寄载。行十余里,谓式曰:"吾暂有所过,留书寄君船中,慎勿发之。"去后,式盗发现书,皆诸死人录,下条有式名。须臾,吏还,式犹视书。吏怒曰:"故以相告,而忽视之?"式叩头流血,良久,吏曰:"感卿远相载,此书不可除卿名。今日已去,还家,三年勿出门,可得度也。勿道见吾书。"式还,不出,已二年余,家皆怪之。邻人猝亡,父怒,使往吊之。式不得已,适出门,便见此吏。吏曰:"吾令汝三年勿出,而今出门,知复奈何? 吾求不见,连累为鞭杖,今已见汝,无可奈何。后三日,日中,当相取也。"式还,涕泣具道如此。父故不信。母昼夜与相守。至三日日中时,果见来取,便死。

南顿张助,于田中种禾,见李核,欲持去,顾见空桑,中有土,因植种,以余浆溉灌。后人见桑中反复生李,转相告语,有病目痛者,息阴下,言:"李君令我目愈,谢以一豚。"目痛小疾,亦行自愈。众犬吠声,盲者得视,远近翕赫,其下车骑常数千百,酒肉滂沱。间一岁余,张助远出来还,见之,惊云:"此有何神,乃我所种耳。"因就斫之。

王莽居摄,刘京上言:"齐郡临淄县亭长辛当,数梦人谓曰:'吾,天使也。摄皇帝,当为真。即不信我,此亭中当有新井出。'亭长起视亭中,因有新井。入地百尺。"

卷 六

妖怪者,盖精气之依物者也。气乱于中,物变于外,形神气质,表里之用也。本于五行,通于五事,虽消息升降,化动万端,其于休咎之征,皆可得域而论矣。

夏桀之时厉山亡,秦始皇之时三山亡,周显王三十二年宋大邱社亡,汉昭帝之末,陈留昌邑社亡。京房易传曰:"山默然自移,天下兵乱,社稷亡也。"故会稽山阴琅邪中有怪山,世传本琅邪东武海中山也,时天夜,风雨晦冥,且而见武山在焉,百姓怪之,因名曰怪山,时东武县山,亦一夕自亡去,识其形者,乃知其移来。今怪山下见有东武里,盖记山所自来,以为名也。又交州脆州山移至青州。凡山徙,皆不极之异也。此二事未详其世。尚书金滕曰:"山徙者,人君不用道,士贤者不兴,或禄去,公室赏罚不由君,私门成群,不救,当为易世变号。"说曰:"善言天者,必质于人;善言人者,必本于天。"故天有四时,日月相推,寒暑迭代,其转运也。和而为雨,怒而为风,散而为露,乱而为雾,凝而为霜雪,立而为蚳,此天之常数也。人有四肢五脏,一觉一寐,呼吸吐纳,精气往来,流而为荣卫,彰而为气色,发而为声音,此亦人之常数也。若四时失运,寒暑乖违,则五纬盈缩,星辰错行,日月薄蚀,彗孛流飞,此天地之危诊也。寒暑不时,此天地之蒸否也。

石立,土踊,此天地之瘤赘也。山崩,地陷,此天地之痈疽也。冲风,暴雨,此天地之奔气也。雨泽不降,川渎涸竭,此天地之焦枯也。

商纣之时,大龟生毛,兔生角,兵甲将兴之象也。

周宣王三十三年,幽王生,是岁,有马化为狐。

晋献公二年,周惠王居于郑,郑人入王府,多脱化为蛾,射人。

周隐王二年四月,齐地暴长长丈余,高一尺五寸。京房易妖曰:"地四时暴长占:春、夏多吉,秋、冬多凶。"历阳之郡,一夕沦入地中而为水泽,今麻湖是也。不知何时。运斗枢曰:"邑之沦阴,吞阳,下相屠焉。"

周哀王八年,郑有一妇人,生四十子,其二十人为人,二十人死。其九年,晋有豕生人,吴赤乌七年,有妇人一生三子。

周烈王六年，林碧阳君之御人产二龙。

鲁严公八年，齐襄公田于贝邱，见豕，从者曰："公子彭生也。"公怒射之，豕人立而唬，公惧坠车，伤足，丧屦。刘向以为近豕祸也。

鲁严公时，有内蛇与外蛇斗郑南门中。内蛇死。刘向以为近蛇孽也。京房易传曰："立嗣子疑，厥妖蛇居国门斗。"

鲁昭公十九年，龙众于郑时门之外洧渊。刘向以为近龙孽也。京房易传曰："众心不安，厥妖龙众其邑中也。"

鲁定公元年，有九蛇绕柱，占，以为九世庙不祀，乃立炀宫。

秦孝公二十一年，有马生人。昭王二十年，牝马生子而死。刘向以为皆马祸也。京房易传曰："方伯分威，厥妖牝马生子。上无天子，诸侯相伐，厥妖马生人。"

魏襄王十三年，有女子化为丈夫，与妻生子。京房易传曰："女子化为丈夫，兹谓阴昌，贱人为王。丈夫化为女子，兹谓阴胜阳，厥咎亡。"一曰："男化为女宫刑滥，女化为男妇政行也。"

秦孝文王五年，游煦衍，有献五足牛，时秦世大用民力，天下叛之。京房易传曰："兴徭役，夺民时，厥妖牛生五足。"

秦始皇二十六年，有大人长五丈，足履六尺，皆夷狄服，凡十二人，见于临洮，乃作金人十二以象之。

汉惠帝二年，正月癸酉旦，有两龙现于兰陵廷东里温陵井中，至乙亥夜，去。京房易传曰："有德遭害，厥妖龙见井中。"又曰："行刑暴恶，黑龙从井出。"

汉文帝十二年，吴地有马生角，在耳前，上向，右角长三寸，左角长二寸，皆大二寸。刘向以为马不当生角，犹吴不当举兵向上也，吴将反之变云。京房易传曰："臣易上，政不顺，厥妖马生角。兹谓贤士不足。"又曰："天子亲伐，马生角。"

文帝后元五年六月，齐雍城门外有狗生角。京房易传曰："执政失下，将害之，厥妖狗生角。"

汉景帝元年九月，胶东下密人，年七十余，生角，角有毛。京房易传曰："冢宰专政，厥妖人生角。"五行志以为人不当生角，犹诸侯不敢举兵以向京师也。其后遂有七国之难。至晋武帝泰始五年，元城人，年七十，生角。殆赵王伦篡乱之应也。

汉景帝三年，邯郸有狗与彘交，是时赵王悖乱，遂与六国反，外结、匈奴以为援。五行志以为：犬，兵革失众之占，彘，北方匈奴之象。逆言失听，交于异类，以生害也。京房易传曰："夫妇不严，厥妖狗与彘交。兹谓反德，国有兵革。"

景帝三年十一月，有白颈乌与黑乌群斗楚国吕县：白颈不胜，坠泗水中死者数千。刘向以为近白黑祥也。时楚王戊暴逆无道，刑辱申公，与吴谋反。乌群斗者，师战之象也。白颈者小，明小者败也。坠于水者，将死水地。王戊不悟，遂举兵应吴，与汉大战，兵败而走，至于丹徒。为越人所斩，堕泗水之效也。京房易传曰："逆亲亲，厥妖白黑乌斗于国中。"燕王旦之谋反也，又有一乌，一鹊，斗于燕宫中池上，乌坠池死。五行志以为楚、燕皆骨肉，藩臣骄恣，而谋不义，俱有乌鹊斗死之祥。行同而占合，此天人之明表也。燕阴谋未发，独王自杀于宫，故一乌而水色者死；楚炕阳举兵，军师大败于野，故乌众而金色者死：天道精微之效也。京房易传曰："颛征劫杀，厥妖乌鹊斗。"

景帝十六年，梁孝王田北山，有献牛，足上出背上者。刘向以为近牛祸，内则思虑霿乱，外则土功过制，故牛祸作。足而出于背，下奸上之象也。

汉武帝太始四年七月，赵有蛇从郭外入，与邑中蛇斗孝文庙下。邑中蛇死。后二年秋，有卫太子事，自赵人江充起。

汉昭帝元凤元年九月，燕有黄鼠衔其尾舞王宫端门中。王往视之，鼠舞如故。王使吏以酒脯祠鼠，舞不休。一日一夜，死。时燕王旦谋反，将死之象也。京房易传曰："诛不原情，厥妖鼠舞门。"

昭帝元凤三年正月，泰山芜莱山南汹汹有数千人声。民往视之，有大石自立，高丈五尺，大四十八围，入地深八尺，三石为足。石立后，有白乌数千集其旁。宣帝中兴之瑞也。

昭帝时上林苑中，大柳树断仆地，一朝起立，生枝叶，有虫食其叶，成文字，曰："公孙病已立。"

昭帝时昌邑王贺见大白狗，冠"方山冠"而无尾。至熹平中，省内冠狗带绶以为笑乐，有一狗突出，走入司空府门，或见之者，莫不惊怪。京房易传曰："君不正，臣欲篡，厥妖狗冠出朝门。"

汉宣帝黄龙元年，未央殿辂軨中雌鸡化为雄，毛衣变化，而不鸣，不将,无距。元帝初元元年,丞相府史家雌鸡伏子,渐化为雄,冠距鸣将。至永光中有献雄鸡生角者。五行志以为王氏之应。京房易传曰:"贤者居明夷之世,知时而伤或众在位,厥妖鸡生角。"又曰:"妇人专政,国不静,牝鸡雄鸣,主不荣。"

宣帝之世,燕、岱之闲,有三男共娶一妇,生四子,及至将分妻子而不可均,乃致争讼。廷尉范延寿断之曰:"此非人类,当以禽兽从母不从父也。"请戮三男,以儿还母。宣帝嗟叹曰:"事何必古,若此,则可谓当于理而厌人情也。"延寿盖见人事而知用刑矣,未知论人妖将来之验也。

汉元帝永光二年八月,天雨草,而叶相樛结,大如弹丸。至平帝元始三年正月,天雨草,状如永光时。京房易传曰:"君苛于禄,信衰,贤去,厥妖天雨草。"

元帝建昭五年,兖州刺史浩赏,禁民私所自立社。山阳橐茅乡社有大槐树,吏伐断之,其夜树复立故处。说曰:"凡枯断复起,皆废而复兴之象也。"是世祖之应耳。

汉成帝建始四年九月,长安城南,有鼠衔黄稿柏叶,上民冢柏及榆树上为巢,桐柏为多,巢中无子,皆有干鼠矢数升。时议臣以为恐有水灾。鼠盗窃小虫,夜出,昼匿,今正昼去穴而登木,象贱人将居贵显之占。桐柏,卫思后园所在也,其后赵后自微贱登至尊,与卫后同类,赵后终无子,而为害。明年,有鸢焚巢杀子之象云。京房易传曰:"臣私禄罔干,厥妖鼠巢。"

成帝河平元年,长安男子石良、刘音相与同居,有如人状,在其室中,击之,为狗,走出。去后,有数人披甲,持弓弩至良家。良等格击,或死,或伤,皆狗也。自二月至六月,乃止。其于洪范,皆犬祸,言不从之咎也。

成帝河平元年二月庚子,泰山山桑谷,有鸢焚其巢。男子孙通等闻山中群鸟鸢鹊声,往视之,见巢燃,尽堕池中,有三鸢鷇,烧死。树大四围,巢去地五丈五尺。易曰:"鸟焚其巢,旅人先笑后号咷。"后卒成易世之祸云。

成帝鸿嘉四年秋,雨鱼于信都,长五寸以下。至永始元年春,北海出大鱼,长六丈,高一丈,四枚。哀帝建平三年,东莱平度出大鱼,长八丈,高一丈一尺,七枚。皆死。灵帝熹平二年,东莱海出大鱼二枚,长八九丈,高二丈余。京房易传曰:"海数见巨鱼,邪人进,贤人疏。"

成帝永始元年二月，河南街邮樗树生枝，如人头，眉目须皆具，亡发耳。至哀帝建平三年十月，汝南西平遂阳乡有材仆地生枝，如人形，身青黄色，面白，头有髭发，稍长大，凡长六寸一分。京房易传曰："王德衰，下人将起，则有木生为人状"。其后有王莽之篡。

成帝绥和二年二月，大厩马生角，在左耳前，围长各二寸。是时王莽为大司马，害上之萌，自此始矣。

成帝绥和二年三月，天水平襄有燕生雀，哺食至大，俱飞去。京房易传曰："贼臣在国，厥咎燕生雀，诸侯销。"又曰："生非其类，子不嗣世。"

汉哀帝建平三年，定襄有牡马生驹三足，随群饮食，五行志以为：马，国之武用。三足，不任用之象也。

哀帝建平三年，零陵有树僵地，围一丈六尺，长十丈七尺，民断其本，长九尺余，皆枯，三月，树卒自立故处。京房易传曰："弃正，作淫，厥妖本断自属。妃后有颛，木仆，反立，断枯，复生。"

哀帝建平四年四月，山阳方与女子田无啬生子，未生二月前，儿啼腹中，及生，不举，葬之陌上。后三日，有人过，闻儿啼声。母因掘收养之。

哀帝建平四年夏，京师郡国民聚会里巷阡陌，设张博具歌舞，嗣西王母。又传书曰："母告百姓：佩此书者，不死。不信我言，视门枢下，当有白发。"至秋乃止。

哀帝建平中，豫章有男子化为女子，嫁为人妇，生一子。长安陈凤曰："阳变为阴，将亡；继嗣，自相生之象"。一曰："嫁为人妇，生一子者，将复一世，乃绝。"故后哀帝崩，平帝没，而王莽篡焉。

汉平帝元始元年二月，朔方广牧女子赵春病死，既棺殓，积七日，出在棺外。自言见夫死父，曰："年二十七，汝不当死。"太守谭以闻，说曰："至阴为阳，下人为上。厥妖人死复生。"其后王莽篡位。

汉平帝元始元年六月，长安有女子生儿：两头，两颈面，俱相向；四臂，共胸，俱前向；尻上有目，长二寸所。京房易传曰："睽孤见豕负涂，厥妖人生两头，下相攘。善妖，亦同人。若六畜，首目在下。"兹谓亡上，政将变更。厥妖之作，以谴失正，各象其类。两颈，下不一也。手多，所任邪也。足少，下不胜任，或不任下也。凡下体生于上，不敬也；上体生于下，媟渎也。生非其类，淫乱也；人生而大，上速成也；生而能言，好虚也。群妖推此类。不改，乃成凶也。

汉章帝元和元年,代郡高柳乌生子,三足,大如鸡,色赤,头有角,长寸余。

汉桓帝即位,有大蛇见德阳殿上。洛阳市令淳于翼曰:"蛇有鳞,甲兵之象也;见于省中,将有椒房大臣受甲兵之象也。"乃弃官遁去。到延熹二年,诛大将军梁冀,捕治家属,扬兵京师也。

汉桓帝建和三年秋七月,北地廉雨肉,似羊肋,或大如手。是时梁太后摄政,梁冀专权,擅杀,诛太尉李固、杜乔,天下冤之。其后,梁氏诛灭。

汉桓帝元嘉中,京都妇女作"愁眉"、"啼妆"、"堕马髻"、"折腰步"、"龋齿笑。""愁眉"者,细而曲折。"啼七"者,薄拭目下若啼处。"堕马髻"者,作一边。"折腰步"者,足不在下体。"龋齿笑"者,若齿痛,乐不欣欣。始自大将军梁冀妻孙寿所为,京都翕然,诸夏效之。天戒若曰:"兵马将往收捕:妇女忧愁,踧眉啼哭;吏卒掣顿,折其腰脊,令髻邪倾;虽强语笑,无复气味也。"到延熹二年,冀举宗合诛。

桓帝延熹五年,临沅县有牛生鸡,两头四足。

汉灵帝数游戏于西园中,令后宫采女为客舍主人,身为佁服,行至舍,问采女下酒食,因共饮食,以为戏乐。是天子将欲失位,降在皂隶之谣也。其后天下大乱。古志有曰:"赤厄三七。"三七者经二百一十载,当有外戚之篡。丹眉之妖,篡盗短祚,极于三六,当有飞龙之秀,兴复祖宗。又历三七,当复有黄首之妖,天下大乱矣。自高祖建业,至于平帝之末,二百一十年,而王莽篡,盖因母后之亲。十八年而山东贼樊子都等起,实丹其眉,故天下号曰"赤眉。"于是光武以兴祚,其名曰秀。至于灵帝中平元年,而张角起,置三十六方,徒众数十万,皆是黄巾,故天下号曰"黄巾贼,"至今道服,由此而兴。初起于业,会于真定,诳感百姓曰:"苍天已死,黄天立。岁名甲子年,天下大吉。"起于业者,天下始业也,会于真定也。小民相向跪拜趋信。荆、扬尤甚。乃弃财产,流沈道路,死者无数。角等初以二月起兵,其冬十二月悉破。自光武中兴至黄巾之起,未盈二百一十年,而天下大乱。汉祚废绝,实应三七之运。

灵帝建宁中,男子之衣好为长服,而下甚短;女子好为长裙,而上甚短。是阳无下而阴无上,天下未欲平也。后遂大乱。

灵帝建宁三年春,河内有妇食夫,河南有夫食妇。夫妇阴阳,二仪有情之深者也。今反相食,阴阳相侵,岂特日月之眚哉。灵帝既没,天下大乱,君有妄诛之暴,臣有劫弑之逆,兵革相残,骨肉为雠,生民之祸极矣。故人妖为之先作。而恨不遭辛有、屠乘之论,以测其情也。

灵帝熹平二年六月,雒阳民讹言:虎贲寺东壁中,有黄人,形容须眉良是。观者数万。省内悉出,道路断绝。到中平元年二月,张角兄弟起兵冀州,自号"黄天"。三十六方,四面出和。将帅星布,吏士外属。因其疲餧牵而胜之。

灵帝熹平三年,右校别作中,有两樗树,皆高四尺所,其一枝宿昔暴长,长一丈余,麤大一围,作胡人状,头目鬓须发俱具。其五年,十月壬午,正殿侧有槐树,皆六七围,自拔,倒竖,根上枝下。又中平中长安城西北六七里,空树中,有人面,生鬓。其于洪范皆为木不曲直。

灵帝光和元年,南宫侍中寺雌鸡欲化为雄,一身毛皆似雄,但头冠尚未变。

灵帝光和二年,洛阳上西门外女子生儿:两头,异肩,共胸,俱前。向以为不祥,堕地,弃之。自是之后,朝廷霿乱,政在私门,上下无别,二头之象。后董卓戮太后。被以不孝之名,放废天子,后复害之,汉元以来,祸莫踰此。

光和四年,南宫中黄门寺有一男子,长九尺,服白衣,中黄门解步呵问:"汝何等人?"白衣妄入宫掖,曰:"我梁伯夏。后天使我为天子。"步欲前收之,因忽不见。

光和七年陈留、济阳、长垣、济阴、东郡、冤句、离狐界中路边生草,悉作人状,操持兵弩;牛马龙蛇鸟兽之形,白黑各如其色,羽毛头目足翅皆备,非但仿佛,像之尤纯。旧说曰:"近草妖也。"是岁有黄巾贼起,汉遂微弱。

灵帝中平元年六月壬申,雒阳男子刘仓,居上西门外,妻生男,两头共身。至建安中,女子生男,亦两头共身。

中平三年八月中,怀陵上有万余雀,先极悲鸣,已因乱斗,相杀,皆断头悬着树枝枳棘。到六年,灵帝崩。夫陵者,高大之象也;雀者,爵也。天戒若曰:"诸怀爵禄而尊厚者,还自相害,至灭亡也。"

汉时,京师宾婚嘉会,皆作"魁㯕,"酒酣之后,续以"挽歌。""魁㯕,"丧家之乐;"挽歌,"执绋相偶和之者。天戒若曰:"国家当急殄悴,诸贵乐皆死亡也。"自灵帝崩后,京师坏灭,户有兼尸,虫而相食者,"魁㯕""挽歌"斯之效乎?

灵帝之末,京师谣言曰:"侯非侯,王非王。千乘万骑上北邙。"到中平六年,史侯登蹿至尊,献帝未有爵号,为中常侍段圭等所执,公卿百僚,皆随其后,到河上,乃得还。

汉献帝初平中,长沙有人姓桓氏,死,棺敛月余,其母闻棺中有声,发之,遂生。占曰:"至阴为阳,下人为上。"其后曹公由庶士起。

献帝建安七年,越隽有男子化为女子,时周群上言:哀帝时亦有此变,将有易代之事。至二十五年,献帝封山阳公。

建安初荆州童谣曰:"八九年间始欲衰,至十三年无孑遗。"言自中兴以来,荆州独全;及刘表为牧,民有丰乐;至建安九年,当始衰。始衰者,谓刘表妻死,诸将并零落也。十三年无孑遗者,表当又死,因以丧败也。是时华容有女子,忽啼呼曰:"将有大丧。"言语过差,县以为妖言,系狱,月余,忽于狱中哭曰:"刘荆州今日死。华□□□□□(编者按:原缺。)里即遣马里验视,而刘表果死。县乃出之。续又歌吟曰:"不意李立为贵人。"后无几,曹公平荆州,以涿郡李立,字建贤,为荆州刺史。

建安二十五年正月,魏武在洛阳起建始殿,伐濯龙树而血出。又掘徙梨,根伤,而血出。魏武恶之,遂寝疾,是月崩,是岁,为魏武黄初元年。

魏黄初元年,未央宫中有鹰,生燕巢中,口爪俱赤。至青龙中,明帝为凌霄阁,始构,有鹊巢其上。帝以问高堂隆,对曰:"诗云:'唯鹊有巢,唯鸠居之。'今兴起宫室,而鹊来巢,此宫室未成,身不得居之象也。"

魏齐王嘉平初,白马河出妖马,夜过官牧边鸣呼,众马皆应;明日,见其迹,大如斛,行数里,还入河。

魏景初元年,有燕生巨鷇于卫国李盖家,形若鹰,吻似燕。高堂隆曰:"此魏室之大异,宜防鹰扬之臣,于萧墙之内。"其后宣帝起,诛曹爽,遂有魏室。

蜀景耀五年,宫中大树无故自折。谯周深忧之,无所与言,乃书柱曰:"众而大,期之会。具而授,若何复。"言:曹者,大也。众而大,天下其当会也。具而授,如何复有立者乎。蜀既亡,咸以周言为验。

吴孙权太元元年八月朔,大风,江海涌溢,平地水深八尺,拔高陵树二千株,石碑差动,吴城两门飞落。明年权死。

吴孙亮五凤元年六月,交址稗草化为稻。昔三苗将亡,五谷变种。此草妖也。其后亮废。

吴孙亮五凤二年五月,阳羡县离里山大石自立。是时孙皓承废故之家得复其位之应也。

吴孙休永安四年,安吴民陈焦死,七日,复生,穿冢出乌程。孙皓承废故之家得位之祥也。

孙休后,衣服之制,上长,下短,又积领五六,而裳居一二。盖上饶奢,下俭逼,上有余,下不足之象也。

卷 七

初,汉元、成之世,先识之士有言曰:"魏年有和,当有开石于西三千余里,系五马,文曰:'大讨曹。'"及魏之初兴也,张掖之柳谷,有开石焉:始见于建安,形成于黄初,文备于太和,周围七寻,中高一仞,苍质素章:龙、马、鳞、鹿、凤凰、仙人之象,粲然咸着。此一事者,魏、晋代兴之符也。至晋泰始三年,张掖太守焦胜上言:以留郡本国图,校今石文,文字多少不同,谨具图上。案其文有五马象:其一,有人平上帻,执戟而乘之。其一,有若马形而不成,其字有金,有中,有大司马,有王,有大吉,有正,有开寿。其一,成行,曰:金当取之。

晋武帝泰始初,衣服上俭,下丰,着衣者皆厌腰。此君衰弱,臣放纵之象也。至元康末,妇人出两裆,加乎交领之上。此内出外也。为车乘者,苟贵轻细,又数变易其形,皆以白篾为纯。盖古丧车之遗象。晋之祸征也。

胡床,貊盘,翟之器也。羌煮,貊炙,翟之食也。自太始以来,中国尚之。贵人,富室,必畜其器。吉享嘉宾,皆以为先。戎翟侵中国之前兆也。

晋太康四年,会稽郡蟛蚑及蟹,皆化为鼠。其众复野。大食稻,为灾。始成,有毛肉而无骨,其行不能过田,数日之后,则皆为牝。

太康五年正月,二龙见武库井中。武库者,帝王威御之器,所宝藏也;屋宇邃密,非龙所处。是后七年,藩王相害;二十八年,果有二胡,僭窃神器,皆字曰龙。

晋武帝太康六年,南阳获两足虎。虎者,阴精而居乎阳,金兽也。南阳,火名也。金精入火,而失其形,王室乱之妖也。其七年十一月景辰,四角兽见于河间。天戒若曰:"角,兵象也。四者,四方之象。当有兵革起于四方",后河间王遂连四方之兵,作为乱阶。

太康九年,幽州塞北有死牛头语。时帝多疾病,深以后事为念,而付托不以至公,思督乱之应也。

太康中,有鲤鱼二枚,现武库屋上。武库,兵府;鱼有鳞甲,亦是兵之类也。鱼既极阴,屋上太阳,鱼现屋上,象至阴以兵革之祸干太阳也。及惠帝初,诛皇后父杨骏,矢交宫阙,废后为庶人,死于幽宫。元康之末,而贾后专制,谤杀太子,寻亦诛废。十年之间,母后之难再兴,是其应也。自是祸乱构矣。京房易妖曰:"鱼去水,飞入道路,兵且作。"

初,作屐者:妇人圆头,男子方头。盖作意欲别男女也。至太康中,妇人皆方头屐,与男无异,此贾后专妒之征也。

晋时,妇人结发者,既成,以缯急束其环,名曰"撷子髻"。始自宫中,天下翕然化之也。其末年,遂有怀、惠之事。

太康中,天下为"晋世宁"之舞。其舞,抑手以执杯盘,而反复之。歌曰:"晋世宁舞,杯盘反复。"至危也。杯盘,酒器也,而名曰"晋世宁"者,言时人苟且饮食之间,而其智不可及远,如器在手也。

太康中,天下以毡为絈头,及络带裤口。于是百姓咸相戏曰:"中国其必为胡所破也。夫毡,胡之所产者也,而天下以为絈头,带身,裤口,胡既三制之矣,能无败乎?"

太康末,京、洛为"折杨柳"之歌。其曲始有兵革苦辛之辞,终以擒获斩截之事。自后扬骏被诛,太后幽死,杨柳之应也。

晋武帝太熙元年,辽东有马生角,在两耳下,长三寸。及帝宴驾,王室毒于兵祸。晋惠帝元康中,妇人之饰有五佩兵。又以金、银、象、角、玳瑁之属,为斧、钺、戈、戟而载之,以当笄。男女之别,国之大节故服食异等。今妇人而以兵器为饰,盖妖之甚者也。于是遂有贾后之事。

晋元康三年闰二月,殿前六钟皆出涕,五刻乃止。前年,贾后杀杨太后于金墉城,而贾后为恶不悛,故钟出涕,犹伤之也。

惠帝之世,京、洛有人,一身而男女二体,亦能两用人道,而性尤好淫。天下兵乱,由男女气乱,而妖形作也。

惠帝元康中,安丰有女子,曰周世宁,年八岁,渐化为男。至十七八,而气性成。女体化而不尽,男体成而不彻,畜妻而无子。

元康五年三月,临淄有大蛇,长十许丈,负二小蛇,入城北门,径从市入汉阳城景王祠中,不见。

元康五年三月,吕县有流血,东西百余步,其后八载,而封云乱徐州,杀伤数万人。

元康七年,霹雳破城南高禖石。高禖,宫中求子祠也。贾后妒忌,将杀怀、愍,故天怒贾后将诛之应也。

元康中,天下始相效为乌杖,以柱掖其后,稍施其镦,住则植之。及怀、愍之世,王室多故,而中都丧败,元帝以藩臣树德东方,维持天下,柱掖之应也。

元康中,贵游子弟,相与为散发,裸身之饮,对弄婢妾。逆之者伤好,非之者负讥。稀世之士,耻不与焉。胡狄侵中国之萌也。其后遂有二胡之乱。

惠帝太安元年,丹阳湖熟县夏架湖,有大石浮二百步而登岸,百姓惊叹相告曰:“石来寻。”而石冰入建业。

太安元年四月,有人自云龙门入殿前,北面再拜,曰:“我当作中书监。”即收斩之。禁庭尊秘之处,今贱人竟入,而门卫不觉者,宫室将虚,下人踰上之妖也。是后帝迁长安,宫阙遂空焉。

太安中江夏功曹张骋所乘牛,忽言曰:“天下方乱,吾甚极为,乘我何之?”骋及从者数人皆惊怖。因绐之曰:“令汝还,勿复言。”乃中道还,至家,未释驾。又言曰:“归何早也?”骋益忧惧,秘而不言。安陆县有善卜者,骋从之卜。卜者曰:“大凶。非一家之祸,天下将有兵起。一郡之内,皆破亡乎!”骋还家,牛又人立而行。百姓聚观。其秋张昌贼起。先略江夏,诳曜百姓,以汉祚复兴,有凤凰之瑞,圣人当世。从军者皆绛抹头,以彰火德之祥,百姓波荡,从乱如归。骋兄弟并为将军都尉。未几而败。于是一郡破残,死伤过半,而骋家族矣。京房易妖曰:“牛能言,如其言占吉凶。”

元康、太安之间,江、淮之域,有败屦自聚于道,多者至四五十量。人或散去之,投林草中,明日视之,悉复如故。或云:“见猫衔而聚之。”世之所说:“屦者,人之贱服。而当劳辱下民之象也。败者,疲弊之象也。道者,地里四方所以交通,王命所由往来也。今败屦聚于道者,象下民疲病,将相聚为乱,绝四方而壅王命也。”

晋惠帝永兴元年,成都王之攻长沙也,反军于业,分外陈兵。是夜,戟锋皆有火光,遥望如悬烛,就视,则亡焉。其后终以败亡。

晋怀帝永嘉元年,吴郡吴县万详婢,生一子,鸟头,两足,马蹄,一手,无毛,尾黄色,大如碗。

永嘉五年,枹罕令严根婢,产一龙,一女,一鹅。京房易传曰:"人生他物,非人所见者,皆为天下大兵。"时帝承惠帝之后,四海沸腾,寻而陷于平阳,为逆胡所害。

永嘉五年,吴郡嘉兴张林家,有狗忽作人言曰:"天下人俱饿死"于是果有二胡之乱,天下饥荒焉。

永嘉五年十一月,有蝘鼠出延陵,郭璞筮之,遇临之益,曰:"此郡之东县,当有妖人欲称制者。寻亦自死矣。"

永嘉六年正月,无锡县欻有四枝茱萸树,相樛而生,状若连理。先是,郭璞筮延陵蝘鼠,遇临之益,曰:"后当复有妖树生,若瑞而非,辛螫之木也。傥有此,东西数百里,必有作逆者。"及此生木,其后吴兴徐馥作乱,杀太守袁琇。

永嘉中寿春城内有豕生人,两头而不活。周馥取而观之。识者云:"豕,北方畜,胡狄象。两头者,无上也。生而死,不遂也。"天戒若曰:"易生专利之谋,将自致倾覆也。"俄为元帝所败。

永嘉中,士大夫竞服生笺单衣。识者怪之,曰:"此古练纕之布,诸侯所以服天子也。今无故服之,殆有应乎!"其后怀、愍晏驾。

昔魏武军中无故作白帢,此缟素凶丧之征也。初,横缝其前以别后,名之曰"颜帢,"传行之。至永嘉之间,稍去其缝,名"无颜帢,"而妇人束发,其缓弥甚,紒之坚不能自立,发被于额,目出而已。无颜者,愧之言也。复额者,惭之貌也。其缓弥甚者,言天下亡礼与义,放纵情性,及其终极,至于大耻也。其后二年,永嘉之乱,四海分崩,下人悲难,无颜以生焉。

晋愍帝建兴四年,西都倾覆,元皇帝始为晋王四海宅心。其年十月二十二日,新蔡县吏任乔妻胡氏年二十五,产二女,相向,腹心合,自腰以上,脐以下。各分。此盖天下未一之妖也。时内史吕会上言:"按瑞应图云:'异根同体,谓之连理。异亩同颖,谓之嘉禾。'草木之属,犹以为瑞;今二人同心,天垂灵象。故易云:'二人同心,其利断金。'休显见生于陈东之中,盖四海同心之瑞。不胜喜跃。谨画图上。"时有识者哂之。君子曰:"知之难也。以臧文仲之才,独祀爰居焉。布在方册,千载不忘。故士不可以不学。古人有言:木无枝谓之瘣,人不学谓之瞽。当其所蔽,盖阙如也。可不勉乎?"

晋元帝建武元年六月,扬州大旱;十二月,河东地震。去年十二月,斩督运令史淳于伯,血逆深上柱二丈三尺,旋复下深四尺五寸。是时淳于伯冤死,遂频旱三年。刑罚妄加,群阴不附,则阳气胜之。罚,又冤气之应也。

晋元帝建武元年七月,晋陵东门,有牛生犊,一体两头。京房易传曰:"牛生子,二首,一身,天下将分之象也。"

元帝太兴元年四月,西平地震,涌水出。十二月,庐陵、豫章、武昌、西陵地震,涌水出,山崩。此王敦陵上之应也。

太兴元年,三月武昌太守王谅,有牛生子,两头,八足,两尾,共一腹。不能自生,十余人以绳引之。子死,母活。其三年后,苑中有牛生子,一足三尾,生而即死。

太兴二年,丹阳郡吏濮阳演马生驹,两头,自项前别。生而死。此政在私门二头之象也。其后王敦陵上。

太兴初,有女子,其阴在腹,当脐下。自中国来,至江东。其性淫而不产。又有女子,阴在首。居在扬州。亦性好淫。京房易妖曰:"人生子,阴在首,则天下大乱。若在腹,则天下有事。若在背,则天下无后。"

太兴中王敦镇武昌,武昌灾,火起,兴众救之,救于此,而发于彼,东西南北数十处俱应,数日不绝,旧说所谓"滥灾妄起,虽兴师不能救之"之谓也。此臣而行君,亢阳失节。是时王敦陵上,有无君之心,故灾也。

太兴中兵士以绛囊缚紒。识者曰:"紒在首,为干,君道也,囊者,为坤,臣道也。今以朱囊缚紒,臣道侵君之象也,为衣者上带短纔至于掖;着帽者,又以带缚项,下逼上,上无地也。为裤者,直幅,无口,无杀,下大之象也。"寻而王敦谋逆,再攻京师。

太兴四年,王敦在武昌,铃下仪仗生花,如莲花,五六日而萎落。说曰:"易说:'枯杨生花,何可久也。'今狂花生枯木,又在铃阁之间,言威仪之富,荣华之盛,皆如狂花之发,不可久也。"其后王敦终以逆,命加戮其尸。

旧为羽扇柄者,刻木象其骨形,列羽用十,取全数也。初,王敦南征,始改为长柄,下出,可捉。而减其羽,用八。识者尤之曰:"夫羽扇,翼之名也。创为长柄,将执其柄以制其羽翼也。改十为八,将未备夺已备也。此殆敦之擅权,以制朝廷之柄,又将以无德之材,欲窃非据也。"

晋明帝太宁初,武昌有大蛇,常居故神祠空树中,每出头从人受食。京房易传曰:"蛇见于邑,不出三年,有大兵,国有大忧。"寻有王敦之逆。

卷　　八

虞舜耕于历山,得"玉历"于河际之岩,舜知天命在己,体道不倦。舜,龙颜,大口,手握褒。宋均注曰:"握褒,手中有'褒'字,喻从劳苦受褒饬致大祚也。"

汤既克夏,大旱七年,洛川竭。汤乃以身祷于桑林,剪其爪、发,自以为牺牲,祈福于上帝。于是大雨即至,洽于四海。

吕望钓于渭阳。文王出游猎,占曰:"今日猎得一兽,非龙,非螭,非熊,非罴。合得帝王师。"果得太公于渭之阳,与语,大悦,同车载而还。

武王伐纣,至河上,雨甚。疾雷,晦冥。扬波于河。众甚惧。武王曰:"余在天下,谁敢干余者?"风波立济。

鲁哀公十四年,孔子夜梦三槐之间,丰、沛之邦,有赤氤气起,乃呼颜回、子夏同往观之。驱车到楚西北范氏街,见雏儿打鳞,伤其左前足,束薪而覆之。孔子曰:"儿来!汝姓为谁?"儿曰:"吾姓为赤松,名时乔,字受纪。"孔子曰:"汝岂有所见乎?"儿曰:"吾所见一禽,如麕,羊头,头上有角,其末有肉。方以是西走。"孔子曰:"天下已有主也。为赤刘。陈、项为辅。五星入井,从岁星。"儿发薪下鳞,示孔子。孔子趋而往,鳞向孔子蒙其耳,吐三卷图,广三寸,长八寸,每卷二十四子。其言赤刘当起日周亡,赤气起,火耀兴,玄丘制命,帝卯金。

孔子修春秋,制孝经,既成,斋戒向北辰而拜,告备于天。乃洪郁,起白雾摩地,白虹自上而下,化为黄玉,长三尺,上有刻文。孔子跪受而读之,曰:"宝文出,刘季握。卯,金,刀,在轸北。字禾子,天下服。"

秦穆公时,陈仓人掘地,得物,若羊非羊,若猪非猪。牵以献穆公。道逢二童子,童子曰:"此名为媪。常在地,食死人脑。若欲杀之,以柏插其首。"媪曰:"彼二童子,名为陈宝。得雄者王,得雌者伯。"陈仓人舍媪逐二童子,童子化为雉,飞入平林。陈仓人告穆公,穆公发徒大猎,果得其雌。又化为石。置之汧、渭之间,至文公时,为立祠陈宝。其雄者飞至南阳。今南阳雉县,是其地也。秦欲表其符,故以名县。每陈仓祠时有赤光,长十余丈,从雉县来,入陈仓祠中,有声殷殷如雄雉。其后,光武起于南阳。

宋大夫邢史子臣明于天道。周敬王之三十七年,景公问曰:"天道其何祥?"对曰:"后五十年五月丁亥,臣将死。死后五年五月丁卯,吴将亡。亡后五年,君将终。终后四百年,邾王天下。"俄而皆如其言所云。邾王天下者,谓魏之兴也。邾,曹姓,魏亦曹姓,皆邾之后。其年数则错。未知刑史失其数耶?将年代久远,注记者传而有谬也?

吴以草创之国,信不坚固,边屯守将,皆质其妻子,名曰:"保质童子"。少年以类相与娱游者,日有十数。孙休永安三年二月,有一异儿,长四尺余,年可六七岁,衣青衣,忽来从群儿戏。诸儿莫之识也,皆问曰:"尔谁家小儿,今日忽来?"答曰:"见尔群戏乐,故来耳!"详而视之,眼有光芒,爓爓外射。诸儿畏之重问其故。儿乃答曰:"尔恐我乎?我非人也,乃荧惑星也,将有以告尔。三公归于司马。"诸儿大惊,或走告大人,大人驰往观之。儿曰:"舍尔去乎!"耸身而跃,即以化矣。仰而视之,若曳一疋练以登天。大人来者,犹及见焉。飘飘渐高,有顷而没。时吴政峻急,莫敢宣也。后四年而蜀亡,六年而魏废,二十一年而吴平:是归于司马也。

都水马武举戴洋为都水令史,洋请急还乡,将赴洛,梦神人谓之曰:"洛中当败,人尽南渡。年五年,扬州必有天子。"洋信之,遂不去。既而皆如其梦。

卷　九

　　后汉中兴初,汝南有应枢者,生四子,而尽见神光照社。枢见光,以问卜人。卜人曰:"此天祥也。子孙其兴乎!"乃探得黄金。自是子孙宦学,并有才名。至场,七世通显。

　　车骑将军巴郡冯绲,字鸿卿,初为议郎,发绶笥,有二赤蛇,可长二尺,分南北走。大用忧怖。许季山孙宪,字宁方,得其先人秘要,绲请使卜。云:"此吉祥也。君后三岁,当为边将,东北四五里,官以东为名。"后五年,从大将军南征,居无何,拜尚书郎,辽东太守,南征将军。

　　常山张颢为梁州牧,天新雨后,有鸟如山鹊,飞翔入市,忽然坠地。人争取之,化为圆石。颢椎破之,得一金印,文曰:"忠孝侯印。"颢以上闻,藏之秘府。后议郎汝南樊衡夷上言:"尧舜时旧有此官。今天降印,宜可复置。"颢后官至太尉。

　　京兆长安有张氏,独处一室,有鸠自外入,止于床。张氏祝曰:"鸠来,为我祸也,飞上承尘;为我福也,即入我怀。"鸠飞入怀。以手探之,则不知鸠之所在,而得一金钩。遂宝之。自是子孙渐富,资财万倍。蜀贾至长安,闻之,乃厚赂婢,婢窃钩与贾。张氏既失钩,渐渐衰耗!而蜀贾亦数罹穷厄,不为己利。或告之曰:"天命也。不可力求。"于是赍钩以反张氏,张氏复昌。故关西称张氏传钩云。

　　汉征和三年三月,天大雨,何比干在家,日中,梦贵客车骑满门。觉,以语妻。语未巳,而门有老姬,可八十余,头白,求寄避雨,雨甚,而衣不沾渍。雨止,送至门,乃谓比干曰:"公有阴德,今天锡君策,以广公之子孙。"因出怀中符策,状如简,长九寸,凡九百九十枚,以授比干,曰:"子孙佩印绶者,当如此算。"

　　魏舒,字阳元,任城樊人也。少孤,尝诣野王,主人妻夜产,俄而闻车马之声,相问曰:"男也? 女也?"曰:"男。"书之。"十五,以兵死。"复问:"寝者为谁?"曰:"魏公舒,"后十五载,诣主人,问所生童何在? 曰:"因条桑,为斧伤而死。"舒自知当为公矣。

　　贾谊为长沙王太傅,四月庚子日,有鹏鸟飞入其舍,止于坐隅,良久,乃去。谊发书占之，曰："野鸟入室，主人将去。"谊忌之，故作鹏鸟赋，齐死生而等祸福，以致命定志焉。

王莽居摄，东郡太守翟义，知其将篡汉，谋举义兵。兄宣，教授诸生，满堂。群鹅雁数十在中庭，有狗从外入，啮之，皆死。惊救之，皆断头。狗走出门，求，不知处。宣大恶之。数日，莽夷其三族。

魏司马太傅懿平公孙渊，斩渊父子。先时，渊家数有怪：一犬着冠帻，绛衣，上屋。炊有一儿，蒸死甑中。襄平北市，生肉，长围各数尺，有头、目、口、喙，无手、足，而动摇。占者曰："有形不成，有体无声，其国灭亡。"

吴诸葛恪征淮南，归，将朝会之夜，精爽扰动，通夕不寐。严毕趋出，犬衔引其衣。恪曰："犬不欲我行耶？"出，仍入坐，少顷，复起，犬又衔衣。恪令从者逐之。及入，果被杀。其妻在室，语使婢曰："尔何故血臭？"婢曰："不也。"有顷，愈剧。又问婢曰："汝眼目瞻视，何以不常？"婢蹶然起跃，头至于栋，攘臂切齿而言曰："诸葛公乃为孙峻所杀。"于是大小知恪死矣。而史兵寻至。

吴成将邓喜杀猪祠神，治毕，悬之，忽见一人头，往食肉。喜引弓射中之，咋咋作声，绕屋三日。后人白喜谋叛，合门被诛。

贾充伐吴时，常屯项城，军中忽失充所在。充帐下都督周勤时昼寝，梦见百余人，录充引入一径。勤惊觉，闻失充，乃出寻索。忽睹所梦之道，遂往求之。果见充行至一府舍，侍卫甚盛，府公南面坐，声色甚厉，谓充曰："将乱吾家事者，必尔与荀勖。既惑吾子，又乱吾孙，间使任恺黜汝而不去，又使庾纯詈汝而不改。今吴寇当平，汝方表斩张华。汝之暗戆，皆此类也。若不悛慎，当旦夕加诛。"充叩头流血。府公曰："汝所以延日月而名器若此者，是卫府之勋耳。终当使系嗣死于钟虡之间，大子毙于金酒之中，小子困于枯木之下。荀勖亦宜同然。其先德小浓，故在汝后。数世之外，国嗣亦替。"言毕命去。充忽然得还营，颜色憔悴，性理昏错，经日乃复。至后，谧死于钟下，贾后服金酒而死，贾午考竟用大杖终。皆如所言。

庾亮，字文康，鄢陵人，镇荆州，入厕，忽见厕中一物，如"方相"，两眼尽赤，身有光耀，渐渐从土中出。乃攘臂，以拳击之。应手有声，缩入地。因而寝疾。术士戴洋曰："昔苏峻事公，于白石祠中祈福，许赛其牛。从来未解。故为此鬼所考，不可救也。"明年，亮果亡。

　　东阳刘宠字道弘,居于湖熟,每夜,门庭自有血数升,不知所从来。如此三四。后宠为折冲将军,见遣北征,将行,而炊(食卞)尽变为虫。其家人蒸炒,亦变为虫。其火愈猛,其虫愈壮。宠遂北征,军败于坛邱,为徐龛所杀。

卷　十

汉和熹邓皇后，尝梦登梯以扪天，体荡荡正清滑，有若钟乳状。乃仰嗡饮之。以讯诸占梦。言："尧梦攀天而上，汤梦及天砥之，斯皆圣王之前占也。吉不可言。"

孙坚夫人吴氏，孕而梦月入怀。已而生策。及权在孕，又梦日入怀。以告坚曰："妾昔怀策，梦月入怀；今又梦日，何也？"坚曰："日月者，阴阳之精，极贵之象，吾子孙其兴乎。"

汉蔡茂字子礼，河内怀人也。初在广汉，梦坐大殿，极上有禾三穗。茂取之，得其中穗，辄复失之。以问主簿郭贺。贺曰："大殿者，官府之形象也。极而有禾，人臣之上禄也。取中穗，是中台之象也。于字，'禾''失'为'秩'，虽曰失之，乃所以禄也。衮职中阙，君其补之。"旬月，而茂征焉。

周揽啧者，贫而好道，失妇夜耕，困，息卧。梦天公过而哀之，敕外有以给与。司命按录籍，云："此人相贫，限不过此。唯有张车子，应赐录千万。车子未生，请以借之。"天公曰："善。"曙觉，言之。于是夫妇戮力，昼夜治生，所为辄得，资至千万。先时。有张妪者，尝往周家佣赁，野合，有身，月满，当孕，便遣出外，驻车屋下，产得儿。主人往视，哀其孤寒，做粥糜食之。问："当名汝儿做何？"妪曰："今在车屋下而生，梦天告之，名为车子。"周乃悟曰："吾昔梦从天换钱，外白以张车子钱贷我，必是子也。财当归之矣。"自是居日衰减，车子长大，富于周家。

夏阳卢汾，字士济，梦入蚁穴，见堂宇三间，势甚危豁，题其额，曰："审雨堂"。

吴选曹令史刘卓，病笃，梦见一人，以白越单衫与之，言曰："汝着衫，污，火烧，便洁也。"卓觉，果有衫在侧。污，辄火浣之。

进南书佐刘雅。梦见青刺蝎从屋落其腹内。因苦腹痛病。

后汉张奂为武威太守，其妻梦帝与印绶，登楼而歌。觉，以告奂。奂令占之，曰："夫人方生男，后临此郡命终此楼。"后生子猛，建安中，果为武威太守杀刺史，邯郸商州兵围急，猛耻见擒，乃登楼自焚而死。

汉灵帝梦见桓帝，怒曰："宋皇后有何罪过，而听用邪孽，使绝其命。渤海王悝，既已自贬，又受诛毙。今宋氏及悝，自诉于天，上帝震怒，罪在难救。"梦殊明察。帝既觉而恐，寻亦崩。

吴时嘉兴徐伯始病，使道士吕石安神座，石有弟子戴本、王思，三人居住海盐，伯始迎之以助石。昼卧，梦上天北斗门下见外鞍马三匹。云："明日当以一迎石，一迎本，一迎思。"石梦觉，语本、思云："如此死期，可急还，与家别。"不卒事而去。伯始怪而留之。曰："惧不得见家也。"间一日，三人同时死。

会稽谢奉与永嘉太守郭伯猷善，谢忽梦郭与人于浙江上争樗蒲钱。因为水神所责，堕水而死。已营理郭凶事。及觉，即往郭许，共围棋，良久，谢云："卿知吾来意否？"因说所梦。郭闻之，怅然云："吾作夜亦梦与人争钱，如卿所梦，何期太的的也？"须臾，入厕，便倒，气绝。谢为凶具。

嘉兴徐泰，幼丧父母，叔父隗养之，甚于所生。隗病，泰营侍甚勤。是夜三更中，梦二人乘船持箱，上泰床头，发箱，出簿书示曰："汝叔应死。"泰即于梦中叩头祈请。良久，二人曰："汝县有同姓名人否？"泰思得，语二人云："张隗，不姓徐。"二人云："亦可强逼。念汝能事叔父，当为汝活之。"遂不复见。泰觉，叔病乃差。

卷 十 一

楚熊渠子夜行见寝石，以为伏虎，弯弓射之。没金，铩羽。下视，知其石也。因复射之，矢摧，无迹。汉世复有李广，为右北平太守，射虎，得石，亦如之。刘向曰："诚之至也，而金石为之开，况于人乎！夫唱而不和，动而不随，中必有不全者也。夫不降席而匡天下者，求之己也。"

楚王游于苑，白猿在焉；王令善射者射之，矢数发，猿搏矢而笑；乃命由基，由基抚弓，猿即抱木而号。及六国时，更赢谓魏王曰："臣能为虚发而下鸟。"魏王曰："然则射可至于此乎？"赢曰："可。"有顷闻雁从东方来，更赢虚发而鸟下焉。

齐景公渡于江、沅之河，龟衔左骖，没之。众皆惊惕；古冶子于是拔剑从之，斜行五里，逆行三里，至于砥柱之下，杀之，乃龟也，左手持龟头，右手拔左骖，燕跃鹄踊而出，仰天大呼，水为逆流三百步。观者皆以为河伯也。

楚干将莫邪为楚王作剑，三年乃成，王怒，欲杀之。剑有雌雄，其妻重身，当产，夫语妻曰："吾为王作剑，三年乃成；王怒，往，必杀我。汝若生子，是男，大，告之曰：'出户，望南山，松生石上，剑在其背。'"于是即将雌剑往见楚王。王大怒，使相之，剑有二，一雄，一雌，雌来，雄不来。王怒，即杀之。莫邪子名赤，比后壮，乃问其母曰："吾父所在？"母曰："汝父为楚王作剑，三年乃成，王怒，杀之。去时嘱我：'语汝子：出户，往南山，松生石上，剑在其背。'"于是子出户，南往，不见有山，但睹堂前松柱下石砥之上，即以斧破其背，得剑。日夜思欲报楚王。王梦见一儿，眉间广尺，言欲报仇。王即购之千金。儿闻之，亡去，入山，行歌。客有逢者。谓："子年少。何哭之甚悲耶？"曰："吾干将莫邪子也。楚王杀吾父，吾欲报之。"客曰："闻王购子头千金，将子头与剑来，为子报之。"儿曰："幸甚。"即自刎，两手捧头及剑奉之，立僵。"客曰："不负子也。"于是尸乃仆。客持头往见楚王，王大喜。客曰："此乃勇士头也。当于汤锅煮之。"王如其言。煮头三日，三夕，不烂。头掉出汤中，踬目大怒。客曰："此儿头不烂，愿王自往临视之，是必烂也。"王即临之。客以剑拟王，王头随堕汤中；客亦自拟己头，头复堕汤中。三首俱烂，不可识别。乃分其汤肉葬之。故通名三王墓。今在汝南北宜春县界。

汉武时，苍梧贾雍为豫章太守，有神术，出界讨贼，为贼所杀，失头，上马回营中，咸走来视雍。雍胸中语曰："战不利，为贼所伤。诸君视有头佳乎？无头佳乎？"吏涕泣曰："有头佳。"雍曰："不然。无头亦佳。"言毕，遂死。

渤海太守史良姊，一女子，许嫁而不果，良怒，杀之，断其头而归，投于灶下。曰"当令火葬。"头语曰："使君我相从，何图当尔。"后梦见曰："还君物。"觉而得昔所与香缨金钗之属。

周灵王时，苌弘见杀，蜀人因藏其血，三年，乃化而为碧。

汉武帝东游，未出函谷关，有物当道，身长数丈，其状像牛，青眼而曜睛，四足，入土，动而不徙。百官惊骇。东方朔乃请以酒灌之。灌之数十斛，而物消。帝问其故。答曰："此名为患忧气之所生也。此必是秦之狱地，不然，则罪人徒做之所聚。夫酒忘忧，故能消之也。"帝曰："吁！博物之士，至于此乎！"

后汉，谅辅，字汉儒，广汉新都人，少给佐吏，浆水不交，为从事，大小毕举，郡县敛手。时夏枯旱，太守自曝中庭，而雨不降；辅以五官掾出祷山川，自誓曰："辅为郡股肱，不能进谏，纳忠，荐贤，退恶，和调百姓；至令天地否隔，万物枯焦，百姓喁喁，无所控诉，咎尽在辅。今郡太守内省责己，自曝中庭，使辅谢罪，为民祈福；精诚恳到，未有感彻，辅今敢自誓：若至日中无雨，请以身塞无状。"乃积薪柴，将自焚焉。至日中时，山气转黑，起雷，雨大作，一郡沾润。世以此称其至诚。

何敞吴郡人，少好道艺，隐居，里以大旱，民物憔悴，太守庆洪遣户曹掾致谒，奉印绶，烦守无锡。敞不受。退，叹而言曰："郡界有灾，安能得怀道！"因跋涉之县，驻明星屋中，蝗蟥消死，敞即遁去。后举方正博士，皆不就，卒于家。

后汉，徐栩，字敬卿，吴由拳人，少为狱吏，执法详平。为小黄令时，属县大蝗，野无生草，过小黄界，飞逝，不集。刺史行部责栩不治。栩弃官，蝗应声而至。刺史谢令还寺舍，蝗即飞去。

王业,字子香,汉和帝时为荆州刺史,每出行部,沐浴斋素,以祈于天地,当启佐愚心,无使有枉百姓。在州七年,惠风大行,苛慝不作,山无豺狼。卒于湘江,有二白虎,低头,曳尾,宿卫其侧。及丧去,虎踰州境,忽然不见。民共为立碑,号曰:湘江白虎墓。

吴时,葛祚为衡阳太守,郡境有大槎横水,能为妖怪,百姓为立庙,行旅祷祀,槎乃沈没,不者,槎浮,则船为之破坏。祚将去官,乃大具斧斤,将去民累。明日,当至,其夜闻江中汹汹有人声,往视之,槎乃移去,沿流下数里,驻湾中。自此行者无复沈覆之患。衡阳人为祚立碑,曰"正德祈禳,神木为移。"

曾子从仲尼在楚,而心动,辞归,问母,母曰:"思尔,啮指。"孔子曰:"曾参之孝,精感万里。"

周畅,性仁慈,少至孝,独与母居,每出入,母欲呼之,常自啮其手,畅即觉手痛而至。治中从事未之信。候畅在田,使母啮手,而畅即归。元初二年,为河南尹,时夏大旱,久祷无应。畅收葬洛阳城旁客死骸骨万余,为立义冢,应时澍雨。

王祥,字休征,琅邪人,性至孝,早丧亲,继母朱氏不慈,数谮之,由是失爱于父。每使扫除牛下。父母有疾,衣不解带。母常欲生鱼,时天寒,冰冻,祥解衣将剖冰求之,冰忽自解,双鲤跃出,持之而归。母又思黄雀炙,复有黄雀数十,入其幕,复以供母。乡里惊叹,以为孝感所致。

王延,性至孝。继母卜氏,尝盛冬思生鱼,敕延求而不获,杖之流血;延寻汾叩凌而哭,忽有一鱼,长五尺,跃出冰上,延取以进母。卜氏食之,积日不尽。于是心悟,抚延如己子。

楚僚,早失母,事后母至孝,母患痈肿,形容日悴,僚自徐徐吮之,血出,迨夜即得安寝。乃梦一小儿,语母曰:"若得鲤鱼食之,其病即差,可以延寿。不然,不久死矣。"母觉而告僚,时十二月,冰冻,僚乃仰天叹泣,脱衣上冰,卧之。有一童子,决僚卧处,冰忽自开,一双鲤鱼跃出。僚将归奉其母,病即愈。寿至一百三十三岁。盖至孝感天神,昭应如此。此与王祥,王延事同。

盛彦,字翁子,广陵人,母王氏,因疾失明,彦躬自侍养。母食,必自哺之。母疾,既久,至于婢使数见捶挞,婢愤恨,闻彦蹔行,取蛴螬炙饴之。母食,以为美,然疑是异物,密藏以示彦。彦见之,抱母恸哭,绝而复苏。

母目豁然即开，于此遂愈。

颜含，字弘都，次嫂樊氏，因疾失明，医人疏方，需蚺蛇胆，而寻求备至，无由得之。含忧叹累时，尝昼独坐，忽有一青衣童子，年可十三四，持一青囊授含，含开视，乃蛇胆也。童子逡巡出户，化成青鸟飞去。得胆，药成，嫂病即愈。

郭巨，隆虑人也，一云河内温人，兄弟三人，早丧父，礼毕，二弟求分，以钱二千万，二弟各取千万，巨独与母居客舍，夫妇佣赁以给公养。居有顷，妻产男，巨念举儿妨事亲，一也；老人得食，喜分儿孙，减馔，二也；乃于野凿地，欲埋儿，得石盖，下有黄金一釜，中有丹书，曰："孝子郭巨，黄金一釜，以用赐汝。"于是名震天下。

新兴刘殷，字长盛，七岁丧父，哀毁过礼，服丧三年，未尝见齿。事曾祖母王氏，尝夜梦人谓之曰："西篱下有粟。"寤而掘之，得粟十五钟，铭曰："七年粟百石，以赐孝子刘殷。"自是食之七岁，方尽。及王氏卒，夫妇毁瘠，几至灭性。时枢在殡，而西邻失火，风势甚猛，殷夫妇叩殡号哭，火遂灭。后有二白鸠来巢其树庭。

杨公伯，雍雒阳县人也，本以侩卖为业，性笃孝，父母亡，葬无终山，遂家焉。山高八十里，上无水，公汲水作义浆于阪头，行者皆饮之。三年，有一人就饮，以一斗石子与之，使至高平好地有石处种之，云："玉当生其中，"杨公未娶，又语云："汝后当得好妇。"语毕，不见。乃种其石，数岁，时时往视，见玉子生石上，人莫知也。有徐氏者，右北平着姓女，甚有行，时人求，多不许；公乃试求徐氏，徐氏笑以为狂，因戏云："得白璧一双来，当听为婚。"公至所种玉田中，得白璧五双，以聘。徐氏大惊，遂以女妻公。天子闻而异之，拜为大夫。乃于种玉处四角，作大石柱，各一丈，中央一顷地名曰"玉田"。

衡农，字剽卿，东平人也。少孤，事继母至孝。常宿于他舍，值雷风，频梦虎啮其足，农呼妻相出于庭，叩头三下。屋忽然而坏，压死者三十余人，唯农夫妻获免。

罗威，字德仁，八岁丧父，事母性至孝，母年七十，天大寒，常以身自温席而后授其处。

王裒，字伟元，城阳营陵人也。父仪，为文帝所杀。裒庐于墓侧，旦夕常至墓所拜跪，攀柏悲号，涕泣着树，树为之枯。母性畏雷，母没，每雷，辄到墓曰:"哀在此。"

郑弘迁临淮太守,郡民徐宪在丧,致哀,有白鸠巢户侧。弘举为孝廉。朝廷称为"白鸠郎"。

汉时,东海孝妇养姑甚谨,姑曰:"妇养我勤苦,我已老,何惜余年,久累年少。"遂自缢死。其女告官云:"妇杀我母。"官收,系之。拷掠毒治,孝妇不堪苦楚,自诬服之。时于公为狱吏,曰:"此妇养姑十余年,以孝闻彻,必不杀也。"太守不听。于公争不得理,抱其狱词哭于府而去。自后郡中枯旱,三年不雨。后太守至,于公曰:"孝妇不当死,前太守枉杀之,咎当在此。"太守实时身祭孝妇冢,因表其墓,天立雨,岁大熟。长老传云:"孝妇名周青,青将死,车载十丈竹竿,以悬五幡,立誓于众曰:'青若有罪,愿杀,血当顺下;青若枉死,血当逆流。'既行刑已,其血青黄缘幡竹而上,极标,又缘幡而下云。"

犍为叔先泥和,其女名雄,永建三年,泥和为县功曹,县长赵祉遣泥和拜檄,谒巴郡太守,以十月乘船,于城湍堕水死,尸丧不得。雄哀恸号咷,命不图存,告弟贤及夫人,令勤觅父尸,若求不得,吾欲自沈觅之。时雄年二十七,有子男贡,年五岁,赏,年三岁,乃各作绣香囊一枚,盛以金珠,环,预婴二子,哀号之声,不绝于口,昆族私忧。至十二月十五日,父丧不得,雄乘小船于父堕处,哭泣数声,竟自投水中,旋流没底。见梦告弟云:"至二十一日,与父俱出。"至期,如梦,与父相持并浮出江。县长表言郡太守,肃登承上尚书,乃遣户曹掾为雄立碑,图象其形,令知至孝。

河南乐羊子之妻者,不知何氏之女也。躬勤养姑。尝有他舍鸡,谬入园中,姑盗杀而食之。妻对鸡不食而泣。姑怪问其故。妻曰:"自伤居贫,使食有他肉。"姑竟弃之。后盗有欲犯之者,乃先劫其姑,妻闻,操刀而出。盗曰:"释汝刀。从我者,可全;不从我者,则杀汝姑。"妻仰天而叹,刎颈而死。盗亦不杀姑。太守闻之,捕杀盗贼,赐妻缣帛,以礼葬之。

庾衮,字叔褒,咸宁中大疫,二兄俱亡,次兄毗复殆,疠气方盛,父母诸弟皆出次于外,衮独留,不去。诸父兄强之,乃曰:"衮性不畏病。"遂亲自扶持,昼夜不眠。间复抚柩哀临不辍。如此十余旬,疫势既退,家人乃返。毗病得差,衮亦无恙。

宋康王舍人韩凭娶妻何氏,美,康王夺之。凭怨,王囚之,论为城旦。妻密遗凭书,缪其辞曰:"其雨淫淫,河大水深,日出当心。"既而王得其书，以示左右，左右莫解其意。臣苏贺对曰："其雨淫淫，言愁且思也。河大水深，不得往来也。日出当心，心有死志也。"俄而凭乃自杀。其妻乃阴腐其衣，王与之登台，妻遂自投台，左右揽之，衣不中手而死。遗书于带曰："王利其生，妾利其死，愿以尸骨赐凭合葬。"王怒，弗听，使里人埋之，冢相望也。王曰："尔夫妇相爱不已，若能使冢合，则吾弗阻也。"宿昔之间，便有大梓木，生于二冢之端，旬日而大盈抱，屈体相就，根交于下，枝错于上。又有鸳鸯，雌雄各一，恒栖树上，晨夕不去，交颈悲鸣，音声感人。宋人哀之，遂号其木曰"相思树"。"相思"之名，起于此也。南人谓：此禽即韩凭夫妇之精魂。今睢阳有韩凭城，其歌谣至今犹存。

汉末零阳郡太守史满，有女，悦门下书佐。乃密使侍婢取书佐盥手残水饮之，遂有妊。已而生子，至能行，太守令抱儿出，使求其父。儿匍匐直入书佐怀中。书佐推之仆地，化为水。穷问之，具省前事，遂以女妻书佐。

鄱阳西有望夫冈。昔县人陈明与梅氏为婚，未成，而妖魅诈迎妇去。明诣卜者，决云："行西北五十里求之。"明如言，见一大穴，深邃无底。以绳悬人，遂得其妇。乃令妇先出，而明所将邻人秦文，遂不取明。其妇乃自誓执志登此冈首而望其夫，因以名焉。

后汉，南康邓元义，父伯考，为尚书仆射，元义还乡里，妻留事姑，甚谨。姑憎之，幽闭空室，节其饮食，羸露，日困，终无怨言。时伯考怪而问之，元义子朗，时方数岁，言："母不病，但苦饥耳。"伯考流涕曰："何意亲姑反为此祸！"遣归家，更嫁，为华仲妻。仲为将作大匠，妻乘朝车出，元义于路旁观之，谓人曰："此我故妇，非有他过，家夫人遇之实酷，本自相贵。"其子朗，时为郎，母与书，皆不答，与衣裳，辄以烧之。母不以介意。母欲见之，乃至亲家李氏堂上，令人以他词请朗。朗至，见母，再拜涕泣，因起出。母追谓之曰："我几死。自为汝家所弃，我何罪过，乃如此耶！"因此遂绝。

严遵为扬州刺史，行部，闻道傍女子哭声不哀。问所哭者谁。对云："夫遭烧死。"遵敕吏舁尸到，与语，讫，语吏云："死人自道不烧死。"乃摄女，令人守尸，云："当有枉。"吏曰："有蝇聚头所。"遵令披视，得铁锥贯顶。拷问，以淫杀夫。

汉，范式，字巨卿，山阳金乡人也，一名汜，与汝南张劭为友，劭字符伯。二人并游太学，后告归乡里，式谓元伯曰："后二年，当还。将过拜尊亲,见孺子焉。"乃共克期日。后期方至,元伯具以告母,请设馔以候之。母曰:"二年之别,千里结言,尔何相信之审耶!"曰:"巨卿信士,必不乖违。"母曰:"若然,当为尔酝酒。"至期,果到。升堂,拜饮,尽欢而别。后元伯寝疾,甚笃,同郡郅君章殷子征晨夜省视之。元伯临终,叹曰:"恨不见我死友。"子征曰:"吾与君章尽心于子,是非死友,复欲谁求?"元伯曰:"若二子者,吾生友耳。山阳范巨卿,所谓死友也。"寻而卒。式忽梦见元伯,玄冕,垂缨,屣履,而呼曰:"巨卿!吾以某日死,当以尔时葬。永归黄泉。子未忘我,岂能相及!"式恍然觉悟,悲叹泣下。便服朋友之服,投其葬日,驰往赴之。未及到而丧已发引。既至圹,将窆,而柩不肯进。其母抚之曰:"元伯!岂有望耶?"遂停柩移时,乃见素车,白马,号哭而来。其母望之,曰:"是必范巨卿也。"既至,叩丧,言曰:"行矣元伯!死生异路,永从此辞。"会葬者千人,咸为挥涕。式因执绋而引柩。于是乃前。式遂留止冢次,为修坟树,然后乃去。

卷 十 二

天有五气,万物化成:木清则仁,火清则礼,金清则义,水清则智,土清则思。五气尽纯,圣德备也。木浊则弱,火浊则淫,金浊则暴,水浊则贪,土浊则顽。五气尽浊,民之下也。中土多圣人,和气所交也。绝域多怪物,异气所产也。苟禀此气,必有此形;苟有此形,必生此性。故食谷者智能而文,食草者多力而愚,食桑者有丝而蛾,食肉者勇敢而悍,食土者无心而不息,食气者神明而长寿,不食者不死而神。大腰无雄,细腰无雌;无雄外接,无雌外育。三化之虫,先孕后交;兼爱之兽,自为牝牡;寄生因夫高木,女萝托乎茯苓,木株于土,萍植于水,鸟排虚而飞,兽跖实而走,虫土闭而蛰,鱼渊潜而处。本乎天者亲上,本乎地者亲下,本乎时者亲旁:各从其类也。千岁之雉,入海为蜃;百年之雀,入海为蛤;千岁龟鼋,能与人语;千岁之狐,起为美女;千岁之蛇,断而复续;百年之鼠,而能相卜:数之至也。春分之日,鹰变为鸠;秋分之日,鸠变为鹰:时之化也。故腐草之为萤也,朽苇之为蜚也,稻之为也,麦之为蝴蝶也;羽翼生焉,眼目成焉,心智在焉:此自无知化为有知,而气易也。雀之为蛤也,蛏之为虾也:不失其血气,而形性变也。若此之类,不可胜论。应变而动,是为顺常;苟错其方,则为妖眚。故下体生于上,上体生于下:气之反者也。人生兽,兽生人:气之乱者也。男化为女,女化为男:气之贸者也。鲁,牛哀,得疾,七日化而为虎,形体变易,爪牙施张。其兄启户而入,捕而食之。方其为人,不知其将为虎也;方有为虎,不知其常为人也。故晋,太康中,陈留阮士瑀,伤于虺,不忍其痛,数嗅其疮,已而双虺成于鼻中。元康中,历阳纪元载客食道龟,已而成瘕,医以药攻之,下龟子数升,大如小钱,头足壳备,文甲皆具,唯中药已死。夫妻非化育之气,鼻非胎孕之所,享道非下物之具:从此观之,万物之生死也,与其变化也,非通神之思,虽求诸已,恶识所自来。然朽草之为萤,由乎腐也;麦之为蝴蝶,由乎湿也。尔则万物之变,皆有由也。农夫止麦之化者,沤之以灰;圣人理万物之化者,济之以道:其然与;不然乎?

季桓子穿井,获如土缶,其中有羊焉,使问之仲尼,曰:"吾穿井其获狗,何耶?"仲尼曰:"以丘所闻,羊也。丘闻之:木石之怪,夔,'魍魉'。水中之怪，龙，'罔象'。土中之怪曰'贲羊'。"夏鼎志曰："'罔象'如三岁儿，赤目，黑色，大耳，长臂，赤爪。索缚，则可得食。"王子曰："木精为'游光'，金精为'清明'"也。

晋惠帝元康中，吴郡娄县怀瑶家忽闻地中有犬声隐隐。视声发处，上有小窍，大如蟮穴。瑶以杖刺之，入数尺，觉有物。乃掘视之，得犬子，雌雄各一，目犹未开，形大于常犬。哺之，而食。左右咸往观焉。长老或云："此名'犀犬'，得之者，令家富昌，宜当养之。"以目未开，还置窍中，覆以磨砻，宿昔发视，左右无孔，遂失所在。瑶家积年无他祸幅。至太兴中，吴郡太守张懋，闻斋内床下犬声。求而不得。既而地坼，有二犬子，取而养之，皆死。其后懋为吴兴兵沈充所杀。尸子曰："地中有犬，名曰'地狼'；有人，名曰'无伤'。"夏鼎志曰："掘地而得狗，名曰'贾'；掘地而得豚，名曰'邪'；掘地而得人，名曰'聚'；'聚'无伤也。"此物之自然，无谓鬼神而怪之。然则'贾'与'地狼'名异，其实一物也。淮南毕万曰："千岁羊肝，化为'地宰'；蟾蜍得'（上艹下瓜），'卒时为'鹑'。"此皆因气化以相感而成也。

吴诸葛恪为丹阳太守，尝出猎，两山之间，有物如小儿，伸手欲引人。恪令伸之，乃引去故地。去故地，即死。既而参佐问其故，以为神明。恪曰："此事在白泽图内；曰：'两山之间，其精如小儿，见人，则伸手欲引人，名曰'傒囊'，"引去故地，则死。'无谓神明而异之。诸君偶未见耳。"

王莽建国四年，池阳有小人景，长一尺余，或乘车，或步行，操持万物，大小各自相称，三日乃止。莽甚恶之。自后盗贼日甚，莽竟被杀。管子曰："涸泽数百岁，谷之不徙，水之不绝者，生'庆忌'。'庆忌'者，其状若人，其长四寸，衣黄衣，冠黄冠，戴黄盖，乘小马，好疾驰，以其名呼之，可使千里外一日反报。"然池阳之景者，或'庆忌'也乎。又曰："涸小水精，生'蚳'。"'蚳'者，一头而两身，其状若蛇，长八尺，以其名呼之，可使取鱼鳖。

晋，扶风杨道和，夏于田中，值雨，至桑树下，霹雳下击之，道和以锄格折其股，遂落地，不得去。唇如丹，目如镜，毛角长三寸，余状似六畜，头似猕猴秦时，南方有"落头民"，其头能飞。其种人部有祭祀，号曰"虫落"，故因取名焉，吴时，将军朱桓，得一婢，每夜卧后，头辄飞去。或从狗窦，或从天窗中出入，以耳为翼，将晓，复还。数数如此，傍人怪之，夜中照视，唯有身无头,其体微冷,气息裁属。乃蒙之以被。至晓,头还,碍被不得安,两三度,堕地。噫咤甚愁,体气甚急,状若将死。乃去被,头复起,傅颈。有顷,和平。桓以为大怪,畏不敢畜,乃放遣之。既而详之,乃知天性也。时南征大将,亦往往得之。又尝有覆以铜盘者,头不得进:遂死。

江,汉之域,有“貙人”,其先,廪君之苗裔也,能化为虎。长沙所属蛮县东高居民,曾做槛捕虎,槛发,明日众人共往格之,见一亭长,赤帻,大冠,在槛中坐。因问“君何以入此中?”亭长大怒曰:“昨忽被县召,夜避雨,遂误入此中。急出我。”曰:“君见召,不当有文书耶?”即出怀中召文书。于是即出之。寻视,乃化为虎,上山走。或云:“貙,虎化为人,如着紫葛衣,其足无踵,虎,有五指者,皆是貙。”

蜀中西南高山之上,有物,与猴相类,长七尺,能作人行,善走逐人,名曰“猳国”,一名“马化”,或曰“玃猿”。伺道行妇女有美者,辄盗取,将去,人不得知。若有行人经过其旁,皆以长绳相引,犹故不免。此物能别男女气臭,故取女,男不取也。若取得人女,则为家室。其无子者,终身不得还。十年之后,形皆类之。意亦迷惑,不复思归。若有子者,辄抱送还其家,产子,皆如人形。有不养者,其母辄死;故惧怕之,无敢不养。及长,与人不异。皆以杨为姓。故今蜀中西南多诸杨,率皆是“国”、“马化”之子孙也。

临川间诸山有妖物,来常因大风雨,有声如啸,能射人,其所着者,有顷,便肿,大毒。有雌雄:雄急,而雌缓;急者不过半日间,缓者经宿。其旁人常有以救之,救之少迟,则死。俗名曰“刀劳鬼”。故外书云:“鬼神者,其祸福发扬之验于世者也。”老子曰:“昔之得一者:天得一以清,地得一以宁,神得一以灵,谷得一以盈,侯王得一以为天下贞。”然则天地鬼神,与我并生者也;气分则性异,域别则形殊,莫能相兼也。生者主阳,死者主阴,性之所托,各安其生,太阴之中,怪物存焉。

越地深山中有鸟,大如鸠,青色,名曰“冶鸟”,穿大树,做巢,如五六升器,户口径数寸:周饰以土垭,赤白相分,状如射侯。伐木者见此树,即避之去;或夜冥不见鸟,鸟亦知人不见,便鸣唤曰:“咄咄上去!”明日便宜急上;“咄咄下去!”明日便宜急下;若不使去,但言笑而不已者,人可止伐也。若有秽恶及其所止者,则有虎通夕来守,人不去,便伤害人。此鸟,白日见其形,是鸟也;夜听其鸣,亦鸟也;时有观乐者,便作人形,长三尺,至涧中取石蟹；就人炙之，人不可犯也。越人谓此鸟是"越祝"之祖也。

南海之外，有"鲛人"，水居，如鱼，不废织绩。其眼，泣，则能出珠。

庐江耽，枞阳二县境，上有大青小青黑居山野之中，时闻哭声多者至数十人，男女大小，如始丧者。邻人惊骇，至彼奔赴，常不见人。然于哭地，必有死丧。率声若多，则为大家；声若小，则为小家。

庐江大山之间，有"山都"，似人，裸身，见人便走。有男，女，可长四五丈，能啸相唤，常在幽昧之中，似魍魅鬼物。

汉光武中平中，（编者按：中平当为中元，因光武无中平年号。或光武为灵帝之误。）有物处于江水，其名曰"蜮"，一曰"短狐"。能含沙射人。所中者，则身体筋急，头痛，发热。剧者至死。江人以术方抑之，则得沙石于肉中。诗所谓"为鬼，为蜮"，则不可测也。今俗谓之"溪毒"。先儒以为男女同川而浴，淫女，为主乱气所生也。

汉，永昌郡不违县，有禁水；水有毒气，唯十一月，十三月差可渡涉，自正月至十月不可渡；渡辄病杀人，其气中有恶物，不见其形，其似有声。如有所投击内中木，则折；中人，则害。士俗号为"鬼弹"。故郡有罪人，徙之禁防，不过十日，皆死。

余外妇姊夫蒋士，有佣客，得疾，下血；医以中蛊，乃秘以蘘荷根布席下，不使知，乃狂言曰："食我虫者，乃张小小也。"乃呼"小小亡"云，今世攻蛊，多用蘘荷根，往往验。蘘荷，或谓嘉草。

鄱阳赵寿，有犬，蛊，时陈岑诣寿，忽有大黄犬六七群，出吠岑，后余相伯归与寿妇食，吐血，几死。乃屑桔梗以饮之而愈。蛊有怪物，若鬼，其妖形变化杂类殊种：或为狗豕，或为虫蛇。其人不自知其形状，行之于百姓，所中皆死。

荥阳郡有一家，姓廖，累世为蛊，以此致富。后取新妇，不以此语之。遇家人咸出，唯此妇守舍，忽见屋中有大缸，妇试发之，见有大蛇，妇乃作汤灌杀之。及家人归，妇具白其事，举家惊惋。未几，其家疾疫，死亡略尽。

卷 十 三

泰山之东,有澧泉,其形如井,本体是石也。欲取饮者,皆洗心志,跪而挹之,则泉出如飞,多少足用,若或污漫,则泉止焉。盖神明之尝志者也。

二华之山,本一山也,当河,河水过之,而曲行;河神巨灵,以手擘开其上,以足蹈离其下,中分为两。以利河流。今观手迹于华岳上,指掌之形具在;脚迹在首阳山下,至今犹存。故张衡作西京赋所称"巨灵赑屃,高掌远跖,以流河曲"是也。

汉武徙南岳之祭于庐江,灊县,霍山之上,无水,庙有四镬,可受四十斛,至祭时,水辄自满,用之,足了,事毕,即空,尘土树叶,莫之污也。积五十岁,岁作四祭,后但作三祭,一镬自败。

樊东之口,有樊山,若天旱,以火烧山,即至大雨。今往有验。

空乘之地,今名为孔宝,在鲁南,山之穴外,有双石,如桓楹起立,高数丈。鲁人弦歌祭祀,穴中无水,每当祭时,洒扫以告,辄有清泉自石间出,足以周事。既已,泉亦止。其验至今存焉。

湘穴中有黑土,岁大旱,人则共壅水以塞此穴;穴淹,则大雨立至。

秦惠王二十七年,使张仪筑成都城,屡颓。忽有大龟浮于江,至东子城东南隅而毙。仪以问巫。巫曰:"依龟筑之。"便就,故名龟化城。

由拳县,秦时长水县也。始皇时童谣曰:"城门有血,城当陷没为湖。"有妪闻之,朝朝往窥。门将欲缚之。妪言其故。后门将以犬血涂门,妪见血,便走去。忽有大水,欲没县。主簿令干入白令,令曰:"何忽作鱼?"干曰:"明府亦作鱼。"遂沦为湖。

秦时,筑城于武周塞内,以备胡,城将成,而崩者数焉。有马驰走,周旋反复,父老异之,因依马迹以筑城,城乃不崩。遂名马邑。其故城今在朔州。

汉武帝凿昆明池,极深,悉是灰墨,无复土。举朝不解。以问东方朔。朔曰:"臣愚不足以知之。"曰:"试问西域人。"帝以朔不知,难以移问。至后汉明帝时,西域道人入来洛阳,时有忆方朔言者,乃试以武帝时灰墨问之。道人云："经云：'天地大劫将尽，则劫烧。'此劫烧之余也。"乃知朔言有旨。

临汜县有廖氏，世老寿。后移居，子孙辄残折。他人居其故宅，复累世寿。乃知是宅所为。不知何故。疑井水赤。乃掘井左右，得古人埋丹砂数十斛；丹汁入井，是以饮水而得寿。

江东名"余腹"者：昔吴王阖闾江行，食脍，有余，因弃中流，悉化为鱼；今鱼中有名"吴王脍余"者，长数寸，大者如箸，犹有脍形。

蝤（虫越），蟹也。尝通梦于人，自称"长卿"。今临海人多以"长卿"呼之。

南方有虫，名"（虫禺）"，一名"蠋"，又名"青蚨"，形似蝉而稍大，味辛美，可食。生子必依草叶，大如蚕子，取其子，母即飞来，不以远近，虽潜取其子，母必知处。以母血涂钱八十一文，以子血涂钱八十一文：每市物。或先用母钱，或先用子钱，皆复飞归。轮转无已。故淮南子术以之还钱，名曰"青蚨"。

土蜂，名曰"蜾"，今世谓"蠮螉""细腰"之类。其为物雄而无雌，不交，不产；常取桑虫或阜螽子育之，则皆化成己子。亦或谓之"螟蛉"。诗曰："螟蛉有子，果蠃负之"，是也。

木蠹，生虫，羽化为蝶。

猬多刺，故不使超踰杨柳。

昆仑之（山虚），地首也，是唯帝之下都，故其外绝以弱水之深，又环以炎火之山。山上有鸟兽草木，皆生育滋长于炎火之中；故有"火澣布"，非此山草木之皮枲，则其鸟兽之毛也。汉世西域旧献此布，中闲久绝。至魏初时，人疑其无有。文帝以为火性酷裂，无含生之气，着之典论，明其不然之事，绝智者之听。及明帝立，诏三公曰："先帝昔着典论，不朽之格言，其刊石于庙门之外及太学，与'石经'并以永示来世。"至是，西域使人献"火浣布"袈裟，于是刊灭此论，而天下笑之。

夫金之性一也，以五月丙午日中铸，"为阳燧"，以十一月壬子夜半铸，为"阴燧"。（言丙午日铸为"阳燧"，可取火；壬子夜铸为"阴燧"，可取水也。）

汉灵帝时，陈留蔡邕，以数上书陈奏，忤上旨意，又内宠恶之，虑不免，乃亡命江海，远迹吴会。至吴，吴人有烧桐以爨者，邕闻火烈声，曰："此良材也。"因请之，削以为琴，果有美音。而其尾焦，因名"焦尾琴"。

蔡邕尝至柯亭，以竹为椽，邕仰盼之，曰："良竹事。"取以为笛，发声辽亮。一云："邕告吴人曰：'吾昔尝经会稽高迁亭，见屋东间第十六竹椽可为笛，取用，果有异声。'"

卷 十 四

昔高阳氏，有同产而为夫妇，帝放之于崆峒之野。相抱而死。神鸟以不死草覆之，七年，男女同体而生。二头，四手足，是为蒙双氏。

高辛氏，有老妇人，居于王宫，得耳疾，历时，医为挑治，出顶虫，大如茧。妇人去，后置以瓠篱，覆之以盘，俄尔顶虫乃化为犬。其文五色。因名盘瓠，遂畜之。时戎吴强盛，数侵边境，遣将征讨，不能擒胜。乃募天下有能得戎吴将军首者，赠金千斤，封邑万户，又赐以少女。后盘瓠衔得一头，将造王阙。王阙视之，即是戎吴。为之奈何？群臣皆曰："盘瓠是畜，不可官秩，又不可妻。虽有功，无施也。"少女闻之，启王曰："大王既以我许天下矣。盘瓠衔首而来，为国除害，此天命使然，岂狗之智力哉。王者重言，伯者重信，不可以女子微躯，而负明约于天下，国之祸也。"王惧而从之。令少女从盘瓠，盘瓠将女上南山，草木茂盛，无人行迹。于是女解去衣裳，为仆竖之结，着独力之衣，随盘瓠升山，入谷，止于石室之中。王悲思之，遣往视觅，天辄风雨，岭震，云晦，往者莫至。盖经三年，产六男，六女。盘瓠死，后自相配偶，因为夫妇。织绩木皮，染以草实。好五色衣服，裁制皆有尾形，后母归，以语王，王遣使迎诸男女，天不复两。衣服褊裢，言语侏（人离），饮食蹲踞，好山恶都。王顺其意，赐以名山，广泽，号曰蛮夷。蛮夷者，外痴内黠，安土重旧，以其受异气于天命，故待以不常之律。田作，贾贩，无关繻，符传，租税之赋。有邑，君长皆赐印绶。冠用獭皮，取其游食于水。今即梁汉、巴蜀、武陵、长沙、庐江郡夷是也。用糁，杂鱼肉，叩槽而号，以祭盘瓠，其俗至今。故世称"赤髀，横裙，盘瓠子孙"。

槁离国王侍婢有娠，王欲杀之。婢曰："有气如鸡子，从天来下，故我有娠。"后生子，捐之猪圈中，猪以喙嘘之；徙至马枥中马复以气嘘之。故得不死。王疑以为天子也，乃令其母收畜之，名曰东明。常令牧马。东明善射，王恐其夺己国也，欲杀之。东明走，南至施掩水，以弓击水。鱼鳖浮为桥，东明得渡。鱼鳖解散，追兵不得渡。因都王夫余。

古徐国宫人娠而生卵，以为不祥，弃之水滨。有犬，名鹄苍，衔卵以归。遂生儿，为徐嗣君。后鹄苍临死，生角而九尾，实黄龙也。葬之徐里中。见有狗垄在焉。

斗伯比父早亡，随母归在舅姑之家，后长大，乃奸妘子之女，生子文。其妘子妻耻女不嫁而生子。乃弃于山中。妘子游猎，见虎乳一小儿，归与妻言，妻曰："此是我女与伯比私通生此小儿。我耻之，送于山中。"妘子乃迎归养之，配其女与伯比。楚人因呼子文为"谷乌菟"。仕至楚相也。

齐惠公之妾萧同叔子见御，有身，以其贱，不敢言也，取薪而生顷公于野，又不敢举也。有狸乳而鹮覆之。人见而收，因名曰无野是为顷公。

袁（金刃）者，羌豪也，秦时，拘执为奴隶，后得亡去，秦人追之急迫，藏于穴中，秦人焚之，有景相如虎来为蔽，故得不死。诸羌神之，推以为君。其后种落炽盛。

后汉定襄太守窦奉妻生子武，并生一蛇。奉送蛇于野中，及武长大，有海内俊名。母死，将葬未窆，宾客聚集，有大蛇从林草中出，径来棺下，委地俯仰，以头击棺，血涕并流，状若哀恸，有顷而去。时人知为窦氏之祥。

晋怀帝永嘉中，有韩媪者，于野中见巨卵。持归育之，得婴儿。字曰撅儿。方四岁，刘渊筑平阳城，不就，募能城者。撅儿应募。因变为蛇，令媪遗灰志其后，谓媪曰："凭灰筑城，城可立就。"竟如所言。渊怪之，遂投入山穴间，露尾数寸，使者斩之，忽有泉出穴中，汇为池，因名金龙池。

元帝永昌中，暨阳人任谷，因耕，息于树下，忽有一人着羽衣就淫之。既而不知所在。谷遂有妊。积月，将产，羽衣人复来，以刀穿其阴下，出一蛇子，便去。谷遂成宦者，诣阙自陈，留于宫中。

旧说：太古之时，有大人远征，家无余人，唯有一女。牡马一匹，女亲养之。穷居幽处，思念其父，乃戏马曰："尔能为我迎得父还，吾将嫁汝。"马既承此言，乃绝缰而去。径至父所。父见马，惊喜，因取而乘之。马望所自来，悲鸣不已。父曰："此马无事如此，我家得无有故乎！"亟乘以归。为畜生有非常之情，故厚加刍养。马不肯食。每见女出入，辄喜怒奋击。如此非一。父怪之，秘以问女，女具以告父："必为是故。"父曰："勿言。恐辱家门。且莫出入。"于是伏弩射杀之。暴皮于庭。父行，女以邻女于皮所戏，以足蹙之曰："汝是畜生，而欲取人为妇耶！招此屠剥，如何自苦！"言未及竟，马皮蹶然而起，卷女以行。邻女忙怕，不敢救之。走告其父。父还求索，已出失之。后经数日，得于大树枝间，女及马皮，尽化为蚕,而绩于树上。其(上尔下虫)纶理厚大,异于常蚕。邻妇取而养之。其收数倍。因名其树曰桑。桑者,丧也。由斯百姓竞种之,今世所养是也。言桑蚕者,是古蚕之余类也。案:天官:"辰,为马星。"蚕书曰:"月当大火,则浴其种。"是蚕与马同气也。周礼:"教人职掌,禁原蚕者。"注云:"物莫能两大,禁原蚕者,为其伤马也。"汉礼皇后亲采桑祀蚕神,曰:"菀窳妇人,寓氏公主。"公主者,女之尊称也。菀窳妇人,先蚕者也。故今世或谓蚕为女儿者,是古之遗言也。

羿请无死之药于西王母,嫦娥窃之以奔月,将往,枚筮之于有黄。有黄占之曰:"吉。翩翩归妹,独将西行。逢天晦芒,毋恐毋惊。后且大昌。"嫦娥遂托身于月,是为"蟾蜍"。

舌墦山帝之女死,化为怪草,其叶郁茂,其华黄色,其实如兔丝。故服怪草者,恒媚于人焉。

荥阳县南百余里,有兰岩山,峭拔千丈,常有双鹤,素羽皦然,日夕偶影翔集。相传云:"昔有夫妇隐此山,数百年,化为双鹤,不绝往来。"忽一旦,一鹤为人所害,其一鹤岁常哀鸣。至今响动岩谷,莫知其年岁也。

豫章新喻县男子,见田中有六七女,皆衣毛衣,不知是鸟。匍匐往得其一女所解毛衣,取藏之,即往就诸鸟。诸鸟各飞去,一鸟独不得去。男子取以为妇。生三女。其母后使女问父,知衣在积稻下,得之,衣而飞去,后复以迎三女,女亦得飞去。

汉灵帝时,江夏黄氏之母浴盘水中,久而不起,变为鼋矣。婢惊走告。比家人来,鼋转入深渊。其后时时出见。初,浴,簪一银钗,犹在其首。于是黄氏累世不敢食鼋肉。

魏黄初中,清河宋士宗母,夏天于浴室里浴,遣家中大小悉出,独在室中。良久,家人不解其意,于壁穿中窥。不见人体,见盆水中有一大鳖。遂开户,大小悉入,了不与人相承。尝先着银钗,犹在头上。相与守之。啼泣无可奈何。意欲求去,永不可留。视之积日,转懈。自捉出户外。其去甚驶,逐之不及,遂便入水。后数日,忽还,巡行宅舍如平生,了无所言而去。时人谓士宗应行丧治服;士宗以母形虽变,而生理尚存,竟不治丧。此与江夏黄母相似。

吴孙皓宝鼎元年六月,晦,丹阳宣骞母,年八十矣。亦因洗浴化为鼋,其状如黄氏。骞兄弟四人,闭户卫之,掘堂上作大坎,泻水其中。鼋入坎游戏。一二日间,恒延颈外望,伺户小开,便轮转自跃入于深渊。遂不复还。

汉献帝建安中,东郡民家有怪;无故,瓮器自发訇訇作声,若有人击。盘案在前,忽然便失,鸡生子,辄失去。如是数岁,人甚恶之。乃多做美食,覆盖,着一室中,阴藏户间窥伺之。果复重来,发声如前。闻,便闭户,周旋室中,了无所见。乃闇以杖挝之。良久,于室隅间有所中,便闻呻吟之声,曰:"咟! 咟!"宜死。开户视之,得一老翁,可百余岁,言语了不相当,貌状颇类于兽。遂行推问,乃于数里外得其家,云:"失来十余年。"得之哀喜。后岁余,复失之。闻陈留界复有怪如此。时人咸以为此翁。

卷 十 五

　　秦始皇时,有王道平,长安人也,少时与同村人唐叔偕女,小名父喻,容色俱美,誓为夫妇。寻王道平被差征伐,落堕南国,九年不归,父母见女长成。即聘与刘祥为妻,女与道平,言誓甚重,不肯改事。父母逼迫,不免出嫁刘祥。经三年,忽忽不乐,常思道平,岔怨之深,恺恺而死。死经三年,平还家,乃诘邻人:"此女安在?"邻人云:"此女意在于君,被父母凌逼,嫁与刘祥,今已死矣。"平问:"墓在何处?"邻人引往墓所,平悲号哽咽,三呼女名,绕墓悲苦,不能自止。平乃祝曰:"我与汝立誓天地,保其终身,岂料官有牵缠,致令乖隔,使汝父母与刘祥,既不契于初心,生死永诀。然汝有灵圣,使我见汝生平之面。若无神灵,从此而别。"言讫,又复哀泣逡巡。其女魂自墓出,问平:"何处而来?良久契阔。与君誓为夫妇,以结终身,父母强逼,乃出聘刘祥,已经三年,日夕忆君,结恨致死,乖隔幽途。然念君宿念不忘,再求相慰,妾身未损,可以再生,还为夫妇。且速开冢,破棺,出我,即活。"平审言,乃启墓门,扪看。其女果活。乃结束随平还家。其夫刘祥闻之,惊怪,申诉于州县。检律断之,无条,乃录状奏王。王断归道平为妻。寿一百三十岁。实谓精诚贯于天地,而获感应如此。

　　晋武帝世,河间郡有男女私悦,许相配适;寻而男从军,积年不归,女家更欲适之,女不愿行,父母逼之,不得已而去,寻病死。其男戍还,问女所在,其家具说之;乃至冢,欲哭之叙哀,而不胜其情,遂发冢,开棺,女即苏活,因负还家,将养数日,平复如初。后夫闻,乃往求之;其人不还,曰:"卿妇已死,天下岂闻死人可复活耶?此天赐我,非卿妇也。"于是相讼,郡县不能决,以谳廷尉,秘书郎王导奏以:"精诚之至,感于天地,故死而更生,此非常事,不得以常礼断之。请还开冢者。"朝廷从其议。

　　汉献帝建安中,南阳贾偶,字文合,得病而亡。时有吏,将诣太山司命,阅簿,谓吏曰:"当召某郡文合,何以召此人?可速遣之。"时日暮,遂至郭外树下宿,见一年少女独行,文合问曰:"子类衣冠,何乃徒步?姓字为谁?"女曰:"某,三河人,父见为弋阳令,昨被召来,今却得还,遇日暮,

惧获瓜田李下之讥,望君之容,必是贤者,是以停留,依凭左右。"文合曰:
"悦子之心,愿交欢于今夕。"女曰:"闻之诸姑:女子以贞专为德,洁白为
称。"文合反复与言,终无动志。天明,各去。文合卒已再宿,停丧将殓,
视其面,有色,扪心下,稍温,少顷,却苏。后文合欲验其实,遂至弋阳,修
刺谒令,因问曰:"君女宁卒而却苏耶?"具说女子姿质,服色,言语,相反
覆本末。令入问女,所言皆同。乃大惊叹。竟以此女配文合焉。

汉建安四年二月,武陵充县妇人李娥,年六十岁,病卒,埋于城外,已
十四日。娥比舍有蔡仲,闻娥富,谓殡当有金宝,乃盗发冢求金,以斧剖
棺。斧数下,娥于棺中言曰:"蔡仲! 汝护我头。"仲惊,遽便出走,会为县
吏所见,遂收治。依法,当弃市。娥儿闻母活,来迎出,将娥回去。武陵太
守闻娥死复生,召见,问事状。娥对曰:"闻谬为司命所召,到时,得遣出,
过西门外,适见外兄刘伯文,惊相劳问,涕泣悲哀。娥语曰:'伯文! 我一
日误为所召,今得遣归,既不知道,不能独行,为我得一伴否? 又我见召在
此,已十余日,形体又为家人所葬埋,归,当那得自出?'伯文:'当为问
之。'即遣门卒与尸曹相问:'司命一日误召武陵女子李娥,今得遣还,娥
在此积日,尸丧,又当殡殓,当作何等得出;又女弱,独行,岂当有伴耶? 是
吾外妹,幸为便安之。'答曰:'今武陵西界,有男子李黑,亦得遣还,便可
为伴。兼敕黑过娥比舍蔡仲,发出娥也。'于是娥遂得出。与伯文别,伯
文曰:'书一封,以与儿佗。'娥遂与黑俱归。事状如此。"太守闻之,慨然
叹曰:"天下事真不可知也。"乃表,以为:"蔡仲虽发冢为鬼神所使;虽欲
无发,势不得已,宜加宽宥。"诏书报可。太守欲验语虚实,即遣马吏于西
界,推问李黑,得之,与黑语协。乃致伯文书与佗,佗识其纸,乃是父亡时
送箱中文书也。表文字犹在也,而书不可晓。乃请费长房读之,曰:"告
佗:我当从府君出案行部,当以八月八日日中时,武陵城南沟水畔顿。汝
是时必往。"到期,悉将大小于城南待之。须臾果至,但闻人马隐隐之声,
诣沟水,便闻有呼声曰:"佗来! 汝得我所寄李娥书不耶?"曰:"即得之,
故来至此。"伯文以次呼家中大小,久之,悲伤断绝,曰:"死生异路,不能
数得汝消息,吾亡后,儿孙乃尔许大!"良久,谓佗曰:"来春大病,与此一
丸药,以涂门户,则辟来年妖疠矣。"言讫,忽去,竟不得见其形。至来春,
武陵果大病,白日皆见鬼,唯伯文之家,鬼不敢向。费长房视药丸,曰:
"此'方相'脑也。"汉,陈留考城,史姁,字威明,年少时,尝病,临死,谓母

曰：“我死，当复生。埋我，以竹杖柱于瘗上，若杖折，掘出我。”及死，埋之柱，如其言。七日，往视，杖果折。即掘出之，已活。走至井上，浴，平复如故。后与邻船至下邳卖锄，不时售，云：“欲归。”人不信之，曰：“何有千里暂得归耶？”答曰：“一宿便还。”即书，取报以为验。实一宿便还，果得报。考城令江夏鄳贾和姊病，在邻里，欲急知消息，请往省之。路遥三千，再宿还报。

会稽贺瑀，字彦琚，曾得疾，不知人，唯心下温，死三日，复苏。云：“吏人将上天，见官府，入曲房，房中有层架，其上层有印，中层有剑，使瑀惟意所取；而短不及上层，取剑以出门，吏问：‘何得？’云：‘得剑，’曰：‘恨不得印，可策百神，剑惟得使社公耳。’”疾愈，果有鬼来，称社公。

戴洋，字国流，吴兴长城人，年十二，病死。五日而苏。说：“死时，天使其酒藏吏授符箓，给吏从幡麾，将上蓬莱、昆仑、积石、太室、庐、衡等山，既而遣归。”妙解占候。知吴将亡，托病不仕，还乡里，行至濑乡，经老子祠，皆是洋昔死时所见使处，但不复见昔物耳。因问守藏应凤曰：“去二十余年，尝有人乘马东行，经老君祠而不下马，未达桥，坠马死者否？”凤言有之。所问之事，多与洋同。

吴，临海松阳人，柳荣，从吴相张悌至扬州，荣病，死船中，二日，军士已上岸。无有埋之者，忽然大叫，言：“人缚军师！人缚军师！”声甚激扬。遂活。人问之。荣曰：“上天北斗门下卒，见人缚张悌，意中大愕，不觉大叫言。何以缚军师？”门下人怒荣，叱逐使去。荣便怖惧，口余声发扬耳。其日，悌即死战。荣至晋元帝时犹存。

吴国富阳人马势妇，姓蒋，村人应病死者，蒋辄恍惚熟眠经日，见病人死，然后省觉。觉，则具说。家中人不信之。语人云：“某中病我欲杀之，怒强，魂难杀，未即死。我入其家内，架上有白米（食卞），几种鲑，我暂过灶下，戏，婢无故犯我，我打其脊，使婢当时闷绝，久之乃苏。”其兄病，在乌衣人令杀之，向其请乞，终不下手。醒，乃语兄云：“当活。”

晋咸宁二年十二月，琅琊颜畿，字世都，得病，就医，张瑳自治，死于张家。棺敛已久。家人迎丧，柩每绕树木而不可解。人咸为之感伤。引丧者忽颠仆，称畿言曰：“我寿命未应死，但服药太多，伤我五脏耳。今当复活，慎无葬也。”其父拊而祝之，曰：“若尔有命，当复更生，岂非骨肉所愿；今但欲还家，不尔葬也。”柩乃解。及还家，其妇梦之曰：“吾当复生，可急开棺。"妇便说之。其夕，母及家人又梦之。即欲开棺，而父不听；其弟含，时尚少，乃慨然曰："非常之事，自古有之；今灵异至此，开棺之痛，孰与不开相负？"父母从之。乃共发棺，果有生验，以手刮棺，指爪尽伤，然气息甚微，存亡不分矣，于是急以绵饮沥口，能咽，遂与出之。将护累月，饮食稍多，能开目视瞻，屈伸手足，不与人相当，不能言语，饮食所须，托之以梦。如此者十余年。家人疲于供护，不复得操事；含乃弃绝人事，躬亲侍养，以知名州党。后更衰劣，卒复还死焉。

羊祜，年五岁时，令乳母取所弄金镮，乳母曰："汝先无此物。"祜即诣邻人李氏东垣桑树中，探得之。主人惊曰："此吾亡儿所失物也，云何持去？"乳母具言之。李氏悲惋。时人异之。

汉末，关中大乱，有发前汉宫人冢者，宫人犹活，既出，平复如旧。魏郭后爱念之，录置宫内，常在左右，问汉时宫中事，说之了了，皆有次绪。郭后崩，哭泣过哀，遂死。

魏时太原发冢，破棺，棺中有一生妇人，将出，与语，生人也。送之京师，问其本事，不知也。视其冢上树木，可三十岁，不知此妇人三十岁，常生于地中耶？将一朝欻生，偶与发冢者会也？

晋世，杜锡，字世嘏，家葬而婢误不得出。后十余年，开冢祔葬，而婢尚生。云："其始如瞑目。有顷，渐觉。"问之，自谓。"当一再宿耳。"初婢埋时，年十五六，及开冢后，姿质如故。更生十五六年，嫁之，有子。

汉桓帝冯贵人，病亡；灵帝时有盗贼发冢，七十余年，颜色如故，但肉小冷；群贼共奸通之，至斗争相杀，然后事觉。后窦太后家被诛，欲以冯贵人配食下邳陈公达；议以贵人虽是先帝所幸，尸体秽污，不宜配至尊，乃以窦太后配食。

吴孙休时，戍将于广陵掘诸冢，取版，以治城，所坏甚多。复发一大冢，内有重阁，户扇皆枢转可开闭，四周为徼道，通车，其高可以乘马，又铸铜人数十，长五尺，皆大冠，朱衣，执剑，侍列。灵坐皆刻铜人。背后石壁，言：殿中将军，或言：侍郎，常侍。似公侯之冢。破其棺，棺中有人，发已斑白，衣冠鲜明，面体如生人。棺中云母，厚尺许，以白玉璧三十枚借尸。兵人辇共举出死人，以倚冢壁；有一玉，长尺许，形似冬瓜，从死人怀中透出，堕地；两耳及孔鼻中。皆有黄金，如枣许大。

汉广川王好发冢。发栾书冢，其棺枢盟器，悉毁烂无余；唯有一白狐，见人惊走；左右逐之，不得，戟伤其左足。是夕，王梦一丈夫，须眉尽白，来谓王曰："何故伤吾左足？"乃以杖叩王左足。王觉，肿痛，即生疮，至死不差。

卷 十 六

昔颛顼氏有三子,死而为疫鬼:一居江水,为疟鬼;一居若水,为魍魉鬼;一居人宫室,善惊人小儿,为小鬼。于是正岁,命方相氏帅肆傩以驱疫鬼。

挽歌者,丧家之乐,执绋者相和之声也。挽歌辞有薤露、蒿里二章。汉田横门人作。横自杀,门人伤之,悲歌,言:人如薤上露,易晞灭;亦谓人死,精魂归于蒿里。故有二章。

阮瞻,字千里,素执无鬼论。物莫能难。每自谓,此理足以辨正幽明。忽有客通名诣瞻,寒温毕,聊谈名理。客甚有才辨,瞻与之言,良久,及鬼神之事,反复甚苦。客遂屈,乃作色曰:"鬼神,古今圣贤所共传,君何得独言无? 即仆便是鬼。"于是变为异形,须臾消灭。瞻默然,意色太恶。岁余,病卒。

吴兴施续为寻阳督,能言论,有门生亦有理意,常秉无鬼论。忽有一黑衣白袷客来,与共语,遂及鬼神。移日,客辞屈。乃曰:"君辞巧,理不足。仆即是鬼。何以云无。"问:"鬼何以来?"答曰:"受使来取君。期尽明日食时。"门生请乞,酸苦,鬼问:"有人似君者否?"门生云:"施续帐下都督,与仆相似。"便与俱往,与都督对坐;鬼手中出一铁凿,可尺余,安着都督头,便举椎打之。都督云:"头觉微痛。"向来转剧,食顷,便亡。

蒋济,字子通,楚国平阿人也,仕魏,为领军将军。其妇梦见亡儿,涕泣曰:"死生异路,我生时为卿相子孙,今在地下,为泰山伍伯,憔悴困苦,不可复言。今太庙西讴士孙阿见召为泰山令,愿母为白侯,属阿,令转我得乐处。"言讫,母忽然惊寤。明日以白济。济曰:"梦为虚耳,不足怪也。"日暮,复梦曰:"我来迎新君,止在庙下未发之顷,暂得来归。新君,明日日中当发。临发多事,不复得归。永辞于此。侯气强难感悟,故自诉于母,愿重启侯:何惜不一试验之?"遂道阿之形状言甚备悉。天明,母重启济:"虽云梦不足怪,此何太适。适,亦何惜不一验之?"济乃遣人诣太庙下,推问孙阿,果得之,形状证验,悉如儿言。济涕泣曰:"几负吾儿。"于是乃见孙阿,具语其事。阿不惧当死,而喜得为泰山令,唯恐济言不信也,曰:"若如节下言,阿之愿也。不知贤子欲得何职?"济曰:"随地下乐者与之。"阿曰:"辄当奉教。"乃厚赏之。言讫,遣还。济欲速知其验,从领军门至庙下,十步安一人,以传消息。辰时,传阿心痛;巳时,传阿剧;日中,传阿亡。济曰:"虽哀吾儿之不幸,且喜亡者有知。"后月余,儿复来,语母曰:"已得转为录事矣。"

汉,不其县,有孤竹城,古孤竹君之国也,灵帝光和元年,辽西人见辽水中有浮棺,欲斫破之;棺中人语曰:"我是伯夷之弟,孤竹君也。海水坏我棺椁,是以漂流。汝斫我何为?"人惧,不敢斫。因为立庙祠祀。吏民有欲发视者,皆无病而死。

温序,字公次,太原祈人也,任护军校尉,行部至陇西,为隗嚣将所劫,欲生降之。序大怒,以节挝杀人,贼趋,欲杀序。苟宇止之曰:"义士欲死节。"赐剑,令自裁。序受剑,衔须着口中,叹曰:"则令须污土。"遂伏剑死。更始怜之,送葬到洛阳城旁,为筑冢。长子寿,为印平侯,梦序告之曰"久客思乡。"寿即弃官,上书乞骸骨,归葬。帝许之。

汉,南阳文颖,字叔长,建安中为甘陵府丞,过界止宿,夜三鼓时,梦见一人跪前曰:"昔我先人,葬我于此,水来湍墓,棺木溺,渍水处半,然无以自温。闻君在此,故来相依,欲屈明日暂住须臾,幸为相迁高燥处。"鬼披衣示颖,而皆沾湿。颖心怆然,即寤。语诸左右。曰:"梦为虚耳亦何足怪。"颖乃还眠向寐处,梦见谓颖曰:"我以穷苦告君,奈何不相愍悼乎?"颖梦中问曰:"子为谁?"对曰:"吾本赵人,今属汪芒氏之神。"颖曰:"子棺今何所在?"对曰:"近在君帐北十数步水侧枯杨树下,即是吾也。天将明,不复得见,君必念之。"颖答曰:"喏!"忽然便寤。天明,可发,颖曰:"虽曰梦不足怪,此何太适。"左右曰:"亦何惜须臾,不验之耶?"颖即起,率十数人将导顺水上,果得一枯杨,曰:"是矣。"掘其下,未几,果得棺。棺甚朽坏,没半水中。颖谓左右曰:"向闻于人,谓之虚矣;世俗所传,不可无验。"为移其棺,葬之而去。

汉,九江何敞,为交州刺史,行部到苍梧郡高安县,暮宿鹄奔亭,夜犹未半,有一女从楼下出,呼曰:"妾姓苏,名娥,字始珠,本居广信县修里人。早失父母,又无兄弟,嫁与同县施氏,薄命夫死,有杂缯帛百二十疋,及婢一人,名致富,妾孤穷羸弱,不能自振;欲之傍县卖缯,从同县男子王伯赁牛车一乘,直钱万二千,载妾并缯,令致富执辔,乃以前年四月十日到此亭外。"于时日已向暮,行人断绝,不敢复进,因即留止,致富暴得腹痛。妾之亭长舍乞浆,取火,亭长龚寿,操戈持戟,来至车旁,问妾曰:"夫人从何所来?车上所载何物?丈夫安在?何故独行?"妾应曰:"何劳问之?"寿因持妾臂曰:"少年爱有色,冀可乐也。"妾惧怖不从,寿即持刀刺胁下一创,立死。又刺致富,亦死。寿掘楼下,合埋妾在下,婢在上,取财物去。杀牛,烧车,车釭及牛骨,贮亭东空井中。妾既冤死,痛感皇天,无所告诉,故来自归于明使君。敞曰:"今欲发出汝尸,以何为验?"女曰:"妾上下着白衣,青丝履,犹未朽也,愿访乡里,以骸骨归死夫。"掘之,果然。敞乃驰还,遣吏捕捉,拷问,俱服。下广信县验问,与娥语合。寿父母兄弟,悉捕系狱。敞表寿,常律,杀人不至族诛,然寿为恶首,隐密数年,王法自所不免。令鬼神诉者,千载无一,请皆斩之,以明鬼神,以助阴诛。上报听之。

濡须口有大船,船覆在水中,水小时便出见,长老云:"是曹公船。"尝有渔人,夜宿其旁,以船系之;但闻竽笛弦歌之音,又香气,非常。渔人始得眠,梦人驱遣,云:"勿近官妓。"相传云:"曹公载妓,船覆于此,至今在焉。"

夏侯恺,字万仁,因病死。宗人儿苟奴,素见鬼,见恺数归,欲取马,并病其妻,着平上帻,单衣,入坐生时西壁大床,就人觅茶饮。

诸仲务,一女,显姨,嫁为米元宗妻,产亡于家。俗闻,产亡者,以墨点面。其母不忍,仲务密自点之,无人见者。元宗为始新县丞,梦其妻来,上床,分明见新白,面上有黑点。

晋世,新蔡王昭平,犊车在厅事上,夜,无故自入斋室中,触壁而出。后又数闻呼噪攻击之声,四面而来。昭乃聚众设弓弩战斗之备,指声弓弩俱发,而鬼应声接矢数枚,皆倒入土中。

吴,赤乌三年,句章民杨度,至余姚,夜行,有一少年,持琵琶,求寄载。度受之。鼓琵琶数十曲,曲毕,乃吐舌,擘目,以怖度而去。复行二十里许,又见一老父,自云:"姓王,名戒。"因复载之。谓曰:"鬼工鼓琵琶,甚哀。"戒曰:"我亦能鼓。"即是向鬼。复擘眼,吐舌,度怖几死。

琅琊秦巨伯,年六十,尝夜行,饮酒,道经蓬山庙,忽见其两孙迎之;扶持百余步,便捉伯颈着地,骂:"老奴!汝某日捶我,我今当杀汝。"伯思,唯某时信捶此孙。伯乃佯死,乃置伯去。伯归家,欲治两孙,两孙惊愕,叩头言:"为子孙宁可有此?恐是鬼魅,乞更试之。"伯意悟,数日,乃诈醉,行此庙间，复见两孙来扶持伯。伯乃急持，鬼动作不得；达家，乃是两人也。伯着火炙之，腹背俱焦坼，出着庭中，夜皆亡去。伯恨不得杀之，后月余，又佯酒醉，夜行，怀刀以去，家不知也，极夜不还，其孙恐又为此鬼所困，乃俱往迎伯，伯竟刺杀之。

汉，武建元年，东莱人，姓池，家常作酒，一日，见三奇客，共持面饭至，索其酒饮。饮竟而去。顷之，有人来，云："见三鬼酺醉于林中。"

吴先主杀武卫兵钱小小，形见大街，顾借赁人吴永，使永送书与街南庙，借木马二匹，以酒噀之，皆成好马，鞍勒俱全。

南阳宋定伯，年少时，夜行，逢鬼，问之。鬼言："我是鬼。"鬼问："汝复谁?"定伯诳之，言："我亦鬼。"鬼问："欲至何所?"答曰："欲至宛市。"鬼言："我亦欲至宛市。"遂行。数里，鬼言："步行太迟，可共递相担，何如?"定伯曰："大善。"鬼便先担定伯数里。鬼言："卿太重，将非鬼也。"定伯言："我新鬼，故身重耳。"定伯因复担鬼，鬼略无重。如是再三，定伯复言："我新鬼，不知有何所畏忌?"鬼答言："唯不喜人唾。"于是共行。道遇水，定伯令鬼先渡，听之，了然无声音。定伯自渡，漕漼作声。鬼复言："何以有声?"定伯曰："新死，不习渡水故耳。勿怪吾也。"行欲至宛市，定伯便担鬼，着肩上，急执之。鬼大呼，声咋咋然，索下，不复听之。径至宛市中下着地，化为一羊，便卖之，恐其变化，唾之，得钱千五百，乃去。当时石崇有言："定伯卖鬼，得钱千五。"

吴王夫差，小女，名曰紫玉，年十八，才貌俱美。童子韩重，年十九，有道术，女悦之，私交信问，许为之妻。重学于齐、鲁之间，临去，嘱其父母使求婚。王怒、不与。女玉结气死，葬阊门之外。三年，重归，诘其父母；父母曰："王大怒，玉结气死，已葬矣。"重哭泣哀恸，具牲币往吊于墓前。玉魂从墓出，见重流涕，谓曰："昔尔行之后，令二亲从王相求，度必克从大愿；不图别后遭命，奈何!"玉乃左顾，宛颈而歌曰："南山有乌，北山张罗；乌既高飞，罗将奈何! 意欲从君，谗言孔多。悲结生疾，没命黄垆。命之不造，冤如之何! 羽族之长，名为凤凰；一日失雄，三年感伤；虽有众鸟，不为匹双。故见鄙姿，逢君辉光。身远心近，何当暂忘。"歌毕，歔欷流涕，要重还冢。重曰："死生异路，惧有尤愆，不敢承命。"玉曰："死生异路，吾亦知之；然今一别，永无后期。子将畏我为鬼而祸子乎? 欲诚所奉，宁不相信。"重感其言，送之还冢。玉与之饮燕，留三日三夜，尽夫妇之礼。临出,取径寸明珠以送重曰:"既毁其名,又绝其愿,复何言哉! 时节自爱。若至吾家,致敬大王。"重既出,遂诣王自说其事。王大怒曰:"吾女既死,而重造讹言,以玷秽亡灵,此不过发冢取物,托以鬼神。"趣收重。重走脱,至玉墓所,诉之。玉曰:"无忧。今归白王。"王妆梳,忽见玉,惊愕悲喜,问曰:"尔缘何生?"玉跪而言曰:"昔诸生韩重来求玉,大王不许,玉名毁,义绝,自致身亡。重从远还,闻玉已死,故赍牲币,诣冢吊唁。感其笃,终辄与相见,因以珠遗之,不为发冢。愿勿推治。"夫人闻之,出而抱之。玉如烟然。

陇西辛道度者,游学至雍州城四五里,比见一大宅,有青衣女子在门。度诣门下求飧。女子入告秦女,女命召入。度趋入阁中,秦女于西榻而坐。度称姓名,叙起居,既毕,命东榻而坐。即治饮馔。食讫,女谓度曰:"我秦闵王女,出聘曹国,不幸无夫而亡。亡来已二十三年,独居此宅,今日君来,愿为夫妇,经三宿。"三日后,女即自言曰:"君是生人,我鬼也,共君宿契,此会可三宵,不可久居,当有祸矣。然兹信宿,未悉绸缪,既已分飞,将何表信于郎?"即命取床后盒子开之,取金枕一枚,与度为信。乃分袂泣别,即遣青衣送出门外。未逾数步,不见舍宇,唯有一冢。度当时荒忙出走,视其金枕在怀,乃无异变。寻至秦国,以枕于市货之,恰遇秦妃东游,亲见度卖金枕,疑而索看。诘度何处得来? 度具以告。妃闻,悲泣不能自胜,然向疑耳,乃遣人发冢启柩视之,原葬悉在,唯不见枕。解体看之,交情宛若。秦妃始信之。叹曰:"我女大圣,死经二十三年,犹能与生人交往。此是我真女婿也。"遂封度为驸马都尉,赐金帛车马,令还本国。因此以来,后人名女婿为"驸马";今之国婿,亦为"驸马"矣。

汉,谈生者,年四十,无妇,常感激读诗经,夜半,有女子,年可十五六,姿颜服饰,天下无双,来就生为夫妇之言,曰:"我与人不同,勿以火照我也,三年之后,方可照耳。"与为夫妇,生一儿,已二岁,不能忍,夜,伺其寝后,盗照视之。其腰已上生肉,如人,腰以下,但有枯骨。妇觉,遂言曰:"君负我。我垂生矣,何不能忍一岁,而竟相照也?"生辞谢涕泣,不可复止。云:"与君虽大义永离;然顾念我儿若贫不能自偕活者,暂随我去,方遗君物。"生随之去,入华堂,室宇器物不凡。以一珠袍与之,曰:"可以自给。"裂取生衣裾留之而去。后生持袍诣市,睢阳王家买之,得钱千万。王识之曰:"是我女袍,哪得在市? 此必发冢。"乃取拷之。生俱以实对。

王犹不信,乃视女冢,冢完如故,发视之,棺盖下果得衣裾,呼其儿视,正类王女王乃信之,即召谈生,复赐遗之,以为女婿。表其儿为郎中。

　　卢充者,范阳人,家西三十里,有崔少府墓,充年二十,先冬至一日,出宅西猎戏,见一獐,举弓而射,中之,獐倒,复起。充因逐之,不觉远,忽见道北一里许,高门瓦屋,四周有如府舍,不复见獐。门中一铃下唱客前。充曰:"此何府也?"答曰:"少府府也,"充曰:"我衣恶,哪得见少府?"即有一人提一幞新衣,曰:"府君以此遗郎。"充便着讫,进见少府。展姓名。酒炙数行。谓充曰:"尊府君不以仆门鄙陋,近得书,为君索小女婚,故相迎耳。"便以书示充。充,父亡时虽小,然已识父手迹,即歔欷无复辞免。便敕内:"卢郎已来,可令女郎妆严。"且语充云:"君可就东廊,及至黄昏。"内白:"女郎妆严已毕。"充既至东廊,女已下车,立席头,却共拜。时为三日,给食三日毕,崔谓充曰:"君可归矣。女有娠相,若生男,当以相还,无相疑。生女,当留自养。"敕外严车送客。充便辞出。崔送至中门,执手涕零。出门,见一犊车,驾青衣,又见本所着衣及弓箭,故在门外。寻传教将一人提幞衣与充,相问曰:"姻援始尔,别甚怅恨。今复致衣一袭,被褥自副。"充上车,去如电逝,须臾至家。家人相见,悲喜推问,知崔是亡人,而入其墓。追以懊惋。别后四年,三月三日,充临水戏,忽见水旁有二犊车,乍沈乍浮,既而近岸,同坐皆见,而充往开车后户,见崔氏女与三岁男共载。充见之,忻然欲捉其手,女举手指后车曰:"府君见人。"即见少府。充往问讯,女抱儿还。充又与金锜,并赠诗曰:"煌煌灵芝质,光丽何猗猗!华艳当时显,嘉异表神奇。含英未及秀,中夏罹霜萎。荣耀长幽灭,世路永无施。不悟阴阳运,哲人忽来仪。会浅离别速,皆由灵与只。何以赠余亲,金锜可颐儿。恩爱从此别,断肠伤肝脾。"充取儿,锜及诗,忽然不见二车处。充将儿还,四坐谓是鬼魅,佥遥唾之。形如故。问儿:"谁是汝父?"儿径就充怀。众初怪恶,传省其诗,慨然叹死生之玄通也。充后乘车入市,卖锜,高举其价,不欲速售,冀有识。欻有一老婢识此,还白大家曰:"市中见一人,乘车,卖崔氏女郎棺中锜。"大家,即崔氏亲姨母也,遣儿视之,果如其婢言。上车,叙姓名,语充曰:"昔我姨嫁少府,生女,未出而亡。家亲痛之,赠一金锜,着棺中。可说得锜本末。"充以事对。此儿亦为之悲咽。赍还白母,母即令诣充家,迎儿视之。诸亲悉集。儿有崔氏之状,又复似充貌。儿、锜俱验。姨母曰:"我外甥三月末间产。

父曰春,暖温也。愿休强也。"即字温休。温休者,盖幽婚也,其兆先彰矣。儿遂成令器。历郡守二千石,子孙冠盖相承。至今其后植,字子干,有名天下。

后汉时,汝南汝阳西门亭,有鬼魅,宾客止宿,辄有死亡。其厉,厌者皆亡发,失精。询问其故,云:"先时颇已有怪物。其后,郡侍奉掾宜禄郑奇来,去亭六七里,有一端正妇人乞寄载,奇初难之,然后上车,入亭,趋至楼下。"亭卒白:"楼不可上。"奇云:"吾不恐也。"时亦昏冥,遂上楼,与妇人栖宿。未明,发去。亭卒上楼扫除,见一死妇,大惊,走白亭长。亭长击鼓,会诸庐吏,共集诊之。乃亭西北八里吴氏妇,新亡,夜临殡,火灭,及火至,失之。其家即持去。奇发,行数里,腹痛,到南顿利阳亭,加剧,物故。楼遂无敢复上。

颍川钟繇,字符常,尝数月不朝会,意性异常。或问其故。云:"常有好妇来,美丽非凡。"问者曰:"必是鬼物,可杀之。"妇人后往,不即前,止户外。繇问;"何以?"曰:"公有相杀意。"繇曰:"无此。"勤勤呼之,乃入。繇意恨,有不忍之,然犹之。伤髀。妇人即出,以新绵拭血,竟路。明日,使人寻迹之,至一大冢,木中有好妇人,形体如生人,着白练衫,丹绣裲裆,伤左髀,以裲裆中绵拭血。

卷 十 七

陈国张汉直到南阳从京兆尹延叔坚学左氏传。行后，数月，鬼物持其妹，为之扬言曰："我病死。丧在陌上，常苦饥寒。操二三量'不借'，挂屋后楮上。传子方送我五百钱，在北墉下，皆亡取之。又买李幼一头牛，本券在书箧中。"往索取之，悉如其言。妇尚不知有此妹，新从巩（革改耳）家来，非其所及。家人哀伤，益以为审。父母诸弟衰经到来迎丧，去舍数里，遇汉直与诸生十余人相追。汉直顾见家人，怪其如此。家见汉直，谓其鬼也。怅惘良久。汉直乃前为父拜说其本末。且悲且喜。凡所闻见，若此非一。得知妖物之为。

汉，陈留外黄范丹，字史云，少为尉，从佐使檄谒督邮，丹有志节，自恚为厮役小吏，乃于陈留大泽中，杀所乘马，捐弃官帻，诈逢劫者，有神下其家曰："我史云也。为劫人所杀。疾取我衣于陈留大泽中。"家取得一帻。丹遂之南郡，转入三辅，从英贤游学十三年，乃归。家人不复识焉。陈留人高其志行，及没，号曰贞节先生。

吴人费季，久客于楚，时道多劫，妻常忧之。季与同辈旅宿庐山下，各相问出家几时。季曰："吾去家已数年矣。临来，与妻别，就求金钗以行。欲观其志当与吾否耳。得钗，乃以着户楣上。临发，失与道，此钗故当在户上也。"尔夕，其妻梦季曰："吾行遇盗，死，已二年。若不信吾言，吾行时，取汝钗，遂不以行，留在户楣上，可往取之。"妻觉，揣钗，得之家遂发丧。后一年余，季乃归还。

余姚虞定国，有好仪容，同县苏氏女，亦有美色，定国常见悦之。后见定国来，主人留宿，中夜，告苏公曰："贤女令色，意甚钦之。此夕能令暂出否？"主人以其乡里贵人，便令女出从之。往来渐数，语苏公云："无以相报。若有官事，某为君任之。"主人喜，自尔后有役召事，往造定国。定国大惊曰："都未尝面命。何由便尔？此必有异。"俱说之。定国曰："仆宁肯请人之父而淫人之女。若复见来，便当斫之。"后果得怪。

吴孙皓世，淮南内史朱诞，字永长，为建安太守。诞给使妻有鬼病，其夫疑之为奸；后出行，密穿壁隙窥之，正见妻在机中织，遥瞻桑树上，向之言笑。给使仰视树上,有一年少人,可十四五,衣青衿袖,青幧头。给使以为信人也,张弩射之,化为鸣蝉,其大如箕,翔然飞去。妻亦应声惊曰:"噫!人射汝。"给使怪其故。后久时,给使见二小儿在陌上共语曰:"何以不复见汝?"其一,即树上小儿也。答曰:"前不幸为人所射,病疮积时。"彼儿曰:"今何如?"曰:"赖朱府君梁上膏以傅之,得愈。"给使白诞曰:"人盗君膏药,颇知之否?"诞曰:"吾膏久致梁上,人安得盗之?"给使曰:"不然。府君视之。"诞殊不信,试为视之,封题如故。诞曰:"小人故妄言,膏自如故。"给使曰:"试开之。"则膏去半。为捃刮,见有趾迹。诞因大惊。乃详问之。俱道本末。

吴时,嘉兴倪彦思居县西埏里,忽见鬼魅入其家,与人语,饮食如人,唯不见形彦思奴婢有窃骂大家者。云:"今当以语。"彦思治之,无敢詈之者。彦思有小妻,魅从求之,彦思乃迎道士逐之。酒殽既设,魅乃取厕中草粪,布着其上。道士便盛击鼓,召请诸神。魅乃取伏虎于神座上吹作角声音。有顷。道士忽觉背上冷,惊起解衣,乃伏虎也。于是道士罢去。彦思夜于被中窃与妪语,共患此魅。魅即屋梁上谓彦思曰:"汝与妇道吾,吾今当截汝屋梁。"即隆隆有声。彦思惧梁断,取火照视,魅即灭火。截梁声愈急。彦思惧屋坏,大小悉遣出,更取火视,梁如故。魅大笑,问彦思:"复道吾否?"郡中典农闻之曰:"此神正当是狸物耳。"魅即往谓典农曰:"汝取官若干百斛谷,藏着某处,为吏污秽,而敢论吾!今当白于官,将人取汝所盗谷。"典农大怖而谢之。自后无敢道者。三年后,去,不知所在。

魏,黄初中,顿邱界,有人骑马夜行,见道中有一物,大如兔,两眼如镜,跳跃马前,令不得前。人遂惊惧。堕马。魅便就地捉之。惊怖,暴死。良久得苏。苏,已失魅,不知所在。乃更上马前行。数里,逢一人,相问讯已,因说向者事变如此,今相得为伴,甚欢。人曰:"我独行,得君为伴,快不可言。君马行疾,且前,我在后相随也。"遂共行。语曰:"向者物何如,乃令君怖惧耶?"对曰:"其身如兔,两眼如镜,形甚可恶。"伴曰:"试顾视我耶?"人顾视之,犹复是也。魅便跳上马。人遂坠地,怖死。家人怪马独归,即行推索,乃于道边得之。宿昔乃苏,说状如是。

袁绍,字本初,在冀州,有神出河东,号度朔君,百姓共为立庙。庙有主簿大福。陈留蔡庸为清河太守,过谒庙,有子,名道,亡已三十年,度朔君为庸设酒曰："贵子昔来，欲相见。"须臾子来。度朔君自云："父祖昔做兖州。"有一士，姓苏，母病，往祷。主簿云："君逢天士留待。"闻西北有鼓声，而君至。须臾，一客来，着皂角单衣，头上五色毛，长数寸。去后，复一人，着白布单衣，高冠，冠似鱼头，谓君曰："昔临庐山，共食白李，忆之未久，已三千岁。日月易得，使人怅然。"去后，君谓士曰："先来，南海君也。"士是书生，君明通五经，善礼记，与士论礼，士不如也。士乞救母病。君曰："卿所居东，有故桥，人坏之，此桥所行，卿母犯之，能复桥，便差。"曹公讨袁谭，使人从庙换千疋绢，君不与。曹公遣张合毁庙。未至百里，君遣兵数万，方道而来。合未达二里，云雾绕合军，不知庙处。君语主簿："曹公气盛，宜避之。"后苏井邻家有神下，识君声，云："昔移入湖，阔绝三年，乃遣人与曹公相闻，欲修故庙，地衰，不中居，欲寄住。"公曰："甚善。"治城北楼以居之。数日，曹公猎得物，大如麂，大足，色白如雪，毛软滑可爱。公以摩面，莫能名也。夜闻楼上哭云："小儿出行不还。"公拊掌曰："此子言真衰也。"晨将数百犬，绕楼下，犬得气，冲突内外。见有物，大如驴，自投楼下。犬杀之。庙神乃绝。

　　临川陈臣家大富，永初元年，臣在斋中坐，其宅内有一町筋竹，白日忽见一人，长丈余，面如"方相"，从竹中出。径语陈臣："我在家多年，汝不知；今辞汝去，当令汝知之。"去一月许日，家大失火，奴婢顿死。一年中，便大贫。

　　东莱有一家姓陈，家百余口，朝炊釜，不沸。举甑看之，忽有一白头公，从釜中出。便诣师卜。卜云："此大怪，应灭门。便归，大作械，械成，使置门壁下，坚闭门，在内，有马骑麾盖来叩门者，慎勿应。"乃归，合手伐得百余械，置门屋下。果有人至，呼。不应。主帅大怒，令缘门入，从人窥门内，见大小械百余，出门还说如此。帅大惶愧，语左右云："教速来，不速来，遂无一人当去，何以解罪也？从此北行可八十里，有一百三口，取以当之。"后十日，此家死亡都尽。此家亦姓陈云。

　　晋惠帝永康元年，京师得异鸟，莫能名。赵王伦使人持出，周旋城邑市，以问人。即日，宫西有一小儿见之，遂自言曰："服留鸟。"持者还白伦。伦使更求，又见之。乃将入宫。密笼鸟，并闭小儿于户中。明日往视：悉不复见。

　　南康郡南东望山，有三人入山，见山顶有果树，众果毕植，行列整齐如人行，甘子正熟。三人共食，致饱，乃怀二枚，欲出示人。闻空中语云：
"催放双甘，乃听汝去。"

秦瞻，居曲阿彭皇野，忽有物如蛇，突入其脑中。蛇来，先闻臭气，便
于鼻中入，盘其头中。觉哄哄。仅闻其脑闲食声哑哑。数日而出。去，寻
复来。取手巾缚鼻口，亦被入。积年无他病，唯患头重。

卷 十 八

魏，景初中，咸阳县吏家有怪。每夜无故闻拍手相呼。伺，无所见。其母，夜作，倦，就枕寝息；有顷，复闻灶下有呼声曰："文约何以不来？"头下枕应曰："我见枕，不能往。汝可来就我饮。"至明，乃臿（食下）也。即聚烧之。其怪遂绝。

魏郡张奋者，家本巨富，忽衰老，财散，遂卖宅与程应。应入居，举家病疾，转卖邻人阿文。文先独持大刀，暮入北堂中梁上，至三更竟，忽有一人长丈余，高冠、黄衣，升堂，呼曰："细腰！"细腰应诺。曰："舍中何以有生人气也？"答曰："无之。"便去。须臾，有一高冠，青衣者。次之，又有高冠，白衣者。问答并如前。及将曙，文乃下堂中，如向法呼之，问曰："黄衣者为谁？"曰："金也。在堂西壁下。"问曰："青衣者为谁？"答曰："钱也。在堂前井边五步。"问曰："白衣者为谁？"答曰："银也。在墙东北角柱下。"问曰："汝复为谁？"答曰："我，杵也。今在灶下。"及晓，文按次掘之：得金银五百斤，钱千万贯。仍取杵焚之。由此大富。宅遂清宁。

秦时，武都故道，有怒特祠，祠上生梓树，秦文公二十七年，使人伐之，辄有大风雨，树创随合，经日不断。文公乃益发卒，持斧者至四十人，犹不断。士疲，还息；其一人伤足，不能行，卧树下，闻鬼语树神曰："劳乎？攻战！"其一人曰："何足为劳。"又曰："秦公将必不休，如之何？"答曰："秦公其如予何。"又曰："秦若使三百人，被发，以朱丝绕树，赭衣，灰坌伐汝，汝得不困耶？"神寂无言。明日，病人语所闻。公于是令人皆衣赭，随斫创，坌以灰，树断。中有一青牛出，走入丰水中。其后，青牛出丰水中，使骑击之，不胜；有骑堕地，复上，髻解，被发，牛畏之，乃入水，不敢出。故秦自是置"旄头骑"。

庐江龙舒县陆亭流水边，有一大树，高数十丈，常有黄鸟数千枚巢其上，时久旱，长老共相谓曰："彼树常有黄气，或有神灵，可以祈雨。"因以酒脯往亭中。有寡妇李宪者，夜起，室中忽见一妇人，着绣衣，自称曰："我，树神黄祖也。能兴云雨，以汝性洁，佐汝为生。朝来父老皆欲祈雨，吾已求之于帝，明日日中，大雨。"至期，果雨。遂为立祠。宪曰："诸卿在此,吾居近水,当致少鲤鱼。"言讫,有鲤鱼数十头,飞集堂下,坐者莫不惊悚。如此岁余,神曰:"将有大兵,今辞汝去。"留一玉环曰:"持此可以避难。"后刘表、袁术相攻,龙舒之民皆徙去,唯宪里不被兵。

魏,桂阳太守江夏张辽,字叔高,去鄢陵,家居,买田,田中有大树,十余围,枝叶扶疏,盖地数亩,不生谷。遣客伐之。斧数下,有赤汁六七斗出,客惊怖,归白叔高。叔高大怒曰:"树老汁赤,如何得怪?"因自严行复斫之。血大流洒。叔高使先斫其枝,上有一空处,见白头公,可长四五尺,突出,往赴叔高。高以刀逆格之,如此,凡杀四五头,并死。左右皆惊怖伏地。叔高神虑怡然如旧。徐熟视,非人,非兽。遂伐其木。此所谓木石之怪夔魍魉者乎?是岁应司空辟侍御史兖州刺史以二千石之尊,过乡里,荐祝祖考,白日绣衣荣羡,竟无他怪。

吴先主时,陆敬叔为建安太守,使人伐大樟树,下数斧,忽有血出,树断,有物,人面,狗身,从树中出。敬叔曰:"此名'彭侯'。"乃烹食之。其味如狗。白泽图曰:"木之精名'彭侯',状如黑狗,无尾,可烹食之。"

吴时。有梓树,巨围,叶广丈余,垂柯数亩;吴王伐树作船,使童男女三十人牵挽之,船自飞下水,男女皆溺死。至今潭中时有唱唤督进之音也。

董仲舒下帷讲诵,有客来诣,舒知其非常客。又云:"欲雨。"舒戏之曰:"巢居知风,穴居知雨。卿非狐狸,则是鼷鼠。"客遂化为老狸。

张华,字茂先,晋惠帝时为司空,于时燕昭王墓前,有一斑狐,积年,能为变幻,乃变做一书生,欲诣张公。过问墓前华表曰:"以我才貌,可得见张司空否?"华表曰:"子之妙解,无为不可。但张公智度,恐难笼络。出必遇辱,殆不得返。非但丧子千岁之质,亦当深误老表。"狐不从,乃持刺谒华。华见其总角风流,洁白如玉,举动容止,顾盼生姿,雅重之。于是论及文章,辨校声实,华未尝闻。比复商略三史,探颐百家,谈老、庄之奥区,披风、雅之绝旨,包十圣,贯三才,箴八儒,擿五礼,华无不应声屈滞。乃叹曰:"天下岂有此少年!若非鬼魅则是狐狸。"乃扫榻延留,留人防护。此生乃曰:"明公当尊贤容众,嘉善而矜不能,奈何憎人学问?墨子兼爱,其若是耶?"言卒,便求退。华已使人防门,不得出。既而又谓华曰:"公门置甲兵栏骑,当是致疑于仆也。将恐天下之人卷舌而不言,智谋之士望门而不进。深为明公惜之。"华不应,而使人防御甚严。时丰城令雷焕,字孔章，博物士也，来访华；华以书生白之。孔章曰："若疑之，何不呼猎犬试之？"乃命犬以试，竟无惮色。狐曰："我天生才智，反以为妖，以犬试我，遮莫千试，万虑，其能为患乎？"华闻，益怒曰："此必真妖也。闻魑魅忌狗，所别者数百年物耳，千年老精，不能复别；唯得千年枯木照之，则形立现。"孔章曰："千年神木，何由可得？"华曰："世传燕昭王墓前华表木已经千年。"乃遣人伐华表，使人欲至木所，母空中有一青衣小儿来，问使曰："君何来也？"使曰："张司空有一少年来谒，多才，巧辞，疑是妖魅；使我取华表照之。"青衣曰："老狐不智，不听我言，今日祸已及我，其可逃乎！"乃发声而泣，倏然不见。使乃伐其木，血深；便将木归，燃之以照书生，乃一斑狐。华曰："此二物不值我，千年不可复得。"乃烹之。

　　晋时，吴兴一人有二男，田中作，时尝见父来骂詈赶打之。童以告母。母问其父。父大惊，知是鬼魅。便令儿斫之。鬼便寂不复往。父忧，恐儿为鬼所困，便自往看。儿谓是鬼，便杀而埋之。鬼便遂归，作其父形，且语其家，二儿已杀妖矣。儿暮归，共相庆贺，积年不觉。后有一法师过其家，语二儿云："君尊侯有大邪气。"儿以白父，父大怒。儿出以语师，令速去。师遂作声入，父即成大老狸，入床下，遂擒杀之。向所杀者，乃真父也。改殡治服。一儿遂自杀，一儿忿懊，亦死。

　　句容县麋村民黄审，于田中耕，有一妇人过其田，自塍上度，从东适下而复还。审初谓是人。日日如此，意甚怪之。审因问曰："妇数从何来也？"妇人稍驻，但笑而不言，便去。审愈疑之。预以长镰伺其还，未敢斫妇，但斫所随婢。妇化为狸，走去。视婢。乃狸尾耳。审追之，不及。后人有见此狸出坑头，掘之，无复尾焉。

　　博陵刘伯祖为河东太守，所止承尘上有神，能语，常呼伯祖与语，及京师诏书诰下消息，辄预告伯祖。伯祖问其所食啖。欲得羊肝。乃买羊肝于前，切之脔，随刀不见。尽两羊肝。忽有一老狸，眇眇①在案前，持刀者欲举刀斫之，伯祖呵止，自着承尘上。须臾大笑曰："向者啖羊肝，醉，忽失形与府君相见。大惭愧。"后伯祖当为司隶，神复先语伯祖曰："某月某日，诏书当到。"至期，如言。及入司隶府，神随遂在承尘上，辄言省内事。伯祖大恐怖。谓神曰："今职在刺举，若左右贵人闻神在此，因以相害。"

---

　　①　眇——原指一只眼睛瞎，后来也指两只眼睛瞎。

神答曰："诚如府君所虑。当相舍去。"遂即无声。

后汉建安中,沛国郡陈羡为西海都尉,其部曲王灵孝无故逃去。羡欲杀之。居无何,孝复逃走。羡久不见,囚其妇,妇以实对。羡曰："是必魅将去,当求之。"因将步骑数十,领猎犬,周旋于城外求索。果见孝于空冢中。闻人犬声,怪遂避去。羡使人扶孝以归,其形颇象狐矣。略不复与人相应,但啼呼"阿紫"。阿紫,狐字也。后十余日,乃稍稍了悟。云:"狐始来时,于屋曲角鸡栖间,作好妇形,自称阿紫,招我。如此非一。忽然便随去,即为妻,暮辄与共还其家。遇狗不觉云。乐无比也。"道士云:"此山魅也。"名山记曰:"狐者,先古之淫妇也,其名曰阿紫化而为狐。"故其怪多自称阿紫。

南阳西郊有一亭,人不可止,止则有祸,邑人宋大贤以正道自处,尝宿亭楼,夜坐鼓琴,不设兵仗,至夜半时,忽有鬼来蹬梯,与大贤语,目,磋齿,形貌可恶。大贤鼓琴如故。鬼乃去。于市中取死人头来,还语大贤曰:"宁可少睡耶?"因以死人头投大贤前。大贤曰:"甚佳!我暮卧无枕,正欲得此。"鬼复去。良久乃还,曰:"宁可共手搏耶?"大贤曰:"善!"语未竟,鬼在前,大贤便逆捉其腰。鬼但急言死。大贤遂杀之。明日视之,乃老狐也。自是亭舍更无妖怪。

北部督邮西平到伯夷,年三十许,大有才决,长沙太守到若章孙也,日晡时,到亭,敕前导人且止。录事掾曰:"今尚早,可至前亭。"曰:"欲作文书。"便留,吏卒惶怖,言当解去。传云:"督邮欲于楼上观望,亟扫除。"须臾,便上。未暝,楼镫阶下,复有火敕云:"我思道,不可见火,灭去。"吏知必有变,当用赴照,但藏置壶中。日既暝,整服坐,诵六甲、孝经、易本讫,卧。有顷,更转东首,以筝巾结两足帻冠之,密拔剑解带。夜时,有正黑者四五尺,稍高,走至柱屋,因覆伯夷伯夷持被掩之,足跣脱,几失,再三以剑带击魅脚,呼下火照上。视之,老狐,正赤,略无衣毛。持下烧杀。明旦,发楼屋,得所髡人髻百余。因此遂绝。

吴中有一书生,皓首,称胡博士,教授诸生。忽复不见。九月初九日,士人相与登山游观,闻讲书声;命仆寻之,见空冢中群狐罗列,见人即走,老狐独不去,乃是皓首书生。

陈郡谢鲲,谢病去职,避地于豫章,尝行经空亭中,夜宿。此亭,旧每杀人,夜四更,有一黄衣人呼鲲字云:"幼舆!可开户。"鲲澹然无惧色,令申臂于窗中。于是授腕。鲲即极力而牵之。其臂遂脱。乃还去。明日看，乃鹿臂也。寻血取获。尔后此亭无复妖怪。

晋有一士人姓王，家在吴郡，还至曲阿，日暮，引船上，当大埭，见埭上有一女子，年十七八，便呼之，留宿。至晓，解金铃系其臂，使人随至家，都无女人。因逼猪栏中，见母猪臂有金铃。

汉，齐人梁文，好道，其家有神祠，建室三四间，座上施皂帐，常在其中，积十数年，后因祀事，帐中忽有人语，自呼高山君，大能饮食，治病有验。文奉事甚肃。积数年，得进其帐中，神醉，文乃乞得奉见颜色。谓文曰："授手来！"文纳手，得持其颐，髯须甚长；文渐绕手，卒然引之，而闻作羊声。座中惊起，助文引之，乃袁公路家羊也，失之七八年，不知所在。杀之，乃绝。

北平田琰，居母丧，恒处庐向。一暮夜，忽入妇室，密怪之曰："君在毁灭之地，幸可不甘。"琰不听而合。后琰暂入，不与妇语。妇怪无言，并以前事责之。琰知鬼魅。临暮，竟未眠，衰服挂庐。须臾，见一白狗，攫庐衔衰服，因变为人，着而入。琰随后逐之，见犬将升妇床，便打杀之、妇羞愧而死。

司空南阳来季德，停丧在殡，忽然见形坐祭床上，颜色服饰声气，熟是也，孙儿妇女，以次教戒，事有条贯。鞭朴奴婢，皆得其过。饮食既绝，辞诀而去。家人大小，哀割断绝。如是数年。家益厌苦。其后饮酒过多，醉而形露，但得老狗。便共打杀。因推问之，则里中沽酒家狗也。

山阳王瑚。字孟琏，为东海兰陵尉，夜半时。辄有黑帻白单衣吏，诣县，叩阁。迎之，则忽然不见。如是数年。后伺之，见一老狗，白躯犹故，至阁，便为人。以白孟琏，杀之，乃绝。

桂阳太守李叔坚，为从事，家有犬，人行。家人言："当杀之。"叔坚曰："犬马喻君子。犬见人行，效之，何伤！"顷之，狗戴叔坚冠走。家大惊。叔坚云："误触冠缨挂之耳。"狗又于灶前畜火。家益怔营。叔坚复云："儿婢皆在田中，狗助畜火，幸可不烦邻里。此有何恶。"数日，狗自暴死。卒无纤芥之异。

吴郡无锡有上湖大陂，陂吏丁初天，每大雨，辄循堤防。春盛雨，初出行塘，日暮回顾，有一妇人，上下青衣，戴青伞，追后呼："初掾待我。"初时怅然，意欲留俟之。复疑本不见此，今忽有妇人，冒阴雨行，恐必鬼物。初便疾走。顾视妇人,追之亦急。初因急行,走之转远;顾视妇人,乃自投陂中,泛然作声,衣盖飞散。视之,是大苍獭,衣伞皆荷叶也。此獭化为人形,数媚年少者也。

魏齐王芳正始中,中山王周南,为襄邑长,忽有鼠从穴出,在厅事上语曰:"王周南!尔以某月某日当死。"周南急往,不应。鼠还穴。后至期,复出,更冠帻皂衣而语曰:"周南!尔日中当死。"亦不应。鼠复入穴。须臾,复出,出,复入,转行,数语如前。日适中。鼠复曰:"周南!尔不应死,我复何道!"言讫,颠蹶而死。即失衣冠所在。就视之,与常鼠无异。

安阳城南有一亭,夜不可宿;宿,辄杀人。书生明术数,乃过宿之,亭民曰:"此不可宿。前后宿此,未有活者。"书生曰:"无苦也。吾自能谐。"遂住解舍。乃端坐,诵书。良久乃休。夜半后,有一人,着皂单衣,来,往户外,呼亭主。亭主应诺。"见亭中有人耶?"答曰:"向者有一书生在此读书。适休,似未寝。"乃喑嗟而去,须臾,复有一人,冠赤帻者,呼亭主。问答如前。复喑嗟而去。既去,寂然。书生知无来者,即起,诣向者呼处,效呼亭主。亭主亦应诺。复云:"亭中有人耶?"亭主答如前。乃问曰:"向黑衣来者谁?"曰:"北舍母猪也。"又曰:"冠赤帻来者谁?"曰:"西舍老雄鸡父也。"曰:"汝复谁耶?"曰:"我是老蝎也。"于是书生便诵书。至明不敢寐。天明,亭民来视,惊曰:"君何得独活?"书生曰:"促索剑来,吾与卿取魅。"乃握剑至昨夜应处,果得老蝎,大如琵琶,毒长数尺。西舍,得老雄鸡父;北舍,得老母猪,凡杀三物,亭毒遂静,永无灾横。

吴时,庐陵郡都亭重屋中,常有鬼魅,宿者辄死。自后使官,莫敢入亭止宿。时丹阳人汤应者,大有胆武,使至庐陵,便止亭宿。吏启不可。应不听。迸从者还外,唯持一大刀,独处亭中。至三更。竟忽闻有叩阁者。应遥问是谁?答云:"部郡相闻。"应使进。致词而去。顷间,复有叩阁者如前,曰:"府君相闻。"应复使进。身着皂衣。去后,应谓是人,了无疑也。旋又有叩阁者,云:"部郡府君相诣。"应乃疑曰:"此夜非时,又部郡府君不应同行。"知是鬼魅。因持刀迎之。见二人皆盛衣服,俱进,坐毕,府君者便与应谈。谈未竟,而部郡忽起至应背后,应乃回顾,以刀逆击,中之。府君下坐走出。应急追至亭后墙下,及之,斫伤数下,应乃还卧。达曙,将人往寻,见有血迹,皆得之云。称府君者,是一老猪也;部郡者,是一老狸也。自是遂绝。

卷 十 九

东越闽中,有庸岭,高数十里,其西北隙中,有大蛇,长七八丈大十余围,土俗常惧。东治都尉及属城长吏,多有死者。祭以牛羊,故不得福,或与人梦,或下谕巫祝,欲得啖童女年十二三者。都尉令长并共患之,然气厉不息,共请求人家生婢子,兼有罪家女养之,至八月朝,祭送蛇穴口,蛇出吞啮之。累年如此,已用九女。尔时预复募索,未得其女。将乐县李诞家有六女。无男,其小女名寄,应募欲行。父母不听。寄曰:"父母无相,唯生六女,无有一男。虽有如无。女无缇萦济父母之功,既不能供养,徒费衣食,生无所益,不如早死;卖寄之身,可得少钱,以供父母,岂不善耶!"父母慈怜,终不听去。寄自潜行,不可禁止。寄乃告请好剑及咋蛇犬,至八月朝,便诣庙中坐,怀剑,将犬,先将数石米餈,用蜜(麦少)灌之,以置穴口,蛇便出。头大如困,目如二尺镜,闻瓷香气,先啖食之。寄便放犬,犬就啮咋,寄从后研得数创,疮痛急,蛇因踊出,至庭而死。寄入视穴,得其九女髑髅,悉举出,咤言曰:"汝曹怯弱,为蛇所食,甚可哀愍。"于是寄女缓步而归。越王闻之,聘寄女为后,指其父为将乐令,母及姊皆有赏赐。自是东治无复妖邪之物。其歌谣至今存焉。

晋武帝咸宁中,魏舒为司徒,府中有二大蛇,长十许丈,居厅事平橑上,止之数年,而人不知,但怪府中数失小儿,及鸡犬之属。后有一蛇夜出,经柱侧伤于刃,病不能登于是觉之。发徒数百,攻击移时,然然杀之。视所居,骨骼盈宇之间。于是毁府舍更立之。汉武帝时张宽为扬州刺史。先是,有二老翁争山地,诣州,讼疆界,连年不决,宽视事,复来。宽窥二翁,形状非人,令卒持杖戟将入问:"汝等何精?"翁走。宽呵格之,化为二蛇。

荥阳人张福船行,还野水边,夜有一女子,容色甚美,自乘小船来投福,云:"日暮,畏虎,不敢夜行。"福曰:"汝何姓?作此轻行。无笠,雨驶,可入船就避雨。"因共相调,遂入就福船寝。以所乘小舟,系福船边,三更许,雨晴,月照,福视妇人,乃是一大鼍枕臂而卧福惊起,欲执之,遽走入水。向小舟是一枯槎段,长丈余。丹阳道士谢非往石城买台釜,还,日暮,不及至家;山中庙舍于溪水上,入中,宿,大声语曰:"吾是天帝使者,停此宿,犹畏人劫夺其釜,意苦搔搔不安。"二更中,有来至庙门者,呼曰:"何铜。"铜应喏。曰:"庙中有人气,是谁?"铜云:"有人。言是天帝使者。"稍顷便还。须臾又有来者,呼铜问之,如前。铜答如故。复叹息而去。非惊扰不得眠。遂起,呼铜问之:"先来者谁?"答言:"是水边穴中白鼍。""汝是何等物?"答言:"是庙北岩嵌中龟也。"非皆阴识之。天明,便告居人言:"此庙中无神,但是龟鼍之辈,徒费酒食祀之。急具锸来,共往伐之。"诸人亦颇疑之,于是并会伐掘,皆杀之。遂坏庙,绝祀。自后安静。

孔子厄于陈,弦歌于馆,中夜,有一人长九尺余,着皂衣,高冠,大咤,声动左右。子贡进问:"何人耶?"便提子贡而挟之。子路引出与战于庭,有顷,未胜,孔子察之,见其甲车间时时开如掌,孔子曰:"何不探其甲车,引而奋登?"子路引之,没手仆于地。乃是大鳀鱼也。长九尺余。孔子曰:"此物也,何为来哉? 吾闻物老。则群精依之。因衰而至此。其来也,岂以吾遇厄,绝粮,从者病乎! 夫六畜之物,及龟蛇鱼鳖草木之属,久者神皆凭依,能为妖怪,故谓之'五酉'。'五酉'者,五行之方,皆有其物,酉者,老也,物老则为怪,杀之则已,夫何患焉。或者天之未丧斯文,以是系予之命乎! 不然,何为至于斯也。"弦歌不辍。子路烹之,其味滋。病者兴,明日,遂行。

豫章有一家,婢在灶下,忽有人长数寸,来灶间壁,婢误以履践之,杀一人;须臾,遂有数百人,着衰麻服,持棺迎丧,凶仪皆备,出东门,入园中覆船下。就视之,皆是鼠妇。婢作汤灌杀,遂绝。

狄希,中山人也,能造千日酒饮之,千日醉;时有州人,姓刘,名玄石,好饮酒,往求之。希曰:"我酒发来未定,不敢饮君。"石曰:"纵未熟,且与一杯,得否?"希闻此语,不免饮之。复索,曰:"美哉! 可更与之。"希曰:"且归。别日当来。只此一杯,可眠千日也。"石别,似有怍色。至家,醉死。家人不之疑,哭而葬之。经三年,希曰:"玄石必应酒醒,宜往问之。"既往石家,语曰:"石在家否?"家人皆怪之曰:"玄石亡来,服以阕矣。"希惊曰:"酒之美矣,而致醉眠千日,今合醒矣。"乃命其家人凿冢,破棺,看之。冢上汗气彻天。遂命发冢,方见开目,张口,引声而言曰:"快者醉我也!"因问希曰:"尔作何物也? 令我一杯大醉,今日方醒,日高几许?"墓上人皆笑之。被石酒气冲入鼻中,亦各醉卧三月。

　　陈仲举微时,常宿黄申家,申妇方产,有扣申门者,家人咸不知,久久方闻屋里有人言:"宾堂下有人,不可进。"叩门者相告曰:"今当从后门往。"其人便往。有顷,还,留者问之:"是何等? 名为何? 当与几岁?"往者曰:"男也。名为奴。当与十五岁。""后应以何死?"答曰:"应以兵死。"仲举告其家曰:"吾能相此儿当以兵死。"父母惊之,寸刃不使得执也。至年十五,有置凿于梁上者,其末出,奴以为木也,自下钩之,凿从梁落,陷脑而死,后仲举为豫章太守,故遣吏往饷之申家,并问奴所在;其家以此具告。仲举闻之,叹曰:"此谓命也。"

卷 二 十

晋魏郡亢阳，农夫祷于龙洞，得雨，将祭谢之。孙登见曰："此病龙，雨，安能苏禾稼乎？如弗信，请嗅之。"水果腥秽。龙时背生大疽，闻登言，变为一翁，求治，曰："疾瘥，当有报。"不数日，果大雨。见大石中裂开一井，其水湛然，龙盖穿此井以报也。

苏易者，庐陵妇人，善看产，夜忽为虎所取，行六七里，至大圹，厝易置地，蹲而守，见有牝虎当产，不得解，匍匐欲死，辄仰视。易怪之，乃为探出之，有三子。生毕，牝虎负易还，再三送野肉于门内。

哙参，养母至孝，曾有玄雀，为弋人所射，穷而归参，参收养，疗治其疮，愈而放之。后雀夜到门外，参执烛视之，见雀雌雄双至，各衔明珠以报参焉。

汉时，弘农杨宝，年九岁时。至华阴山北，见一黄雀，为鸱枭所搏，坠于树下，为蝼蚁所困。宝见，愍之，取归置巾箱中，食以黄花，百余日，毛羽成，朝去，暮还。一夕，三更，宝读书未卧，有黄衣童子，向宝再拜曰："我西王母使者，使蓬莱，不慎，为鸱枭所搏。君仁爱，见拯，实感盛德。"乃以白环四枚与宝曰："令君子孙洁白，位登三事，当如此环。"

隋县溠水侧，有断蛇邱。隋侯出行，见大蛇被伤，中断，疑其灵异，使人以药封之，蛇乃能走，因号其处断蛇邱。岁余，蛇衔明珠以报之。珠盈径寸，纯白，而夜有光，明如月之照，可以烛室。故谓之"隋侯珠"，亦曰"灵蛇珠"，又曰"明月珠"。邱南有隋季良大夫池。

孔愉，字敬康，会稽山阴人，元帝时以讨华轶功，封侯，愉少时尝经行余不亭，见笼龟于路者，愉买之，放于饮不溪中。龟中流左顾者数过。及后，以功封余不亭侯，铸印，而龟钮左顾，三铸，如初，印工以闻，愉乃悟其为龟之报，遂取佩焉。累迁尚书左仆射，赠车骑将军。

古巢，一日江水暴涨，寻复故道，港有巨鱼，重万斤，三日乃死，合郡皆食之。一老姥独不食。忽有老叟曰："此吾子也。不幸罹此祸，汝独不食，吾厚报汝。若东门石龟目赤，城当陷。"姥日往视。有稚子讶之，姥以实告。稚子欺之，以朱傅龟目；姥见，急出城。有青衣童子曰："吾龙之子。"乃引姥登山，而城陷为湖。

吴富阳县董昭之，尝乘船过钱塘江，中央，见有一蚁，着一短芦，走一头，回复向一头，甚惶遽。昭之曰："此畏死也。"欲取着船。船中人骂："此是毒螫物，不可长，我当蹋杀之，"昭意甚怜此蚁，因以绳系芦，着船，船至岸，蚁得出。其夜梦一人，乌衣，从百许人来，谢云："仆是蚁中之王。不慎，堕江，惭君济活。若有急难，当见告语。"历十余年，时所在劫盗，昭之被横录为劫主，系狱余杭。昭之忽思蚁王梦，缓急当告，今何处告之。结念之际，同被禁者问之。昭之具以实告。其人曰："但取两三蚁。着掌中，语之。"昭之如其言。夜，果梦乌衣人云："可急投余杭山中，天下既乱，赦令不久也"于是便觉。蚁啮械已尽。因得出狱，过江，投余杭山。旋遇赦，得免。

孙权时李信纯，襄阳纪南人也，家养一狗，字曰黑龙，爱之尤甚，行坐相随，饮馔之间，皆分与食。忽一日，于城外饮酒，大醉。归家不及，卧于草中。遇太守郑瑕出猎，见田草深，遣人纵火爇之。信纯卧处，恰当顺风，犬见火来，乃以口拽纯衣，纯亦不动。卧处比有一溪，相去三五十步，犬即奔往入水，湿身走来卧处，周回以身洒之，获免主人大难。犬运水困乏，致毙于侧。俄尔信纯醒来，见犬已死，遍身毛湿，甚讶其事。睹火踪迹，因尔恸哭。闻于太守。太守悯之曰："犬之报恩，甚于人，人不知恩，岂如犬乎！"即命具棺椁衣衾葬之，今纪南有义犬葬，高十余丈。

太兴中，吴民华隆，养一快犬，号的尾，常将自随。隆后至江边伐荻，为大蛇盘绕，犬奋咋蛇，蛇死。隆僵仆无知，犬彷徨涕泣，走还舟，复反草中。徒伴怪之，随往，见隆闷绝。将归家。犬为不食。比隆复苏，始食。隆愈爱惜，同于亲戚。

庐陵太守太原庞企，字子及，自言其远祖，不知几何世也，坐事系狱，而非其罪，不堪拷掠，自诬服之，及狱将上，有蝼蛄虫行其左右，乃谓之曰："使尔有神，能活我死，不当善乎。"因投饭与之。蝼蛄食饭尽，去，顷复来，形体稍大。意每异之，乃复与食。如此去来，至数十日间，其大如豚。及竟报，当行刑，蝼蛄夜掘壁根为大孔，乃破械，从之出。去久，时遇赦，得活。于是庞氏世世常以四节祠祀之于都衢处。后世稍怠，不能复特为馔，乃投祭祀之余以祀之，至今犹然。

临川东兴有人入山，得猿子，便将归，猿母自后逐至家。此人缚猿子于庭中树上以示之。其母便抟颊向人欲乞哀,状直谓口不能言耳。此人既不能放,竟击杀之。猿母悲唤,自掷而死。此人破肠视之,寸寸断裂。未半年,其家疫死,灭门。

冯乘虞荡夜猎,见一大麈,射之。麈便云:"虞荡!汝射杀我耶?"明晨,得一麈而入,实时荡死。

吴郡海盐县北乡亭里,有士人陈甲,本下邳人,晋元帝时寓居华亭,猎于东野大薮,欻见大蛇,长六七丈,形如百斛船,玄黄五色,卧冈下。陈即射杀之,不敢说。三年,与乡人共猎,至故见蛇处,语同行曰:"昔在此杀大蛇。"其夜梦见一人,乌衣,黑帻,来至其家,问曰:"我昔昏醉,汝无状杀我。我昔醉,不识汝面,故三年不相知;今日来就死。"其人即惊觉。明日,腹痛而卒。

邛都县下有一老姥,家贫,孤独,每食,辄有小蛇,头上戴角,在床间,姥怜而饴之。食后稍长大,遂长丈余。令有骏马,蛇遂吸杀之,令因大愤恨,责姥出蛇。姥云:"在床下。"令即掘地,愈深愈大,而无所见。令又迁怒,杀姥。蛇乃感人以灵言,瞋令"何杀我母?当为母报仇。"此后每夜辄闻若雷若风,四十许日,百姓相见,咸惊语:"汝头那忽戴鱼?"是夜,方四十里,与城一时俱陷为湖,土人谓之为陷湖,唯姥宅无恙,讫今犹存。渔人采捕,必依止宿,每有风浪,辄居宅侧,恬静无他。风静水清,犹见城郭楼橹𬯎然。今水浅时,彼土人没水,取得旧木,坚贞光黑如漆。今好事人以为枕,相赠。

建业有妇人背生一瘤,大如数斗囊,中有物,如茧栗,甚众,行即有声。恒乞于市。自言:"村妇也,常与姊姒辈分养蚕,己独频年损耗,因窃其姒一囊茧焚之,顷之,背患此疮,渐成此瘤。以衣覆之,即气闭闷;常露之,乃可,而重如负囊。"

搜 神 后 记

目　　录

卷 一

1. 丁令威,本辽东人,学道于灵虚山。后化鹤归辽,集城门华表柱。时有少年,举弓欲射之。鹤乃飞,徘徊空中而言曰:"有鸟有鸟丁令威,去家千年今始归。城郭如故人民非,何不学仙冢垒垒。"遂高上冲天。今辽东诸丁云其先世有升仙者,但不知名字耳。

2. 嵩高山北有大穴,莫测其深。百姓岁时游观。晋初,尝有一人误堕穴中。同辈冀其傥不死,投食于穴中。坠者得之,为寻穴而丁。计可十余日,忽然见明。又有草屋,中有二人对坐围棋。局下有一杯白饮。坠者告以饥渴,棋者曰:"可饮北。"遂饮之,气力十倍。棋者曰:"汝欲停此否?"坠者不愿停。棋者曰:"从此西行,有天井,其中多蛟龙。但投身入井自当出。若饿,取井中物食。"坠者如言,半年许,乃出蜀中。归洛下,问张华,华曰:"此仙馆大夫,所饮者玉浆也,所食者,龙穴石髓也。"

3. 会稽剡县民袁相、根硕二人猎,经深山重岭甚多,见一群山庄六七头,逐之。经一石桥,甚狭而峻。羊去,根等亦随渡,向绝崖。崖正赤,壁之,名曰赤城。上朝水流下,广狭如匹布。剡人谓之瀑布。羊径有山穴如门,豁然而过。既,入内甚平敞,草木皆香。有一小屋,二女子住在其中,年皆十五六,容色甚美,著青衣。一名莹珠,一名洁玉。见二人至,欣然云:"早望汝来。遂为室家。忽二女出行,云更有得有婿者,往庆之。曳履于绝上行,琅琅然。二人思归。潜去归路。二女追还已知,乃谓曰:"自可去。"乃以一腕囊与根等,语曰:"慎勿开也。"于是乃归。后出行,家人开视其囊,囊如莲花,一重去,一重复,至五盖,中有小青鸟,飞去。根还知此,怅然而已。后于田中耕,家依常饷之,见在田中不动,就视,但有壳如蝉脱也。

4. 荥阳人姓何,忘其名,有名闻士也。荆州辟为别驾,不就,隐遁养志。常至田舍,人收获在场上。忽有一人,长丈余,萧疏单衣,角巾,来诣之,翩翩举其两手,并舞而来,语何云:"君曾见'韶舞'。且舞且去。何寻逐,径向一山,山有穴,止容一人。其人命入穴,何亦随之入。初甚急,前辄闲旷,便失人,见有良田数十顷。何遂垦作,以为世业。子孙至今赖之。

5. 晋太元中，武陵人捕鱼为业。缘溪行，忘路远近，忽逢桃花，夹岸数百步，中无杂树，芳华鲜美，落英缤纷。渔人甚异之。复前行，欲穷其林。林尽水源，便得一山。山有小口。仿佛若有光。便舍舟，从口入。初极狭，才通人。复行数十步，豁然开朗，土地旷空，屋舍俨然。有良田、美池、桑、竹之属。阡陌交通，鸡犬相闻。男女衣着，悉如外人。黄发垂髫，并怡然自乐。见渔人，大惊，问所从来，具答之。便要还家，为设酒杀鸡作食。村中人闻有此人，咸来问讯。自云先世避秦难率妻子邑人至此绝境，不复出焉。遂与外隔。问今是何世，乃不知有汉，无论魏晋。此人一一具言所闻，皆为叹惋。余人各复延至其家，皆出酒食。停数日，辞去。此中人语云："不足为外人道也。"既出，得其船，便扶向路，处处志之。及郡，乃诣太守，说如此。太守刘歆，即遣人随之往，寻向所志，不复得焉。

6. 南阳刘驎之，字子骥，好游山水。尝采药至衡山，深入忘返。见有一涧水，水南有二石囷，一闭一开。水深广，不得渡。欲还，失道，遇伐弓人，问径，仅得还家。或说囷中皆仙方灵药及诸杂物。驎之欲更寻索，不复知处矣。

7. 长沙醴陵县有小水，有二人乘船取樵，见岸下土穴中水逐流出，有新斫木片逐流下，深山中有人迹，异之。乃相谓曰："可试如水中看何由尔？"一人便以笠自障，入穴。穴可容人。行数十步，便开明朗然，不异世间。

8. 平乐县有山临水，岩间有两目，如人眼，极大，瞳子白黑分明，名为"目岩"。

9. 始兴机山东有两□，相向女口鸥尾。石室数十所。经过皆闻有丝竹之响。

10. 中宿县有贞女峡。峡西岸水际有石，状似女子。是曰"贞女"。父老相传，秦世有女数人，取螺于此，遇风雨昼昏，而一女化为此石。

11. 临城县南四十里有盖山，百许步有姑舒泉。昔有舒女，与父析薪于此泉。女因坐，牵挽不动，乃还告家。比还，唯见清泉湛然。女母曰："吾女好音乐。"乃作弦歌，泉涌洄流，有朱鲤一双，今人作乐嬉戏，泉故涌出。

卷　　二

12. 吴舍人名猛,字世云,有道术。同县邹惠政迎猛,夜于家中烧香。忽有虎来,抱政儿超篱去。猛语云:"无所苦,须臾当还。"虎去数十步,忽然复送儿归。政遂精进,乞为好道士。猛性至孝,小儿时,在父母傍卧,时夏日多蚊虫,而编派不是不摇扇。同宿人觉,问其故,答云:"惧蚊虻去,噆我父母尔。"及父母终,行服墓次,蜀贼,统一天下暴,焚烧邑屋,发掘坟垅,猛在墓侧,号恸不去。贼为之感怆,遂不犯。

13. 谢允从武当山还,在桓宣武座,有言及左元放为曹公致鲈鱼者,允便云:"此可得尔。"求大瓮盛水,朱书符投水中。俄有一鲤鱼鼓水中。

14. 钱塘杜子恭有秘术。尝旁人借瓜刀,其主求之,子恭曰:"当即相还耳。"既而刀主行至嘉兴,有鱼跃入船中。破鱼腹,得瓜刀。

15. 太兴中,衡阳区纯作鼠市:四方丈余,开四车,门有一木人。从四五鼠余中,欲出门,木人辄以手推之。

16. 晋大司马桓温,字元子。末年,忽有一比丘尼,失其名,来自远方,投温为檀越。尼才行不恒,愠甚敬待,居之门内。尼每浴,必至移时。温疑而窥之。见尼裸身挥刀,破腹出脏,断截身首,支分窗切。温怪骇而还。及至尼出浴室,耳形如常。温以实问,尼答曰:"若逐凌君上,形当如之。"时温方谋问鼎,闻之怅然。故以戒惧,终守臣节。尼后辞去,不知所在。

17. 沛国有一士人,姓周。同生三子,年将弱冠,皆有声无言。忽有一客从门过,因乞饮,闻其儿声,问之曰:"此是何声?"答曰:"是仆之子,皆不能言。"客曰:"君可还内省过何以致此?"主人异其言:知非常人。良久出云:"都不忆有罪过。"客曰:"试更思幼时事。"入内,食顷,出语客曰:"记小儿时,当床上有燕巢,中有三子,其母从外得食哺,三子皆出口受之。积日如此。试以指内巢中,燕雏亦出口承受。因取三蒢茨,各与食之。既而皆死。母还,不见子,悲鸣而去。昔有此事,今实悔之。"客闻言,遂变为道人之容,曰:"君既自知悔,罪今除矣。"言讫,便闻其子言词周正,忽不见此道人。

18. 天竺人佛图澄,永嘉四年来洛阳,善诵神咒,役使鬼神。腹傍有孔,常以絮塞之。每夜读书,则拔絮,孔中出光,照于再。平旦,至流水侧,从孔中引出五脏六腑洗之,讫还内服中。

19. 石虎邺中有一胡道人,知咒术。乘驴作估客,于外国深山中行。下有绝涧,窅然无底。忽有恶鬼,偷牵此道人驴,下入绝涧。道人寻迹咒誓,呼诸鬼王。须臾,即驴物如故。

20. 昙游道人,清苦沙门也。剡县有一家事蛊,人□其食饮,无不吐血死。游尝诣之。主人下食,游依常咒愿。双蜈蚣,长尺余,便于盘中跳走。游便饱食而归,安然无他。

21. 高悝家有鬼怪,言词呵斥,投掷内外,不见人形。或器物自行再三发火。巫祝厌劾而不能绝。适值幸灵,乃要之。至门,见符索甚多,并取焚之。心里据轩小坐而去。其刀鬼怪即绝。

22. 赵固常乘一匹赤马以战征,甚所爱重。常系所往斋□,忽腹胀,少时死。郭璞从北过,因往诣之。门吏云:“将军好马,甚爱惜。今死,甚懊惋。”璞便语门吏云:“可入通,道吾能活此马,则必见我。”门吏闻之惊喜,即启固。固踊跃,令吏走往迎之。始交寒温,便问:“卿能活我马乎?”璞曰:“我可活尔。”固欣喜,即问:“须何方术?”璞云:“得卿同心健儿二三十人,皆令持竹竿,于此东行三十里,当有邱陵林树,状若社庙。有此者,便当以竹竿搅扰打拍之。当得一物,便急持归。既得此物,马便活矣。”于是左右骁勇之士五十人使去。果如璞言,得大丛林,有一物似猴而非,走出。人共逐得,便抱持归。此物遥见死马,便跳梁欲往。璞令放之。此物便自走往马头问,嘘吸其鼻。良久,马起,喷奋奔迅,便不见此物。固厚赀给,璞得过江左。

23. 王文献曾令郭璞筮己一年吉凶,璞曰:“当有小不吉利。可取广州二大瓮,盛水,置床张二角,名曰‘镜好’,以厌之。至某时,撤瓮去水。如此其灾可消。”至日忘之。寻失铜镜,不知所在。后撤去水,乃见所失镜在于瓮中。瓮口数寸,镜大尺余。王公复令璞筮镜瓮之意。璞云:“撤□造期,故致此妖。邪魅所为,无他故也。”使烧车辖而镜立出。

24. 中兴初,郭璞每自为卦,知其凶终。尝行经建康栅塘,逢一趋步少年,甚寒,便牵住,脱丝布袍与之。其人辞不受,璞曰:“但取,后自当知。"其人受而去。及当死,果此人行刑,旁人皆为求属,璞曰:"我托之久矣。此人为之歔欷哽咽。行刑既毕,此人乃说。

25. 高平郗超,字嘉宾,年二十余,得重病。庐江杜不愆,少就外祖郭璞学易卜,颇有经验。超令试占之。卦成,不愆曰:"案卦言之,卿所恙寻愈。然宜于东北三十里上官姓家,索其所养雄雉,笼而绊之,置东檐下,却后九日景午日午时,必当有野雌雉飞来,与交合。既毕,双飞去。若如此,不出二十日,病都除。水是休应,年将八十,位极人臣。若但雌逝雄留着,病一周方差。年半八十,名位亦失。"超时正羸笃,虑命在旦夕,笑而答曰:"若保八十之半,便有余矣。一周病差,何足为淹。"然未之信。或欢依其言索雄,果得。至景午日,超卧南轩之下观之。至日晏,果有雌雉飞入笼,与雄雉交而去。雄雉不动。超叹息曰:"管郭之奇,何以尚此!"超病逾年乃起。至四十,卒于中书郎。

卷　三

26. 程咸字咸休。其母始怀咸,梦老公投药与之:"服此当生贵子。"晋武帝时,历位至侍中,有名于世。

27. 袁真在豫州遣女妓纪陵送阿薛、阿郭、阿马三妓与桓宣武。既至经时,三人半夜共出庭前月下观望,有铜瓮水在其侧。忽见一流星,夜从天直堕瓮中。惊喜共视,忽如二寸火珠,沉于水底,炯然明净,乃相谓曰:"此吉祥也,当谁应之。"于是薛郭二人更以瓢杓接取,并不得。阿马最后取,星正入瓢中,便饮之。既而若有感焉。俄而怀桓玄。玄虽篡位不终,而数年之中,荣贵极矣。

28. 临淮公荀序,字休元。母华夫人,怜爱过常。年十岁,从南临归,经青草湖,时正帆风驶,序出塞郭,忽落水。比得下帆,已行数十里洪波淼漫,母抚膺远望,少顷,见一掘头船,渔父以楫棹船如飞,载序还之,云:"送府君还。"荀后位至常伯、长沙相,故云府君也。

29. 庐陵巴邱人文晁者,有始以来田作为业。年常田数十顷,家渐富。晋太元初,秋收已过,刈获都毕,明旦至田,禾悉复满,湛然如初。即便更获,所获盈仓。于此遂为巨富。

30. 上虞魏全,家在县北。忽有一人,着孝子服,皂笠,手巾掩口,来诣全家,诣曰:"君有钱一千万,铜器亦如之,大柳树钱在其下,取钱当得尔。于君家大不吉。仆寻为君取此。"便去。自尔出三十年,遂不复来。全家亦不取钱。

31. 元嘉元年,建安郡山贼破户,忽有蜜蜂数万头,从衣篋出,同时噬螫。群贼身首肿痛,眼皆盲合,先诸所掠,皆弃而走。

32. 蔡裔有勇气,声若雷震。尝有二偷儿入室,裔拊床一呼,二盗俱陨。

33. 昔有一人,与如同时得腹瘕病,治不能愈。奴既死,乃剖腹视之,得一白鳖,赤眼,甚鲜明。乃试以诸毒药浇灌之,并内药于鳖口,悉无无损动,乃系鳖于床脚,忽有一客来看之,乘一白马。既而马溺溅鳖,鳖乃惶骇,欲疾走避溺,因系之不得去,乃缩藏头颈焉。病者察之,谓其子曰:"吾病或可以救矣。"乃试取白马溺以灌鳖上,须臾便消成数升水。病者乃顿服升余白马溺,病豁然愈。

34. 太尉郗鉴,字道徽,镇丹徒。曾出猎,时二月中,蕨始生。有一甲士,折食一茎,即觉心中淡淡,欲吐。因归,乃成心腹疼痛。经半年许,忽大吐,吐出一赤蛇,长尺馀,尚活动摇。乃挂著屋檐前,汁稍稍出,蛇渐焦小。经一宿视之,乃是一茎蕨。犹昔之所食,病遂除。

35. 桓宣武时,有一督将,畋时行病后虚热,更能饮复茗,必有斛二斗乃饱,口减升合,便以为不足。非复一日。家贫。后有客造之,正遇其饮复茗,亦先闻世有此病,仍令更进五升,乃大吐,有一物出,如升大,有口,形质缩绉,状如牛肚。客乃令置之传令盆中,以一斛二斗复茗浇之。此物歠之都尽,而只觉小胀。又加五升,便悉混然从口中涌出。既吐此物,其病遂差。或问之:"此何病?"答云:"此病名斛二瘕。"

36. 桓哲字明期,居豫章时,梅元龙为太守,先已病矣,哲往省之。语梅云:"吾昨夜忽梦见作卒,迎卿来作泰山府君。梅闻之愕然,曰:"吾亦梦见卿为卒,着丧衣,来迎我。"经我数日。复同梦如前,云"二十八日当拜"。至二十七日晡时,桓忽中恶腹满,就梅索麝香丸,梅闻便令作汕具。二十七日,桓便亡。二十八日而梅卒。平原草茅下士歆,字子鱼,为诸生时,常宿人门外,主人妇夜产。有顷,两吏来诣其门,便相向辟易,欲退却相谓曰:"公在此。"因踟蹰良久。一吏曰:"籍当定,奈何得住?"乃向子鱼拜、相将入。出,并行共语曰:"当与几岁?"一人云:"当与三岁。"天明,子鱼去。后欲验其事,至三岁,故往视儿消息,果三岁已死。乃自喜曰:"我固当公。后果为太尉。"

38. 宋时有一人,忘其姓氏,与妇同寝,天晓妇起出,后其大寻亦出外。妇还,见其夫犹在被中眠。须臾,奴子自外来,云:"郎求镜。"妇以奴作,乃指床上以示奴。奴云:"适从郎间来。于是白驰其。夫大愕,便入。与妇共视被中人,高枕安寝,正是其形,了无一异。虑是其神魂,不敢惊动。乃共以手徐徐抚床,遂冉冉入席而灭。夫妇惋怖不已。稍时,夫忽得疾,性理乘错,终身不愈。

39. 董寿之被诛,其家尚未知。妻夜坐,忽见寿之居其侧,叹息不已。妻问:"夜间何得而归?"寿之都不应答。有顷,出门绕鸡笼而行,笼中鸡惊叫。妻疑有异,持火出户视之,见血数升,而寿之失所在。遂以告姑,因与大小号哭,知有变,及晨,果得凶问。

40. 宋时有诸生远学,其父母燃火夜作,儿忽至前,叹息曰:"今我但魂尔,非复生人。"父母问之,儿曰:"此月初病,以今日某时之女。今难言琅琊任子成家,明日当殓,来迎父母。"父母曰:"去此千里,虽复颠倒,那得及汝?"儿曰:"外有车乘,但乘之,自得至矣。"父母从之上车,忽若睡,比鸡鸣,已至所在。视其驾乘,但魂车木马。遂与主人相见,临儿悲哀。问其疾消息,如言

卷 四

41. 晋时，东平冯孝将为广州太守。儿名马子，年二十余，独卧厩中，夜梦见一女子，年十八九，言："我是前太守北海徐玄方女，不幸早亡。亡来今已四年，为鬼所枉杀。案生录，当八十余，听我更生，要当有依马子乃得生活，又应为君妻。能从所委，见救活不？"马子答曰："可尔。"乃与马子克期当出。至期日，床前地头发正与地平，令人扫去，则愈分明，始悟是所梦见者。遂屏除左右人，便渐渐额出，次头面出，又次肩项形体顿出。马子便令坐对榻上，陈说语言，奇妙非常。遂与马子寝息。每诚云："我尚虚尔。"即问何时得出，答曰："出当得本命生日，尚未至。"遂往中，言语声音，人皆闻之。女计生日至，乃具教马子出己养之方法，语毕辞去。马子从其言，至日，以丹雄鸡一只，黍饭一盘，清酒一升，酹其丧前，去厩十余步，祭讫，掘棺出，开视，女身体貌全如故。徐徐抱出，著毡帐中，唯心下微暖，口有气息。令婢四人守养护之。常以青羊乳汁沥其两眼，渐渐能开，口能咽粥，既而能语，二百日中，持杖起行，一期之后，颜色肌肤气力悉复如常，乃遣报徐氏，上下尽来。选吉日下礼，聘为夫妇。生二儿一女：长男元庆，永嘉为秘书郎中；小男字敬度，作太傅掾；女适济南刘子彦，徵士延世之孙云。

42. 干宝字令升，其先新蔡人。父莹，有嬖妾。母至妒，宝父葬时，因生拉住婢著藏中。宝兄弟年小，不之审也。经十年而母丧，开墓，见其伏棺上，衣服如生。就视犹暖，渐渐有气息。舁还家，终日而苏。云宝父常致饮食，与之寝接，恩情如生。家中吉凶，辄语之，校之悉验。平复数年后方卒。宝兄尝病气绝，积日不冷。后遂寤，云见天地间鬼神事，如梦觉，不自知死。

43. 晋太元中，北地人陈良与沛国刘舒友善，又与同郡李焉共为商贾。后大得利，焉杀良取物。死十许日，良忽苏活，得归家，说死时，见友人刘舒，舒久已亡，谓良曰："去年春社日祠祀，家中斗争，吾实忿之，作一兕于庭前，卿归，岂能为我说此耶？"良故往报舒家，其怪亦绝。乃诣官疏李焉而服罪。

44. 襄阳李除,中时气死。其妇守尸。至于三更,崛然起坐,搏妇臂上金钏甚遽。妇因助脱,既手执之,还死。妇伺察之,至晓,心中更暖,渐渐得苏。既活,云:"为吏将去,比伴甚多,见有行货得免者,乃许吏金钏。吏令还,故归取以与吏。吏得钏,便放令还。见吏取钏去。"后数日,不知犹在妇衣内。妇不敢复着,依事咒埋。

45. 郑茂病亡,殡殓讫,未得葬,忽然妇及家人梦茂云:"己未应死,偶闷绝尔,可开棺出我,烧车缸以熨头顶。"如言乃活。

46. 晋时,武都太守李仲文在郡丧女,年十八,权假葬郡城北。有张世之代为郡。世之男字子长,年二十,侍从在廨中,夜梦一女,年可十七八,颜色不常,自言:"前府君女,不幸早亡。会今当更生。心相爱乐,故来相就。"如此五六夕。忽然昼见,衣服薰香殊绝,遂为夫妻,寝息衣皆有污,如处女焉。后仲文遣婢视女墓,因过世之妇相问。入廨中,见此女一只履在子长床下。取之啼泣,呼而发冢。持履归,以示仲文。仲文惊愕,遣问世之:"君儿可由得亡女履耶?"世之呼问,儿具道本末。李、张并谓可可怪。发棺视之,女体已生肉,姿颜如故,右脚有履,左脚无也。子长梦女曰:"我比得生,今为所发。自尔之后遂死,肉烂不得生矣。万恨之心,当复何言!"涕泣而别。

47. 魏时,寻阳县北山中蛮人有术,能使人化作虎。毛色爪牙,悉如真虎。乡人周眕有一奴,使人伐薪。奴有妇及妹,亦与俱行。既至山,如语二人云:"汝且上高树,视我所为。"如其言。既而入草,须臾,见一大黄斑虎从草中出,奋迅吼唤,甚可畏怖。二人大骇。良久还草中,少时,复还为人,语二人云:"归家慎勿道。"后遂向等辈说之。周寻得知,乃以醇酒饮之,令熟醉。使人解其衣服及身体,事事详悉,了无他异。唯于髻发中得一纸,画作大虎,虎边有符,周秘取录之。奴既醒,唤闻之。见事已露,遂具说本末云:"先尝于蛮中告籴,有蛮师云有此术,乃以三尺布,数什米糈,一赤雄鸡,一升酒,授得此法。"

48. 魏清河宋士宗母,以黄初中夏天于浴室里浴,遣家中子女阖户。家人于壁穿中,窥见浴盆中有大鼋。遂开户,大小悉入,了不兴人相承当。先著银钗犹在头上。醒与守之涕泣,无可奈何。出外去,甚驶,逐之不可及,便入水。后数日,忽还。巡行舍宅,如平生,了无所言而去。时人谓士宗应行丧,士宗以母形虽变,而生理尚存,竟不治丧。与江夏黄母相似。

卷　五

49. 晋安帝时,侯官人谢瑞,少丧父母,无有亲属,为邻人所养。至年十七八,恭谨自守,不履非法。始出居,未有妻,邻人共愍念之,规为娶妇,未得。端夜卧早起,躬耕力作,不舍昼夜。后于邑下得一大螺,如三升壶。以为异物,险以归,贮瓮中。畜之十数日。端每早至野还,见其户中有饭饮汤火,如有人为者。端谓邻人为之惠也。数日如此,便往谢邻人。邻人曰:“吾初不为是,何见谢也。”端又以邻人不喻其意,然数尔如此,后更实问,邻人笑曰:“卿已自取妇,密著室中炊爨,而言吾为之炊耶?”端默然心疑,不知其故。后以鸡鸣出去,平早潜归,于篱外窃窥其家中,见一少女,从瓮中出,至灶下燃火。端便入门,径至瓮所视螺,但见女。乃到灶下问之曰:“新妇从何所来,而相为炊?”女大惶惑,欲还瓮中,不能得去,答曰:“我天汉中白水素女也。天帝哀卿少孤,恭慎自守,故使我权为守舍炊烹。十年之中,使卿居富得妇,自当还去。而卿无故窃相窥掩,吾形已见,不宜复留,当相委去。虽然,尔后自当少差。勤于田作,渔采治生。留此壳去,以贮米谷,常不可乏。”端请留,终不肯。时天忽风雨,翕然而去。端为立神座,时节祭祀。居常饶足,不致大富耳。于是乡人以女妻之。后仕至令长云。今道中素女祠是也。

50. 晋太康中,谢家沙门竺昙遂,年二十余,白皙端正,流俗沙门,长行经清溪庙前过,因入庙中看,暮归,梦一妇人来,语云:“君当来作我庙中神,不复久。”昙遂梦问:“妇人是谁?”妇人云:“我是清溪庙中姑。”如此一月许,便病。临死,谓同学年少曰:“我无福,亦无大罪,死乃当作清溪庙神。诸君行便,可过看之。”既死后,诸年少道人诣其庙。既至,便灵语相劳问,声音如昔时。临去云:“久不闻呗声,思一闻之。”其伴慧古玩便为作呗讫。其神犹唱赞。语云:“岐路之诀,尚有凄怆。况此之乖,形神分散。窈冥之叹,情何可言。”既而歔欷不自胜,诸道人等皆为流涕。

51. 王导子悦为中书郎,导梦人以百万钱买悦,导潜为祈祷者备矣。寻掘地,得钱百万,意甚恶之,一一皆藏闭。及悦疾笃,导忧念特至,积日不食。忽见一人，形状甚伟，被甲持刀。问是何人，曰："仆，蒋侯也。公儿不佳，欲为请命，故来尔。公勿复忧。"导因与之食，遂至数升，食毕，勃然谓导曰："中书命尽，非可救也。"言讫不见。悦亦殒绝。

52. 会稽□。县东野有女子姓吴，字望子，路忽见一贵人，俨然端坐，即蒋侯象也。因掷两橘与之。数数形见遂隆情好。望子心有所欲，辄空中得之。常思脍，一双鲤自空而至。

53. 孙恩作逆时，吴兴分乱，一男子忽急突入蒋侯庙。始入门，木像弯弓射之，即卒。行人及守庙者：无不皆见。

54. 晋太元中，乐安高衡为魏郡太守，戍石头。其孙昏雅之，在中，云有神来降。自称白头公，拄杖光辉照屋。与雅之轻举宵行，暮至京口来还。后雅之父子为桓玄所杀。

55. 永和中，义兴人姓周，出都，乘马，从两人行。未至村，日暮。道边有新草小屋，一女子出门，年可十六七，姿容端正，衣服鲜洁。望见周过，谓曰："日已向暮，前村尚远。临贺讵得至？"周便求寄宿。此女为燃火作食。向一更中，闻外有小儿唤阿香声，女应诺。寻云："官唤汝推雷车。"女乃辞行，云："今有事当去。"夜遂大雷雨。向晓，女还。周既上马，看昨所宿处，止见一新冢，冢口有马尿及馀草。周甚惊惋。后五年，果作临贺太守。

56. 豫章人刘广，年少未婚。至田舍，见一女子，云："我是何参军女，年十四而夭，为西王母所养，使与下土人交。"广与之缠绵。其日，于席下得手巾，裹鸡舌春。其母取巾烧之。乃是火浣布。

57. 桓大司马从南州还，拜简文皇帝陵，左右觉其有异。既登车，谓从者曰："先帝向遂灵见。"既不述帝所言，故众莫之知。但见将拜时，频言："臣不敢"而已。又问左右殷涓其形貌。有人答："涓为人肥短，黑色甚丑。"桓云："向亦见在帝侧，形亦如此。"意恶之。遂遇疾，未几而薨。

卷　六

58. 汉时，会稽句章人至东野还，暮，不及还家。见路旁小屋燃火，因投宿止。有一少女，不欲与丈夫共宿，呼邻人家女自伴，夜共弹空篌。问其姓名，女不答。弹弦而歌曰："连绵葛上藤，一绥复一□。欲知我姓名。姓陈名阿登。"明至东郭外，有卖食母在肆中，此人寄坐，因说昨所见母闻阿登，惊曰："此是我女，近亡，葬于郭外。"

59. 汉时诸暨县吏吴详者，惮役顿，将窜深山。行至一溪，日欲暮，见年少女子来，衣甚端正。女曰："我一身独居，又无邻里，唯有一孤妪。相去十余步尔。"详闻甚悦，便即随去。行一里余，即至女家，家甚贫陋。为详设食。至一更竟，忽闻一妪唤云："张姑子。"女应曰："诺。"详问是谁，答云："向所道孤独妪也。"二人共寝息。至晓鸡鸣，详去，二情相恋，女以紫手巾赠祥，详以布手巾报之。行至昨所应处，过溪。其夜大水暴溢，深不可涉。乃回向女家，都不见昨处，但有冢尔。

60. 庐江筝笛浦，浦有大舶，覆在水中，云是曹公舶船。尝有渔人，夜宿其旁，以船系之，但闻筝笛弦节之声及香气氤氲，渔人又梦人驱遣云："勿近官船。"此人惊觉，即移船去。相传云曹公载数妓船覆于此今犹存焉。

61. 卢充猎，见獐便射，中之。随逐，不觉远。忽见一里门如府舍问铃下，铃下对曰："崔少府府也。"进见少府，少府语充曰："尊府君为索小女婚，故相迎耳"三日婚毕，以车送充至家。母问之，具以状对。既与崔别后，四年之三月三日，充临水戏。遥见水边有犊车，乃往开车鸟。见崔女与三岁儿共载，情意如初。抱儿还充，水与金锍而别。

62. 王伯阳家在京口，宅东有大冢，相传云是鲁肃墓。伯阳妇，郗鉴兄女也，丧亡，王平其冢以葬。后数年，伯阳白日在厅事，忽见一贵人，乘平肩舆，与侍从数百人，马皆浴铁，径来坐，谓伯阳曰："我是鲁子敬，安冢在此二百许年。君何故毁坏吾家？"因顾左右："何不举手！"左右牵伯阳下床，乃以刀环击之数百而去。登时绝死。良久复苏，被击处皆发疽溃，寻便死。一说王伯阳,亡其子营墓,得一漆棺,移至南冈,夜梦肃怒云:"当杀汝父。"寻复梦见伯阳云:"鲁肃与吾争墓,若不如我不复得还。"后于灵座褥上见血数,什疑鲁肃之故也。墓今在长广桥东一里。

63. 承俭者,东莞人。病亡,葬本县界,后十年,忽夜与其县令梦云:"没故民承俭,人今见劫,明府急见救。"令便敕内外装束,作百人仗,便令驰马往冢上。日已向出,天忽大雾,对面不相见,但闻冢中破棺声。有二人坟上望,雾暝不见人往,令既至,百人同声大叫,收得冢中三人。坟上二人遂得逃走。棺未坏,令即使人修复之。其夜,令又梦俭云:"二人虽得走,民悉志之:一人面上有青志,如藿叶;一人断其前两齿折。明府但案此寻觅。自得也。"令从其言追捕,并擒获。

64. 荆州刺史殷仲堪,布衣时,在丹徒,忽梦见一人,自说己是上虞人,死亡,浮丧飘流江中,明日当至。"君有济物之仁,岂能见移? 著高燥处,则恩及枯骨矣。"殷明日与诸人共江上看,果见一棺,逐水流徙,飘飘至殷坐处。令人牵取,题如所梦。即移著冈上,酹以酒饭。是夕,又梦此人来谢恩。

65. 晋升平中,徐州刺史索逊乘船往晋陵。会暗发,回河行数里,有人求索寄城,云:"我家在韩冢,脚痛不能行,寄君船去。"四更守至韩冢,此人便去。逊遣人牵船,过一渡,施力殊不便,骂此人曰:"我数里载汝来,径去,不与人牵船。"欲与痛手。此人便还与牵,不觉用力而得渡。人更径入诸冢间。逊疑非人,使窃寻看。此人经冢间,便不复见。须臾复出,至一家呼曰:"载公。"有出应者。此人云:"我向载人船来,不与共牵,奴便欲打我。今当往报之。欲暂借甘罗来。"载公曰:"坏我甘罗,不可得。"此人云:"无所若,我试之耳。"逊闻此,即还船。须臾,岸上有物来,赤如百斛廪,长二丈许,径来向船,逊便大呼:"奴载我船,不与我牵,不得痛手! 方便载甘罗,今欲击我。我今日即打坏甘罗。"言讫,忽然便失,于是遂进。

66. 晋元熙中,上党冯述为相府吏,将假归虎牢。忽逢四人,各持绳及杖,来赴述。述策马避,马不肯进。四人各捉马一足,倏然便到河上。问述:"欲渡否?"述曰:"水深不测,既无舟,如何得渡? 君正欲见杀尔。"四人云:"不相杀,当持君赴赴官。"遂复捉马脚涉河而北。述但闻波浪声,而不觉水。垂至岸,四人相谓曰:"此人不净,那得将去。"时述有弟丧服,深恐参离之,便当溺水死,乃鞭马作势,径得登岸。述辞谢曰:"既蒙恩德,何敢复烦劳。"

67. 安丰在车中卧。忽见空中有一异物,如鸟熟视转大,渐近,见一乘赤马,一人在中,着帻,赤衣,手持一斧,至地下车,径人王车中,回几容之。谓王曰:"君神明清照,物无隐情。亦有事,故来相从。然当为君一言:凡人人家殡殓葬送,苟非至亲,不可急往,良不获已,可乘赤车,令髯奴御之,及乘白马,则可禳之。"因谓戎:"君当致位三公。"语良久。主人内棺当殡,众客悉人,此鬼亦人。既入户,鬼便持斧行棺墙上。有一亲趋棺,欲与亡人诀。鬼便以斧正打其额,即倒地。左右扶出。鬼于棺上,视戎而笑,众悉见鬼斧而出。

68. 李子豫,少善医方,当代称其通灵。许永为豫州刺史,镇历阳。其弟得病,心腹疼痛十于年,殆死。忽一夜,闻屏风后有参谓腹中鬼曰:"何不速杀之。不然,李子豫当从此过。以朱打汝,汝其死矣。"腹中鬼对曰:"吾不畏之。"及旦,许永遂使人候子豫,果来。未入门,病者自闻中有呻吟声。子豫入视,曰:"鬼病也。"遂于巾箱中出八毒丸子与服之。须臾,腹中雷鸣鼓转,大利数行,遂差,今八毒丸是也。

69. 宋元嘉十四年,广陵盛道儿亡,托孤女于妇弟申翼之。服阕,翼之以其女嫁北乡严齐息寒门也,丰其礼略,始成婚。道儿忽空中怒曰:"喘唾乏气,举门户相托。如何昧利忘义,结婚微族。"翼之乃大惶愧。

70. 晋淮南胡茂回,能见鬼。虽不喜见,而不可止。后行至扬州,还历阳。城东有神祠中,下正值民将巫祝祀之。至须臾顷,有群鬼相叱曰:"上官来。"各迸走出祠去。回顾,见二沙门来入祠中。诸鬼两两三三抱持,在祠边草中伺望。望见沙门,皆有怖惧。须臾,二沙门去后,诸鬼皆还祠中。回于是信佛,遂精诚奉事。

71. 有一伧小儿,放牛野中,伴辈数人。见一鬼依诸丛草间,处处设网,欲以捕人。设网后未竟,伧小儿窃取前网,仍以罨捕,即缚得鬼。

72. 庐江杜谦为诸暨令。县西山下有一鬼,长三丈,着赭衣裤在褶,在草中拍张。又脱褶掷草上,作"懊恼歌"。百姓皆看之。

73. 会稽朱弼为国郎中令,营之第舍,未成而卒。同郡谢子木代其事,以弼死亡,乃簿书多张功费,长百余万,以其赃诬弼。而实自人。子木夜寝,忽闻有人道弼姓字者。俄顷而到子木堂前,谓之曰:"卿以枯骨腐专可得诬,当以某日夜更典对证。"言终,忽然不见。

74. 夏侯综为安西参军,常见鬼骑马满道,与人无异。尝与人载行,忽牵人语指道上有一小儿云:"此儿正须大病。"须臾,此儿果病,殆死。其母闻之诘综。综云:"无他,此儿向于道中掷涂,误中一鬼脚。鬼怒,故病汝儿尔。得以酒饭遗鬼,即差。"母如言而愈。

75. 顺阳范启,母丧当葬。前母墓在顺阳,往视之,既至而坟丧服杂泪,难可识别,不知何许。袁彦仁时为豫州,往看之,因云:"闻有一人见鬼。"范即如言,令物色觅之。比至,云:"墓中一人衣服颜状如此。"即开墓,棺物皆烂,家中灰壤深尺馀。意甚疑之。试令人以足拨灰中土,冀得旧物,果得一砖,铭云"范坚之妻",然后信之。

76. 沙门竺法师,会稽人也,与北中郎王坦之周旋甚厚。每共论死生罪福报应之事茫昧难明,因便共要,若有先死者,当相报语。后经年,王于庙中忽见法师来,日:"贫道以某月日命故,罪福皆不虚,应若影响。檀越唯当勤修道德,以升跻神明耳。先与君要,先死者相报,故来相语。言讫,忽然不见。坦之寻亦卒。

77. 乐安刘池苟家在夏口,忽有一鬼来住刘家。初因暗仿佛见形如人,着白布裤。自尔后,数日一来,不复隐形,便不去。喜偷食,不以为患,然且难之。初不敢呵骂。吉翼子者,强梁不信鬼,至刘家,谓主人曰:"卿家鬼何在? 唤来,今为卿骂之。"即闻屋梁作声。时大有客,共仰视,便纷纭掷一物下,正著翼子面,视之,乃主人家妇女亵衣,恶犹著焉。众共大笑为乐。吉大惭,洗面而去。有人语刘焉:"此鬼偷食,乃食尽,必有形之物,可以毒药中之。"刘即于仇家煮野葛,取二升汁,秘齐还家。向夜,举家作粥糜,食余一瓯,因泻葛汁著中,置于几上,以盆覆之。人定后,闻鬼从外来,发盆啖糜。既讫,便掷破瓯走去。须臾间,在屋头吐,嗔怒非常,便棒打窗户。刘先已防备,与斗。亦不敢入。至四更中,然后遂绝。

卷　　七

78. 庐陵巴邱人陈济者,作州吏。其妇秦,独在家。常有一丈夫,长丈馀,仪容端正,著绛碧袍,采色炫耀,来从之。后常相期于一山涧间。至于寝处,不觉有人道相感接。如是数年。比邻人观其所至辄有虹见。秦至水侧,丈夫以金瓶引水共饮。后遂有身,生而如人,多肉。济假还,秦惧见之,乃纳儿著瓮中。此丈夫以金瓶与之,令覆儿,云:"儿小,未可得将去。不须作衣,我自衣之。"即与绛囊以裹之,令可时出与乳。于时风雨暝晦,分期付款见虹下其庭,化为丈夫,复少时,将儿去亦风雨暝晦。人见二虹出其同行冤家。数年而来省母。后秦适田,见二虹于涧,畏之。须臾见丈夫,云:"是我,无所畏也。"从此乃绝。

79. 宋元嘉初,富阳人姓王,于穷渎中作蟹断。旦往观之,见一材长二尺许,在断中。而断裂开,蟹出都尽。乃修治断,出材岸上。明往视之,材复在断中,断败如前。王水治断出材。明晨视,所见如初。王疑此材妖异,乃取内蟹笼中,荸头担归,云:"至家,当斧斫燃之。"未至家二三里,闻笼中倅倅动。转头顾视,见向材头变成一物,人面猴身,一身一足。语王曰:"我性嗜蟹,比日实人水破君蟹断,入断食蟹。相负已尔,望君见恕。开笼出我。我是山神,当相佑助,并令断得大蟹。"王曰:"如此暴人,前后非一,罪自病死。"此物种类,专请包放。王回顾不应。物曰:"君可姓名,我欲知之。"频问不已,王遂不答。去家转近,物曰:"既不放我,又不告我姓名,当复何计,但应就死耳。"王至家,炽火焚之。后寂然无复声。土俗谓之山 ,云知人姓名,则能中伤人。所以勤勤问王,欲害人自免。

80. 刘聪伪建元元年下月,平阳地震,其崇明观陷为池,水赤如血,赤气至天,有赤龙奋迅而去。流星起于牵牛。入紫微,龙形委蛇,其光照地,善于平阳北十里。视之则肉,臭闻于平阳,长三十步,广二十七步。肉旁尝有贵族老爷,昼夜不止。数日聪后刘氏,产一蛇一兽,各害人而走。寻之不得。顷之,见于陨肉之旁。俄而刘氏死,哭声自绝。

81. 晋中兴后,谯郡周子文,家在晋陵。少时喜射猎,常入山,忽山岫间有一人,长五六丈,手捉弓箭,箭镝头广二尺许,白如霜雪,忽出声唤曰:"阿鼠。"子文不觉应曰:"喏。"此人便牵弓满镝向子文,子文便失魂厌伏。

82. 晋孝武世,宣城人秦精,常人武昌山中采茗,忽遇一人,身长丈馀,遍体皆毛,从山北来。精见之,大怖。自谓必死。毛人径牵其臂,将至山曲,入大丛茗处,放之便去。精因采茗。须臾复来。乃探怀中二十枚橘与精,甘美异常。精甚怪负茗而归。

83. 会稽盛逸,常晨兴,路未有行人,见门外柳树上有一人,长二尺,衣朱衣冠冕,俯以舌舐叶上露。良久,忽见逸,神意惊遽,即隐不见。

84. 宋永初三年,谢南康家婢行,逢一黑,语婢云:"汝看我背后。"婢举头,见一人长三尺,有两头。婢惊怖返走,人狗亦随婢后,至家庭中,举家避走。婢问狗:"汝来何为?"狗云:"欲乞食尔。"于是婢为设食。并食食讫,两头人出。婢因谓狗曰:"人已去矣。"狗曰:"正巳复来。"良久乃没。不知所在。后家人死丧殆尽。

85. 宋襄城李颐,其父为人不信妖邪。有一宅,由来凶不可居,居者辄死。父便买居之。多年安吉,子孙昌炽。为二千石,当徙家之官,临去,请会内外亲戚。酒食既行,父乃言曰:"天下竟有吉凶否?此宅由来言凶,自吾居之,多年安吉,乃得迁官,鬼为何在?自今已后,便为吉宅。居者住止,心无所嫌也。"语讫如厕,须臾,见壁中有一物。如卷席大。高五尺许。正白。便还取刀中之,中断,化为两人。复横斫之,又成四人。便夺取刀,反斫杀李。持至座上。斫杀其子弟。凡姓李者必死,惟异姓无他。颐尚幼,在抱。家内知变,乳母抱出后门,藏他家。止其一身获免。颐字景真,位至湘东太守。

86. 宋王仲文为河南郡主簿,居缑氏县北。得休,因晚行泽中。见车后有白狗,仲文甚爱之。欲取之,忽变形如人,状似方相,目赤如火,磋尹吐舌,甚可憎恶。仲文大怖,与如共击之,不胜而走。告家人,合十余人,持刀捉火,自来视之,不知所在。月余,仲文忽复见之。与如并走,未到家,伏地俱死。

卷　　八

87. 王机为广州刺史，入厕，忽见二人著乌衣，与机相捍。良久擒之，得二物如乌鸭。以问鲍靓，靓曰："此物不祥。"机焚之。径飞上天。寻诛死。

88. 晋义熙中，乌伤葛辉夫，在妇家宿。三更后，有两人把火至阶前。疑是凶人，往打之。欲下杖。悉变成蝴蝶，缤纷飞散。有冲辉夫腋下，便倒地，少时死。

89. 诸葛长民富贵后，尝一月中辄十数夜眠中惊起跳踉，如与人相打。毛修之尝与同宿，见之惊愕，问其故，答曰："正见一物，甚黑而有毛，脚不分明，奇健，非我无以制之也。"后来转数。屋中柱及椽桷间，悉见有蛇头。令人以刀悬斫，应刃隐藏。去，辄复出。又捣衣杵相与语，如人声，不可解。于壁见有巨手，长七八尺，臂大数围。令斫之，忽然不见。未几伏诛。

90. 新野庾谨，母病，兄弟三人，悉在侍疾。白日常燃火，忽见帐带自卷自舒，如此数四。须臾间，床前闻狗声异常。举家共视，了不见狗，见死人头在地，头犹有血，两眼尚动，甚可憎恶。其同行冤家怖惧。乃不持出门，即于后园中瘗①之。明日往视，乃出土上，两眼犹尔，即又埋之。后日复出，乃以砖头合埋之，遂不复出。他日，其母便亡。

91. 王绥字彦猷，其家夜中，梁上无故有人头堕于床，而流血滂沱。俄拜荆州刺史，坐父愉之谋，与弟纳并被诛。

92. 晋永嘉五年，张荣为高平戍逻主。时曹嶷贼寇离乱，人民皆坞垒自保固。见山中火起，飞埃绝焰十余丈，树颠火焱，响动山谷。又闻人马铠甲声，谓嶷贼上，人皆惶恐，并戒严出，将欲击之。乃引骑到山下，无有人，但见碎火来晒人，袍铠马毛鬣皆烧。于是军人走远。明日往视，山中无燃火处，惟见髑髅百头，布散在山中。

----

① 瘗（yì）——掩埋，埋葬。

93. 新野赵贞家,园中种葱,未经摘拔。忽一日,尽缩入地。后经岁余,贞之兄弟相次分散。

94. 吴聂友,字文悌,豫章新淦人。少时贫贱,常好射猎。夜照见一白鹿,射中之。明寻踪,血既尽,不知所在,且已饥困,便卧一梓树下。仰见射箭著树枝上,视之,乃是昨所射箭。怪其如此。于是还家糴粮,率子弟,持斧以伐之。树微有血,遂裁截为板二枚,牵著陂塘中。板常沉没,然时复浮出。出,家辄有吉庆。每欲迎宾客,常乘此板。忽于中流欲没,客大惧,友呵之,还复浮出。仕宦大如愿,位至丹阳太守。在郡经年,板忽随至石头。外司白云:"涛中板入石头来。"友惊曰:"板来,必有意。"即解职归家。下船便闭户,二板挟两边,一日即至豫章。尔后板出,便反为凶祸。家大辗轲。今新淦北二十里余,曰封溪,有聂友截柱树板,涛牂柯处。有梓树,今犹存。乃聂友向日所截,枝叶皆向下生。

卷　九

95. 钱塘人姓杜,船行时大雪日暮,有女子素衣来岸上。杜曰:"何不入船?"遂相调戏。杜合船载之。后成白鹭。飞去。杜恶之,便病死。

96. 丹阳人沈宗,在县治下,以卜为业。义熙中,左将军檀侯镇姑孰,好猎,以格虎为事。忽有一人,著皮裤,乘马,从一人,亦著皮裤;以纸裹十余钱,来诣宗卜,云:"西去觅好食,东去觅食好?"宗为作卜,卦成,占之:"东向吉,西向不利。"因就宗乞饮,内口著瓯中,状如牛饮。既出,东行百余步,从者及马皆化为虎。自此以后,虎暴非常。

97. 晋升平中,有人入山射鹿,忽堕一坎,窅然深绝。内有数头熊子。须臾,有一大熊来,瞪视此人。人谓必以害己。良久,出藏果,分与诸子。末后作一分,置此人前。此人饥甚,于是冒死取啖之。既而转相狎习。熊母每旦出,觅果食还,辄分此人,赖以延命。熊子后大,其母一一负之而出。子既尽,人分死坎中,穷无出路。熊母寻复还入,坐人边。人解其意,便抱熊足,于是跃出。竟得无他。

98. 淮南陈氏,于田中种豆,忽见二女子,姿色甚美,著紫缬襦,青裙,天雨而衣不湿。其壁先挂一铜镜,镜中见二鹿,遂以刀斫获之,以为脯。

99. 晋太元中,丁零王翟昭后宫养一猕猴,在妓女房前。前后妓女,同时怀妊,各产子三头,出便跳跃。昭方知是猴所为,乃杀猴及子。妓女同时号哭。昭问之,云:"初见一年少,著黄练单衣,白纱帢,甚可爱,笑语如人。"

100. 会稽句章民张然,滞役在都,经年不得归。家有少妇,无子,惟与一奴守舍,妇遂与奴私通。然在都养一狗,甚快,名曰"乌龙",常以自随。后假归,妇与奴谋,欲得杀然。然及妇作饭食,共坐下食。妇语然:"与君当大别离,君可强笑。"然未得啖,奴已张弓矢当户,须然食毕。然涕泣不食,乃以盘中肉及饭掷狗,祝曰:"养汝数年,吾当将死,汝能救我否?"狗得食不啖,惟注睛舐唇视奴。然亦觉之。奴催食转急。然决计,拍膝呼曰:"乌龙与手。"狗应声伤奴。奴失刀仗倒地,狗咋其阴,然因取刀杀奴。以妇付县,杀之。

101. 晋太和中,广陵人杨生,养一狗,甚爱怜之,行止与俱。后生饮酒醉,行大泽草中,眠不能动。时方冬月燎原,风势极盛。狗乃周章号唤,生醉不觉。前有一坑水,狗便走往水中,还以身洒生左右草上。如此数次,周旋跬步,草皆沾湿,火至免焚。生醒,方见之。尔后生因暗行,坠于空井中,狗呻吟彻晓。有人经过,怪此狗向井号,往视,见生。生曰:"君可出我,当有厚报。"人曰:"以此狗见与,便当相出。生曰:"此狗曾活我已死,不得相与。余即无惜。"人曰:"若尔便不相出。"狗因下头目井。生知其意,乃语路人云:"以狗相与。"人即出之,系之而去。却后五日,狗夜走归。

102. 晋穆、哀之世,领军司马济阳蔡咏家狗,夜辄群众相吠,往视便伏。后日,使人夜伺,有一狗,著黄衣,白帢,长五六尺,众狗共吠之。寻迹,定是咏家老黄狗,即打杀之。吠乃止。

103. 代郡张平者,苻坚时为贼帅,自号并州刺史。养一狗,名曰"飞燕",形若小驴。忽夜上厅事屋上行,行声如平常。未经年,果为鲜卑所逐,败走,降苻坚,未几便死。

104. 太叔王氏,后娶庾氏女,年少色美。王年六十,宿外,妇深无欣。后忽一夕见王还,燕婉兼常。昼坐,因共食,奴从外来,见之大惊。以白王。王遽入,伪者亦出。二人交会中庭,俱著白帢,衣服形貌如一。真者便先举杖打伪者,伪者亦报打之。二人各敕子弟,令与手。王儿乃突前痛打,是一黄狗,遂打杀之。王时为会稽府佐,门士云:"恒见一老黄狗,自东而来。"其妇大耻,病死。

105. 林虑山下有一亭,人每过此,宿者辄病死。云尝有十余人,男女杂沓,衣或白或黄,辄蒲博相戏。时有郅伯夷者,宿于此亭,明烛而坐诵经。至中夜,忽有十余人来,与伯夷并坐蒲博。伯夷密以镜照之,乃是群犬。因执烛起,阳误以烛烧其衣,作然毛气。伯夷怀刀,捉一人刺之。初作人唤,遂死成犬。余悉走去。

106. 顾需者,吴之豪士也。曾送客于升平亭。时有一沙门在座,是流俗道人。主人欲杀一羊,羊绝绳便走,来投入此道人膝中,穿头向袈裟下。道人不能救,即将去杀之。既行炙,主人便先割以啖道人。道人食炙下喉,觉炙行走皮中,毒痛不可忍,呼医来针之,以数针贯耳炙,炙犹动摇。

乃破出视之,故是一裔肉耳。道人于此得疾遂作羊鸣,吐沫。还寺,少时卒。

107. 猎至一岗,忽闻人语声云:"咄! 咄! 今年衰。"乃与众寻觅。岗顶有一阱,是古时冢,见一老狐蹲冢中,前有一卷簿书,老狐对书屈指,有所计校。乃放太咋杀之。取视簿书,尽是奸人女名。已经奸者,乃以朱钩头。所疏名有百数,旃女正在簿次。

108. 襄阳习凿齿,字彦威,为荆州主簿,从桓宣武出猎,时大雪,于江陵城西见草上雪气出。伺观,见一黄物,射之,应箭死。往取,乃一老雄狐,脚上带绛缕香囊。

109. 宋酒泉郡,每太守到官,无几辄死。后有渤海陈斐见授此郡,忧恐不乐,就卜者占其吉凶。卜者曰:"远诸侯,放伯裘。能解此,则无忧。"斐不解此语,答曰:"君去,自当解之。"斐既到官,侍医有张侯,直医有王侯,卒有史侯、董侯等,斐心悟曰:"此谓诸侯。"乃远之。即卧,思放伯裘之义,不知何谓。至夜半后,有物来斐被上,斐觉,以被冒取之,物遂跳踉,訇訇作声。外人闻,持火入,欲杀之。魅乃言曰:"我实无恶意,但欲试府君耳。能一相赦。当深报君恩。"斐曰:"汝为何物,而忽干犯太守。"魅曰:"我本千岁狐也。今变为魅,垂化为神,而下触府君威怒,甚遭困厄。我字伯裘,若府君有急难,但呼我字,便当自解。"斐乃喜曰:"真'放伯裘'之义也。"即便放之。小开被,忽然有光,赤如电,从户出。明夜有敲门者,斐问是谁,答曰:"伯裘。"问:"来何为?"答曰:"白事。"问:"何事?"答曰:"北界有贼奴发也。"斐按发则验。每事先以语斐。于是境界无毫发之奸,而咸曰圣府君。后经月余,主簿李音共斐侍婢私通。既而惧为伯裘所白,遂与诸仆谋杀斐。伺傍无人,便与诸仆持人直入,欲格杀之。斐惶怖,即呼"伯裘来救我!"即有物如曳一疋绛,然作声。诸仆伏地失魂,乃以次缚取。考询皆服,云:"斐未到官,音已惧失权,与诸仆谋杀斐。会诸仆见斥,事不成。"裴即杀音等。伯裘乃谢裴曰:"未及白音奸情,乃为府君所召。虽效微力,犹用惭惶。"后月余,与斐辞曰:"今后当上天去,不得复与府君相往来也。"遂去不见。

110. 长沙有人忘其姓名,家住江边。有女子渚次浣衣,觉身中有异,后不以为患,遂妊身。生三物,皆如夷鱼。女以己所生,甚怜异之。乃著澡盘水中养之。经三月,此物遂大,乃是蛟子。各有字,大者为"当洪",

次者为"破阻",小者为"扑岸"。天暴雨水,三蛟一时俱去,遂失所在。后天欲雨,此物辄来。女亦知其当来,便出望之。蛟子亦举头望母良久方去。经年后,女亡,三蛟子一时俱至墓所哭之,经日乃去。闻其哭声,状如狗嗥。

111. 安城平都县尹氏,居在郡东十里,曰黄村,尹佃舍在焉。元嘉二十三年,六月中,尹儿年十三,守估,见一人年可二十许,骑白马,张某,及从者四人,衣并黄色,从东方而来。至门,呼尹儿:"来暂寄息。"因入舍中庭下,坐床,一人捉某覆之。尹儿看其衣,悉无缝,马五色斑,似鳞甲而无毛。有顷,雨气至。此人上马去,回顾尹儿曰:"明日当更来。"尹儿观其去,西行,蹑虚而渐升,须臾,云气四合。白昼为之晦瞑。明日,大水暴出,山谷沸涌,邱壑森漫。将淹尹舍,忽见大蛟长三丈馀,为屈庇其舍焉。

112. 武昌虬山有龙穴,居人每见神虬飞翔出入。岁旱祷之,即雨。后人筑塘其下,曰虬塘。

113. 吴兴人章苟者,五月中,于田中耕,以饭置廾菰里,每晚取食,饭亦已尽。如此非一。后伺之,见一大蛇偷食。苟遂以刀斫之,蛇便走去。苟逐之,至一穴,便入穴,但闻啼声云:"斫伤我某申。"或言:"当何如?"或云:"付雷公,令霹雳杀奴。"须臾,云雨冥合,霹雳覆苟上。苟乃跳梁大骂曰:"天使! 我贫穷,展力,展力耕恳! 蛇来偷食,罪当在蛇,反更霹雳我耶? 乃无知雷公也! 雷公若来,吾当以刀斫汝腹。"须臾,云雨渐散,转霹雳向蛇穴中,蛇死者数十。

114. 吴末,临海人入山射猎,为舍住。夜中,有一人,长一丈,著黄衣,白带,径来谓射人曰:"我有仇家,克明日当战。君可见助,当厚相报。"射人曰:"自可助君耳,何用谢为。"答曰:"明日食时,君可出溪边。敌从北来,我南往应。白带者我,黄带者彼。"射人许之。明出,果闻岸北有声,状如风雨,草木四靡。视南亦尔。唯见二大蛇,长十余丈,于溪中相遇,便相为绕。"白蛇势弱。射人因引弩射之,黄蛇即死。日将暮,复见昨人来,辞谢云:"住此一年猎,明年以去,慎勿复来,来必为祸。"射人曰:"善。"遂停一年猎所获甚多,家至巨富。数年后,忽忆先所获多,乃忘前言,复更往猎。见先白带人告曰:"我语君勿复更来,不能见用。我子已大,今必报君。非我所知。射人闻之,甚怖,便欲走遁,乃见三乌衣人,皆长八尺,俱张口向之。射人即死。

115. 元嘉中,广州有三人,共入山中伐木。忽见石窠中有二卵,大如升,取煮之,汤始热,便闻林中如风雨声,须臾,有一蛇,大十围,长四五丈,径来,于汤中衔卵去。三人无几皆死。

116. 晋太元中,有士人嫁女于近村者,至时,夫家别遣发,又令乳母送之。既至,重车累阁,拟于王侯。廊柱下,有灯火,一婢子严妆直守。后房帷帐甚美。至夜,女抱乳母涕泣,而口不得言。乳母密于帷帐中以手潜摸之,得一蛇,如数围柱,缠其女,从足至头,乳母惊走出外,柱下守灯婢子,悉是小蛇,灯火乃是蛇眼。

117. 晋咸康中,豫州刺史毛宝戍邾城。有一军人于武昌市见人卖一白龟子,长四五寸,洁白可爱,便买取持归,著水中养之。七日渐大,近欲尺许。其人怜之,持至江边,放江水中,视其去。后邾城遭石季龙攻陷,毛宝弃豫州赴江者莫不沉溺。于时所养龟人被铠持刀,亦同自投。既入水中,觉如堕一石上,水截至腰。须臾,游出,中流视之,乃是先所放白龟,甲六七尺。既抵东岸,出头视此人,徐游而去。中江,犹回首视此人而没。

搜神后记佚文

钩□鸣于谯王无忌子妇屋上。谢充，作符悬其处。

司徒蔡谟亲友王蒙者，单独，常为蔡公所怜。蒙长止三尺，无骨，登床辄令人抱上。公尝令日捕鱼，获龟如车轮。公付厨，帐下倒悬龟著屋。蒙其夕至眠已厌。如此累夜。公闻而问蒙："何故厌？"答云："眠辄梦人倒悬已。"公容虑向龟。乃令人视龟所在，果倒悬著屋。公叹曰："果如所度。"命下龟于地。于是蒙即得安寝。龟乃去。

宗渊字叔林，南阳人。晋太元中，为寻阳太守，有数十头龟付厨，敕旦且以二头作羹，便著潘汁，水中养之。其暮梦有十丈夫，并著乌布裤褶，自反缚，向宗渊叩首，若求哀。明旦，厨人宰二龟。其暮复梦八人求哀如初。宗渊方悟，令勿杀。明夜还梦见八人来，跪谢恩。于是惊觉。明朝自人庐山放之，遂不复食龟。

熊无穴，居大树孔中。东土呼熊为子路。以物击树云："子路可见。"于是便下。不呼则不动也。

鄱阳县民黄赭，入山采荆杨子，遂迷不知道。数日，饥饿，忽见一大龟，赭便咒曰："汝是灵物，吾迷不知道，今骑汝背，示吾路。"龟即回右转，赭即从行。去十余里，便至溪水，见贾客行船。赭即往乞食，便语船人曰："我向者于溪边见一龟，甚大，可共往取之。"言讫，面即生疮。既往，亦复不见龟。还家数日，病疮而死。

世 说 新 语

目　　录

德行第一

1. 陈仲举言为士则,行为世范,登车揽辔,有澄清天下之志。为豫章太守,至,便问徐孺子所在,欲先看之。主簿白:"群情欲府君先入廨。"陈曰:"武王式商容之闾,席不暇暖。吾之礼贤,有何不可!"

2. 周子居常云:"吾时月不见黄叔度,则鄙吝之心已复生矣。"

3. 郭林宗至汝南,造袁奉高,车不停轨,鸾不辍轭;诣黄叔度,乃弥日信宿。人问其故,林宗曰:"叔度汪汪如万顷之陂,澄之不清,扰之不浊,其器深广,难测量也。"

4. 李元礼风格秀整,高自标持,欲以天下名教是非为己任。后进之士,有升其堂者,皆以为登龙门。

5. 李元礼尝叹荀淑、钟皓曰:"荀君清识难尚,钟君至德可师。"

6. 陈太丘诣荀朗陵,贫俭无仆役,乃使元方将车,季方持杖后从,长文尚小,载着车中。既至,荀使叔慈应门,慈明行酒,余六龙下食,文若亦小,坐着膝前。于时太史奏:"真人东行。"

7. 客有问陈季方:"足下家君太丘,有何功德,而荷天下重名?"季方曰:"吾家君譬如桂树生泰山之阿,上有万仞之高,下有不测之深;上为甘露所沾,下为渊泉所润。当斯之时,桂树焉知泰山之高,渊泉之深? 不知有功德与无也。"

8. 陈元方子长文,有英才,与季方子孝先,各论其父功德,争之不能决。咨于太丘,太丘曰:"元方难为兄,季方难为弟。"

9. 荀巨伯远看友人疾,值胡贼攻郡,友人语巨伯曰:"吾今死矣,子可去!"巨伯曰:"远来相视,子令吾去,败义以求生,岂荀巨伯所行邪!"贼既至,谓巨伯曰:"大军至,一郡尽空,汝何男子,而敢独止?"巨伯曰:"友人有疾,不忍委之,宁以吾身代友人命。"贼相谓曰:"吾辈无义之人,而入有义之国。"遂班军而还,郡并获全。

10. 华歆遇子弟甚整,虽闲室之内,严若朝典。陈元方兄弟恣柔爱之道,而二门之里,两不失雍熙之轨焉。

11. 管宁、华歆共园中锄菜,见地有片金,管挥锄与瓦石不异,华捉而掷去之。又尝同席读书，有乘轩冕过门者，宁读如故，歆废书出看，宁割席分坐，曰："子非吾友也！"

12. 王朗每以识度推华歆。歆蜡日，尝集子侄燕饮，王亦学之。有人向张华说此事，张曰："王之学华，皆是形骸之外，去之所以更远。"

13. 华歆、王朗俱乘船避难，有一人欲依附，歆辄难之。朗曰："幸尚宽，何为不可？"后贼追至，王欲舍所携人。歆曰："本所以疑，正为此耳。既已纳其自托，宁可以急相弃邪？"遂携拯如初。世以此定华、王之优劣。

14. 王祥事后母朱夫人甚谨。家有一李树，结子殊好，母恒使守之。时风雨忽至，祥抱树而泣。祥尝在别床眠，母自往暗斫之。值祥私起，空斫得被。既还，知母憾之不已，因跪前请死。母于是感悟，爱之如己子。

15. 晋文王称阮嗣宗至慎，每与之言，言皆玄远，未尝臧否人物。

16. 王戎云："与嵇康居二十年，未尝见其喜愠之色。"

17. 王戎、和峤同时遭大丧，具以孝称。王鸡骨支床，和哭泣备礼。武帝谓刘仲雄曰："卿数省王、和不？闻和哀苦过礼，使人忧之。"仲雄曰："和峤虽备礼，神气不损；王戎虽不备礼，而哀毁骨立。臣以和峤生孝，王戎死孝。陛下不应忧峤，而应忧戎。"

18. 梁王、赵王，国之近属，贵重当时。裴令公岁请二国租钱数百万，以恤中表之贫者。或讥之曰："何以乞物行惠？"裴曰："损有余，补不足，天之道也。"

19. 王戎云："太保居在正始中，不在能言之流。及与之言，理中清远，将无以德掩其言。"

20. 王安丰遭艰，至性过人。裴令往吊之，曰："若使一恸果能伤人，浚冲必不免灭性之讥。"

21. 王戎父浑，有令名，官至凉州刺史。浑薨，所历九郡义故，怀其德惠，相率致赙数百万，戎悉不受。

22. 刘道真尝为徒，扶风王骏以五百疋布赎之，既而用为从事中郎。当时以为美事。

23. 王平子、胡毋彦国诸人，皆以任放为达，或有裸体者。乐广笑曰："名教中自有乐地，何为乃尔也？"

24. 郗公值永嘉丧乱，在乡里，甚穷馁。乡人以公名德，传共饴之。公常携兄子迈及外生周翼二小儿往食，乡人曰："各自饥困，以君之贤，欲共济君耳,恐不能兼有所存。"公于是独往食,辄含饭两颊边,还,吐与二儿。后并得存,同过江。郗公亡,翼为剡县,解职归,席苫于公灵床头,心丧终三年。

25. 顾荣在洛阳,尝应人请,觉行炙人有欲炙之色,因辍己施焉,同坐嗤之。荣曰:"岂有终日执之,而不知其味者乎?"后遭乱渡江,每经危急,常有一人左右己,问其所以,乃受炙人也。

26. 祖光禄少孤贫,性至孝,常自为母吹爨作食。王平北闻其佳名,以两婢饷之,因取为中郎。有人戏之者曰:"奴价倍婢。"祖云:"百里奚亦何必轻于五羖之皮邪?"

27. 周镇罢临川郡还都,未及上住,泊青溪渚,王丞相往看之。时夏月,暴雨卒至,舫至狭小,而又大漏,殆无复坐处。王曰:"胡威之清,何以过此!"即启用为吴兴郡。

28. 邓攸始避难,于道中弃己子,全弟子。既过江,取一妾,甚宠爱。历年后,讯其所由,妾具说是北人遭乱,忆父母姓名,乃攸之甥也。攸素有德业,言行无玷,闻之哀恨终身,遂不复畜妾。

29. 王长豫为人谨顺,事亲尽色养之孝。丞相见长豫辄喜,见敬豫辄嗔。长豫与丞相语,恒以慎密为端。丞相还台,及行,未尝不送至车后。恒与曹夫人并当箱箧。长豫亡后,丞相还台,登车后,哭至台门;曹夫人作箧,封而不忍开。

30. 桓常侍闻人道深公者,辄曰:"此公既有宿名,加先达知称,又与先人至交,不宜说之。"

31. 庾公乘马有的卢,或语令卖去,庾云:"卖之必有买者,即当害其主,宁可不安己而移于他人哉?昔孙树敖杀两头蛇以为后人,古之美谈。效之,不亦达乎?"

32. 阮光禄在剡,曾有好车,借者无不皆给。有人葬母,意欲借而不敢言。阮后闻之,叹曰:"吾有车,而使人不敢借,何以车为?"遂焚之。

33. 谢奕作剡令,有一老翁犯法,谢以醇酒罚之,乃至过醉,而尤未已。太傅时年七八岁,着青布绔,在兄膝边坐,谏曰:"阿兄,老翁可念,何可作此!"奕于是改容曰:"阿奴欲放去邪?"遂遣之。

34. 谢太傅绝重褚公,常称"褚季野虽不言,而四时之气亦备。"

35. 刘尹在郡,临终绵惙,闻阁下祠神鼓舞,正色曰:"莫得淫祀!"外请杀车中牛祭神，真长曰："丘之祷久矣，勿复为烦！"

36. 谢公夫人教儿，问太傅："哪得初不见君教儿？"答曰："我常自教儿。"

37. 晋简文为抚军时，所坐床上，尘不听拂，见鼠行迹，视以为佳。有参军见鼠白日行，以手板批杀之，抚军意色不悦。门下起弹，教曰："鼠被害，尚不能忘怀，今复以鼠损人，无乃不可乎？"

38. 范宣年八岁，后园挑菜，误伤指，大啼。人问："痛邪？"答曰："非为痛，身体发肤，不敢毁伤，是以啼耳。"宣洁行廉约，韩豫章遗绢百匹，不受；减五十匹，复不受。如是减半，遂至一匹，既终不受。韩后与范同载，就车中裂二丈与范，云："人宁可使妇无裈邪？"范笑而受之。

39. 王子敬病笃，道家上章应首过，问子敬："由来有何异同得失？"子敬云："不觉有余事，唯忆与郗家离婚。"

40. 殷仲堪既为荆州，值水俭，食常五碗盘，外无余肴，饭粒脱落盘席间，辄拾以啖之。虽欲率物，亦缘其性真素。每语子弟云："勿以我受任方州，云我豁平昔时意，今吾处之不易。贫者，士之常，焉得登枝而捐其本？尔曹其存之。"

41. 初，桓南郡、扬广共说殷荆州，宜夺殷觊南蛮以自树。觊亦即晓其旨。尝因行散，率尔去下舍，便不复还，内外无预知者。意色萧然，远同斗生之无愠。时论以此多之。

42. 王仆射在江州，为殷、桓所逐，奔窜豫章，存亡未测。王绥在都，既忧戚在貌，居处饮食，每事有降。时人谓为"试守孝子"。

43. 桓南郡既破殷荆州，收殷将佐十许人，咨议罗企生亦在焉。桓素待企生厚，将有所戮，先遣人语云："若谢我，当释罪。"企生答曰："为殷荆州吏，今荆州奔亡，存亡未判，我何颜谢桓公？"既出市，桓又遣人问："欲何言？"答曰："昔晋文王杀嵇康，而嵇绍为晋忠臣。从公乞一弟以养老母。"桓亦如言宥之。桓先曾以一羔裘与企生母胡，胡时在豫章，企生问至，即日焚裘。

44. 王恭从会稽还，王大看之。见其坐六尺簟，因语恭："卿东来，故应有此物，可以一领及我。"恭无言。大去后，既举所坐者送之。既无余席，便坐荐上。后大闻之，甚惊，曰："吾本谓卿多，故求耳。"对曰："丈人不悉恭，恭作人无长物。"

45. 吴郡陈遗，家至孝，母好食铛底焦饭，遗作郡主簿，恒装一囊，每煮食，辄伫录焦饭，归以遗母。后值孙恩贼出吴郡，袁府郡即日便征。遗已聚敛得数斗焦饭，未展归家，遂带以从军。战于沪渎，败。军人溃散，逃走山泽，皆多饥死，遗独以焦饭得活。时人以为纯孝之报也。

46. 孔仆射为孝武侍中，豫蒙眷接烈宗山陵。孔时为太常，形素羸瘦，着重服，竟日涕泗流连，见者以为真孝子。

47. 吴道助、附子兄弟居在丹阳郡，后遭母童夫人艰，朝夕哭临。及思至，宾客吊省，号踊哀绝，路人为之落泪。韩康伯时为丹阳尹，母殷在郡，每闻二吴之哭，辄为凄恻，语康伯曰："汝若为选官，当好料理此人。"康伯亦甚相知。韩后果为吏部尚书。大吴不免哀制，小吴遂大贵达。

言语第二

1. 边文礼见袁奉高，失次序。奉高曰："昔尧聘许由，面无怍色。先生何为颠倒衣裳？"文礼答曰："明府初临，尧德未彰，是以贱民颠倒衣裳耳。"

2. 徐孺子年九岁，尝月下戏，人语之曰："若令月中无物，当极明邪？"徐曰："不然。譬如人眼中有瞳子，无此必不明。"

3. 孔文举年十岁，随父到洛。时李元礼有盛名，为司隶校尉。诣门者，皆俊才清称及中表亲戚乃通。文举至门，谓吏曰："我是李府君亲。"既通，前坐。元礼问曰："君与仆有何亲？"对曰："昔先君仲尼与君先人伯阳有师资之尊，是仆与君奕世为通好也。"元礼及宾客莫不奇之。太中大夫陈韪后至，人以其语语之，韪曰："小时了了，大未必佳。"文举曰："想君小时必当了了。"韪大踧踖。

4. 孔文举有二子，大者六岁，小者五岁。昼日父眠，小者床头盗酒饮之，大儿谓曰："何以不拜？"答曰："偷，哪得行礼！"

5. 孔融被收，中外惶怖。时融儿大者九岁，小者八岁，二儿故琢钉戏，了无遽容。融谓使者曰："冀罪止于身，二儿可得全不？"儿徐进曰："大人岂见覆巢之下，复有完卵乎？"寻亦收至。

6. 颍川太守髡陈仲弓。客有问元方："府君如何？"元方曰："高明之君也。""足下家君如何？"曰："忠臣孝子也。"客曰："易称：'二人同心，其利断金；同心之言，其臭如兰。'何有高明之君，而刑忠臣孝子者乎？"元方曰："足下言何其谬也！故不相答。"客曰："足下但因伛为恭而不能答。"元方曰："昔高宗放孝子孝己，尹吉甫放孝子伯奇，董仲舒放孝子符起。唯此三君，高明之君；唯此三子，忠臣孝子。"客惭而退。

7. 荀慈明与汝南袁阆相见，问颍川人士，慈明先及诸兄。阆笑曰："士但可因亲旧而已乎？"慈明曰："足下相难，依据者何经？"阆曰："方问国士，而及诸兄，是以尤之耳。"慈明曰："昔者祁奚内举不失其子，外举不失其雠，以为至公。公旦文王之诗，不论尧、舜之德而颂文、武者，亲亲之义也。春秋之义，内其国而外诸夏。且不爱其亲而爱他人者，不为悖德乎?"

8. 祢衡被魏武谪为鼓吏,正月半试鼓,衡扬枹为渔阳掺挝,渊渊有金石声,四坐为之改容。孔融曰:"祢衡罪同胥靡不能发明王之梦。"魏武惭而赦之。

9. 南郡庞士元闻司马德操在颍川,故二千里候之。至,遇德操采桑,士元从车中谓曰:"吾闻丈夫处世,当带金佩紫,焉有曲洪流之量,而执丝妇之事?"德操曰:"子且下车。子适知邪径之速,不虑失道之迷。昔伯成耦耕,不慕诸侯之荣;原宪桑枢,不易有官之宅。何有坐则华屋,行则肥马,侍女数十,然后为奇? 此乃许、父所以慷慨,夷、齐所以长叹。虽有窃秦之爵,千驷之富,不足贵也。"士元曰:"仆生出边垂,寡见大义,若不一叩洪钟,伐雷鼓,则不识其音响也!"

10. 刘公干以失敬罹罪。文帝问曰:"卿何以不谨于文宪?"桢答曰:"臣诚庸短,亦由陛下纲目不疏。"

11. 钟毓、钟会少有令誉,年十三,魏文帝闻之,语其父钟繇曰:"可令二子来。"于是敕见。毓面有汗,帝曰:"卿面何以汗?"毓对曰:"战战惶惶,汗出如浆。"复问会:"卿何以不汗?"对曰:"战战栗栗,汗不敢出。"

12. 钟毓兄弟小时,值父昼寝,因共偷服药酒。其父时觉,且托寐以观之。毓拜而后饮,会饮而不拜。既而问毓何以拜,毓曰:"酒以成礼,不敢不拜。"又问会何以不拜,会曰:"偷本非礼,所以不拜。"

13. 魏明帝为外祖母筑馆于甄氏,既成,自行视,谓左右曰:"馆当以何为名?"侍中缪袭曰:"陛下圣思齐于哲王,罔极过于曾、闵。此馆之兴,情钟舅氏,宜以'渭阳'为名。"

14. 何平叔云:"服五石散,非唯治病,亦觉神明开朗。"

15. 嵇中散语赵景真:"卿瞳子白黑分明,有白起之风,恨量小狭。"赵云:"尺表能审玑衡之度,寸管能测往复之气。何必在大,但问识如何耳。"

16. 司马景王东争,取上党李喜,以为从事中郎。因问喜曰:"昔先公辟君不就,今孤召君,何以来?"喜对曰:"先公以礼见待,故得以礼进退;明公以法见绳,喜畏法而至耳。"

17. 邓艾口吃,语称"艾艾"。晋文王戏之曰:"卿云'艾艾',定是几艾?"对曰:"'凤兮凤兮',故是一凤。"

18. 嵇中散既被诛,向子期举郡计入洛,文王引进,问曰:"闻君有箕山之志,何以在此?"对曰:"巢、许狷介之士,不足多慕。"王大咨嗟。

19. 晋武帝始登阼,探策得一。王者世数,系此多少。帝既不悦,群臣失色,莫能有言者。侍中裴楷进曰:"臣闻天得一以清,地得一以宁,侯王得一以为天下贞。"帝说,群臣叹服。

20. 满奋畏风。在晋武帝坐,北窗作琉璃屏,实密似疏,奋有难色。帝笑之,奋答曰:"臣犹吴牛,见月而喘。"

21. 诸葛靓在吴,于朝堂大会。孙皓问:"卿字仲思,为何所思?"对曰:"在家思孝,事君思忠,朋友思信,如斯而已。"

22. 蔡洪赴洛,洛中人问曰:"幕府初开,群公辟命,求英奇于仄陋,采贤俊于岩穴。君吴、楚之士,亡国之余,有何异才而应斯举?"蔡答曰:"夜光之珠,不必出于孟津之河;盈握之璧,不必采于昆仑之山。大禹生于东夷,文王生于西羌。圣贤所出,何必常处。昔武王伐纣,迁顽民于洛邑,得无诸君是其苗裔乎?"

23. 诸名士共至洛水戏,还,乐令问王夷甫曰:"今日戏乐乎?"王曰:"裴仆射善谈名理,混混有雅致;张茂先论史、汉,靡靡可听;我与王安丰说延陵、子房,亦超超玄著。"

24. 王武子、孙子荆名言其土地人物之美。王云:"其地坦而平,其水淡而清,其人廉且贞。"孙云:"其山崔以嵯峨,其水㳫而扬波,其人垒砢而英多。"

25. 乐令女适大将军成都王颖,王兄长沙王执权于洛,遂构兵相图。长沙王亲近小人,远外君子,凡在朝者,人怀危惧。乐令既允朝望,加有婚亲,群小谗于长沙。长沙尝问乐令,乐令神色自若,徐答曰:"岂以五男易一女。"由是释然,无复疑虑。

26. 陆机诣王武子,武子前置数斛羊酪,指以示陆曰:"卿江东何以敌此?"陆云:"有千里莼羹,但未下盐豉耳。"

27. 中朝有小儿,父病,行乞药。主人问病,曰:"患疟也。"主人曰:"尊侯明德君子,何以病疟?"答曰:"来病君子,所以为疟耳。"

28. 崔正熊诣都郡,都郡将姓陈,问正熊:"君去崔杼几世?"答曰:"民去崔杼,如明府之去陈恒。"

29. 元帝始过江,谓顾骠骑曰:"寄人国土,心常怀惭。"荣跪对曰:"臣闻王者以天下为家,是以耿、亳无定处,九鼎迁洛邑,愿陛下勿以迁都为念。"

30. 庾公造周伯仁,伯仁曰:"君何所欣说而忽肥?"庾曰:"君复何所忧惨而忽瘦?"伯仁曰:"吾无所忧,直是清虚日来,滓秽日去耳。"

31. 过江诸人,每至美日,辄相邀新亭,藉卉饮宴。周侯中坐而叹曰:"风景不殊,正自有山河之异!"皆相视流泪。唯王丞相愀然变色曰:"当共戮力王室,克复神州,何至作楚囚相对!"

32. 卫洗马初欲渡江,形神惨悴,语左右云:"见此芒芒,不觉百端交集。苟未免有情,亦复谁能遣此!"

33. 顾司空未知名,诣王丞相。丞相小极,对之疲睡。顾思所以叩会之,因谓同坐曰:"昔每闻元公道公协赞中宗,保全江表。体小不安,令人喘息。"丞相因觉,谓顾曰:"此子(王圭)璋特达,机警有锋。"

34. 会稽贺生,体识清远,言行以礼。不徒东南之美,实为海内之秀。

35. 刘琨虽隔阂寇戎,志存本朝。谓温峤曰:"班彪识刘氏之复兴,马援知汉光之可辅。今晋祚虽衰,天命未改,吾欲立功于河北,使卿延誉于江南,子其行乎?"温曰:"峤虽不敏,才非昔人,明公以桓、文之姿,建匡立之功,岂敢辞命!"

36. 温峤初为刘琨使来过江。于时,江左营建始尔,纲纪未举。温新至,深有诸虑。既诣王丞相,陈主上幽越、社稷焚灭、山陵夷毁之酷,有黍离之痛。温忠慨深烈,言与泗俱;丞相亦与之对泣。叙情既毕,便深自陈结,丞相亦厚相酬纳。既出,欢然言曰:"江左自有管夷吾,此复何忧!"

37. 王敦兄含,为光禄勋。敦既逆谋,屯据南州,含委职奔姑孰。王丞相诣阙谢。司徒、丞相、扬州官僚问讯,仓促不知何辞。顾司空时为扬州别驾,援翰曰:"王光禄远避流言,明公蒙尘路次,群下不宁,不审尊体起居何如?"

38. 郗太尉拜司空,语同坐曰:"平生意不在多,值世故纷纭,遂至台鼎。朱博翰音,实愧于怀。"

39. 高坐道人不作汉语。或问此意,简文曰:"以简应对之烦。"

40. 周仆射雍容好仪形。诣王公,初下车,隐数人,王公含笑看之。既坐,傲然啸咏。王公曰:"卿欲希嵇、阮邪?"答曰:"何敢近舍明公,远希嵇、阮!"

41. 庾公尝入佛图，见卧佛，曰："此子疲于津梁。"于时以为名言。

42. 挚瞻曾作四郡太守、大将军户曹参军，复出作内史。年始二十九。尝别王敦，敦谓瞻曰："卿年未三十，已为万石，亦太早。"瞻曰："方于将军，少为太早；比之甘罗，已为太老。"

43. 梁国杨氏子九岁，甚聪慧。孔君平诣其父，父不在，乃呼儿出。为设果，果有杨梅。孔指以示儿曰："此是君家果。"儿应声答曰："未闻孔雀是夫子家禽。"

44. 孔廷尉以裘与从弟沈，沈辞不受。廷尉曰："晏平仲之俭，祠其先人，豚肩不掩豆，犹狐裘数十年，卿复何辞此！"于是受而服之。

45. 佛图澄与诸石游，林公曰："澄以石虎为海鸥鸟。"

46. 谢仁祖年八岁，谢豫章将送客。尔时语已神悟，自参上流。诸人咸共叹之，曰："年少，一坐之颜回。"仁祖曰："坐无尼父，焉别颜回？"

47. 陶公疾笃，都无献替之言，朝士以为恨。仁祖闻之，曰："时无竖刁，故不贻陶公话言。"时贤以为德音。

48. 竺法深在简文坐，刘尹问："道人何以游朱门？"答曰："君自见朱门，贫道如游蓬户。"或云卞令。

49. 孙盛为庾公记室参军，从猎，将其二儿俱行，庾公不知，忽于猎场见齐庄，时年七八岁，庾谓曰："君亦复来邪？"应声答曰："所谓'无小无大，从公于迈'。"

50. 孙齐由、齐庄二人，小时诣庾公。公问齐由何字，答曰："字齐由。"公曰："欲何齐邪？"曰："齐许由。"齐庄何字，答曰："字齐庄。"公曰："欲何齐？"曰："齐庄周。"公曰："何不慕仲尼而慕庄周？"对曰："圣人生知，故难企慕。"庾公大喜小儿对。

51. 张玄之、顾敷是顾和中外孙，皆少而聪慧，和并知之，而常谓顾胜。亲重偏至，张颇不恢。于时张年九岁，顾年七岁，和与俱至寺中，见佛般泥洹像，弟子有泣者，有不泣者。和以问二孙。玄谓："被亲故泣，不被亲故不泣。"敷曰："不然。当由忘情故不泣，不能忘情故泣。"

52. 庾法畅造庾太尉，握麈尾至佳。公曰："此至佳，那得在？"法畅曰："廉者不求，贪者不与，故得在耳。"

53. 庾稚恭为荆州，以毛扇上武帝，武帝疑是故物。侍中刘劭曰："柏梁云构，工匠先居其下；管弦繁奏，钟、夔先听其音。稚恭上扇，以好不以新。"庾后闻之,曰:"此人宜在帝左右。"

54. 何骠骑亡后,征褚公入。既至石头,王长史、刘尹同诣褚。褚曰:"真长何以处我?"真长顾王曰:"此子能言。"褚因视王,王曰:"国自有周公。"

55. 桓公北征,经金城,见前为琅邪时种柳,皆已十围,慨然曰:"木犹如此,人何以堪!"攀枝执条,泫然流泪。

56. 简文作抚军时,尝与桓宣武俱入朝,更相让在前,宣武不得已而先之,因曰:"伯也执殳,为王前驱。"简文曰:"所谓'无小无大,从公于迈。'"

57. 顾悦与简文同年,而发早白。简文曰:"卿何以先白?"对曰:"蒲柳之姿,望秋而落;松柏之质,经霜弥茂。"

58. 桓公入峡,绝壁天悬,腾波迅急,乃叹曰:"既为忠臣,不得为孝子,如何?"

59. 初,荧惑入太微,寻废海西,简文登阼,复入太微,帝恶之。时郗超为中书,在直。引超入曰:"天命修短,故非所计。政当无复近日事不?"超曰:"大司马方将外固封疆,内镇社稷,必无若此之虑。臣为陛下以百口保之。"帝因诵庾仲初诗曰:"志士痛朝危,忠臣哀主辱。"声甚凄厉。郗受假还东,帝曰:"致意尊公,家国之事,遂至于此。由是身不能以道匡卫,思患预防。愧叹之深,言何能喻?"因泣下流襟。

60. 简文在暗室中坐,召宣武,宣武至,问上何在。简文曰:"某在斯。"世人以为能。

61. 简文入华林园,顾谓左右曰:"会心处不必在远,翳然林水,便自有濠、濮间想也,觉鸟兽禽鱼自来亲人。"

62. 谢太傅语王右军曰:"中年丧于哀乐,与亲友别,辄作数日恶。"王曰:"年在桑榆,自然至此,正赖丝竹陶写,恒恐儿辈觉,损欣乐之趣。"

63. 支道林常养数匹马。或言:"道人畜马不韵。"支曰:"贫道重其神骏。"

64. 刘尹与桓宣武共听讲礼记。桓云:"时有入心处,便觉咫尺玄门。"刘曰:"此未关至极,自是金华殿之语。"

65. 羊秉为抚军参军,少亡,有令誉,夏侯孝若为之叙,极相赞悼。羊权为黄门侍郎,侍简文坐。帝问曰:"夏侯湛作羊秉叙,绝可想。是卿何物？有后不？"权潸然对曰："亡伯令问夙彰，而无有继嗣；虽名播天听，然胤绝圣世。"帝嗟慨久之。

66. 王长史与刘真长别后相见，王谓刘曰："卿更长进。"答曰："此若天之自高耳。"

67. 刘尹云："人想王荆产佳，此想长松下当有清风耳。"

68. 王仲祖闻蛮语不解，茫然曰："若使介葛卢来朝，故当不昧此语。"

69. 刘真长为丹阳尹，许玄度出都，就刘宿，床帷新丽，饮食丰甘。许曰："若保全此处，殊胜东山。"刘曰："卿若知吉凶由人，吾安得不保此！"王逸少在坐，曰："令巢、许遇稷、契，当无此言。"二人并有愧色。

70. 王右军与谢太傅共登冶城，谢悠然远想，有高世之志。王谓谢曰："夏禹勤王，手足胼胝；文王旰食，日不暇给。今四郊多垒，宜人人自效；而虚谈废务，浮文妨要，恐非当今所宜。"谢答曰："秦任商鞅，二世而亡，岂清言致患邪？"

71. 谢太傅寒雪日内集，与儿女讲论文义，俄而雪骤，公欣然曰："白雪纷纷何所似？"兄子胡儿曰："撒盐空中差可拟。"兄女曰："未若柳絮因风起。"公大笑乐。即公大兄无奕女，左将军王凝之妻也。

72. 王中郎令伏玄度、习凿齿论青楚人物，临成，以示韩康伯，康伯都无言。王曰："何故不言？"韩曰："无可无不可。"

73. 刘尹云："清风朗月，辄思玄度。"

74. 荀中郎在京口，登北固望海云："虽未睹三山，便自使人有凌云意。若秦、汉之君，必当褰裳濡足。"

75. 谢公云："贤圣去人，其间亦迩。"子侄未之许，公叹曰："若郗超闻此语，必不至河汉。"

76. 支公好鹤，住剡东岇山有人遗其双鹤，少时翅长欲飞，支意惜之，乃铩其翮。鹤轩翥不复能飞，乃反顾翅垂头，视之如有懊丧意。林曰："既有陵霄之姿，何肯为人作耳目近玩！"养令翮成，置使飞去。

77. 谢中郎经曲阿后湖，问左右："此是何水？"答曰："曲阿湖。"谢曰："故当渊注渟著，纳而不流。"

78. 晋武帝每饷山涛恒少，谢太傅以问子弟，车骑答曰："当由欲者不多，而使与者忘少。"

79. 谢胡儿语庾道季："诸人莫当就卿谈，可坚城垒。"庾曰："若文度来,我以偏师待之;康伯来,济河焚舟。"

80. 李弘度常叹不被遇。殷扬州知其家贫,问:"君能屈志百里不?"李答曰:"北门之叹,久已上闻;穷猿奔林,岂暇择木?"遂授剡县。

81. 王司州至吴兴印渚中看,叹曰:"非唯使人情开涤,亦觉日月清朗。"

82. 谢万作豫州都督,新拜,当西之都邑,相送累日,谢疲顿。于是高侍中往,径就谢坐,因问:"卿今仗节方州,当疆理西蕃,何以为政?"谢粗道其意。高便为谢道形势,作数百语。谢遂起坐。高去后,谢追曰:"阿酃故粗有才具。"谢因此得终坐。

83. 袁彦伯为谢安南司马,都下诸人送至濑乡。将别,既自凄惘,叹曰:"江山辽落,居然有万里之势!"

84. 孙绰赋遂初,筑室畎川,自言见止足之分。斋前种一松树,恒自手壅治之。高世远时亦邻居,语孙曰:"松树子非不楚楚可怜,但永无栋梁用耳!"孙曰:"枫柳虽合抱,亦何所施?"

85. 桓征西治江陵城甚丽,会宾僚出江津望之,云:"若能目此城者,有赏。"顾长康时为客,在坐,目曰:"遥望层城,丹楼如霞。"桓即赏以二婢。

86. 王子敬语王孝伯曰:"羊叔子自复佳耳,然亦何与人事,故不如铜雀台上妓。"

87. 林公见东阳长山曰:"何其坦迤!"

88. 顾长康从会稽还,人问山川之美,顾云:"千岩竞秀,万壑争流,草木蒙笼其上,若云兴霞蔚。"

89. 简文崩,孝武年十余岁立,至暝不临。左右启:"依常应临。"帝曰:"哀至则哭,何常之有?"

90. 孝武将讲孝经,谢公兄弟与诸人私庭讲习。车武子难苦问谢,谓袁羊曰:"不问则德音有遗,多问则重劳二谢。"袁曰:"必无此嫌。"车曰:"何以知尔?"袁曰:"何尝见明镜疲于屡照,清流惮于惠风?"

91. 王子敬云:"从山阴道上行,山川自相映发,使人应接不暇。若秋冬之际,尤难为怀。"

92. 谢太傅问诸子侄:"子弟亦何预人事,而正欲使其佳?"诸人莫有言者,车骑答曰:"譬如芝兰玉树,欲使其生于阶庭耳。"

93. 道壹道人好整饰音辞,从都下还东山,经吴中。已而会雪下,未甚寒,诸道人问在道所经。壹公曰:"风霜固所不论,乃先集其惨澹;郊邑正自飘瞥,林岫便已浩然。"

94. 张天锡为凉州刺史,称制四隅。既为苻坚所禽,用为侍中。后于寿阳俱败,至都,为孝武所器。每入言论,无不竟日。颇有嫉己者,于坐问张:"北方何物可贵?"张曰:"桑椹甘香,鸱鸮(号鸟)革响,淳酪养性,人无嫉心。"

95. 顾长康拜桓宣武墓,作诗云:"山崩溟海竭,鱼鸟将何依!"人问之曰:"卿凭重桓乃尔,哭之状其可见乎?"顾曰:"鼻如广莫长风,眼如悬河决溜。"或曰:"声如震雷破山,泪如倾河注海。"

96. 毛伯成既负其才气,常称:"宁为兰摧玉折,不作萧敷艾荣。"

97. 范宁作豫章,八日请佛有板,众僧疑,或欲作答。有小沙弥在坐末,曰:"世尊默然,则为许可。"众从其义。

98. 司马太傅斋中夜坐,于时天月明净,都无纤翳,太傅叹为佳。谢景重在坐,答曰:"意谓乃不如微云点缀。"太傅因戏谢曰:"卿居心不静,乃复强欲滓秽太清邪?"

99. 王中郎甚爱张天锡,问之曰:"卿观过江诸人,经纬江左轨辙,有何伟异?后来之彦,复何如中原?"张曰:"研求幽邃,自王、何以还;因时修制,荀、乐之风。"王曰:"卿知见有余,何故为苻坚所制?"答曰:"阳消阴息,故天步屯蹇,否剥成象,岂足多讥?"

100. 谢景重女适王孝伯儿,二门公甚相爱美。谢为太傅长史,被弹;王即取作长史,带晋陵郡。太傅已构嫌孝伯,不欲使其得谢,还取作咨议,外示縻维,而实以乖间之。及孝伯败后,太傅绕东府城行散,僚属悉在南门,要望候拜。时谓谢曰:"王宁异谋,云是卿为其计。"谢曾无惧色,敛笏对曰:"乐彦辅有言:'岂以五男易一女?'"太傅善其对,因举酒劝之曰:"故自佳,故自佳。"

101. 桓玄义兴还后,见司马太傅,太傅已醉,坐上多客。问人云:"桓温来欲作贼,如何?"桓玄伏不得起。谢景重时为长史,举板答曰:"故宣武公黜昏暗,登圣明,功超伊、霍,纷纭此议,裁之圣鉴。"太傅曰:"我知,我知。"即举酒云:"桓义兴,劝卿酒!"桓出谢过。

102. 宣武移镇南州,制街衢平直。人谓王东亭曰:"丞相初营建康,无所因承，而制置纡曲，方此为劣。"东亭曰："此丞相乃所以为巧。江左地促，不如中国。若使阡陌条畅，则一览而尽，故纡余委曲，若不可测。"

103. 桓玄诣殷荆州，殷在妾房昼眠，左右辞不之通。桓后言及此事，殷云："初不眠，纵有此，岂不有贤贤易色也！"

104. 桓玄问羊孚："何以共重吴声？"羊曰："当以其妖而浮。"

105. 谢混问羊孚："何以器举瑚琏？"羊曰："故当以为接神之器。"

106. 桓玄既篡位后，御床微陷，群臣失色。侍中殷仲文进曰："当由圣德渊重，厚地所以不能载。"时人善之。

107. 桓玄既篡位，将改置直馆，问左右："虎贲中郎省应在何处？"有人答曰："无省。"当时殊忤旨。问："何以知无？"答曰："潘岳秋兴赋叙曰：'余兼虎贲中郎将，寓直散骑之省。'"玄咨嗟称善。

108. 谢灵运好戴曲柄笠，孔隐士谓曰："卿欲希心高远，何不能遗曲盖之貌？"谢答曰："将不畏影者，未能忘怀。"

政事第三

1. 陈仲弓为太丘长,时吏有诈称母病求假。事觉,收之,令吏杀焉。主簿请付狱考众奸,仲弓曰:"欺君不忠,病母不孝,不忠不孝,其辜莫大。考求众奸,岂复过此?"

2. 陈仲弓为太丘长,有劫贼杀财主者,捕之。未至发所,道闻民有在草不起子者,回车往治之。主簿曰:"贼大,宜先按讨。"仲弓曰:"盗杀财主,何如骨肉相残?"

3. 陈元方年十一时,候袁公。袁公问曰:"贤家君在太丘,远近称之,何所履行?"元方曰:"老父在太丘,强者绥之以德,弱者抚之以仁,恣其所安,久而益敬。"袁公曰:"孤往者尝为邺令,正行此事。不知卿家君法孤,孤法卿父?"元方曰:"周公、孔子,异世而出,周旋动静,万里如一。周公不师孔子,孔子亦不师周公。"

4. 贺太傅作吴郡,初不出门,吴中诸强族轻之,乃题府门云:"会稽鸡,不能啼。"贺闻,故出行,至门反顾,索笔足之曰:"不可啼,杀吴儿。"于是至诸屯邸,检校诸顾、陆役使官兵及藏逋亡,悉以事言上,罪者甚众。陆抗时为江陵都督,故下请孙皓,然后得释。

5. 山公以器重朝望,年逾七十,犹知管时任。贵胜年少,若和、裴、王之徒,并共言咏。有署阁柱曰:"阁东,有大牛,和峤鞅,裴楷䩭,王济剔嬲不得休。"或云潘尼作之。

6. 贾充初定律令,与羊祜共咨太傅郑冲,冲曰:"皋陶严明之旨,非仆暗懦所探。"羊曰:"上意欲令小加弘润。"冲乃粗下意。

7. 山司徒前后选,殆周遍百官,举无失才,凡所题目,皆如其言。唯用陆亮,是诏所用,与公意异,争之不从。亮亦寻为贿败。

8. 嵇康被诛后,山公举康子绍为秘书丞。绍咨公出处,公曰:"为君思之久矣。天地四时,犹有消息,而况人乎?"

9. 王安期为东海郡。小吏盗池中鱼,纲纪推之。王曰:"文王之囿,与众共之。池鱼复何足惜!"

10. 王安期作东海郡,吏录一犯夜人来。王问:"何处来?"云:"从师家受书还，不觉日晚。"王曰："鞭挞宁越以立威名，恐非致理之本！使吏送令归家。"

11. 成帝在石头，任让在帝前戮侍中钟雅、右侍卫将军刘超。帝泣曰："还我侍中。"让不奉诏，遂斩超、雅。事平之后，陶公与让有旧，欲宥之。许柳儿思妣者至佳，诸公欲全之；若全思妣，则不得不为陶全让。于是欲并宥之。事奏，帝曰："让是杀我侍中者，不可宥！"诸公以少主不可违，并斩二人。

12. 王丞相拜扬州，宾客数百人并加沾接，人人有悦色。唯有临海一客姓任及数胡人为未洽。公因便还到过任边，云："君出，临海便无复人。"任大喜悦。因过胡人前，弹指云："兰阇，兰阇"群胡同笑，四坐并欢。

13. 陆太尉诣王丞相咨事，过后辄翻异，王公怪其如此。后以问陆，陆曰："公长民短，临时不知所言，既后觉其不可耳。"

14. 丞相尝夏月至石头看庾公，庾公正料事。丞相云："暑，可小简之。"庾公曰："公之遗事，天下亦未以为允。"

15. 丞相末年，略复不省事，正封箓诺之。自叹曰："人言我愦愦，后人当思此愦愦。"

16. 陶公性检厉，勤于事。作荆州时，敕船官悉录锯木屑，不限多少。咸不解此意。后正会，值积雪始晴，听事前除雪后犹湿，于是悉用木屑覆之，都无所妨。官用竹，皆令录厚头，积之如山。后桓宣武伐蜀，装船，悉以作钉。又云，尝发所在竹篙，有一官长连根取之，仍当足。乃超两阶用之。

17. 何骠骑作会稽，虞存弟謇作郡主簿，以何见客劳损，欲白断常客，使家人节量择可通者。作白事成，以见存，存时为何上佐，正与謇共食，语云："白事甚好，待我食毕作教。"食竟，取笔题白事后云："若得门庭长如郭林宗者，当如所白。汝何处得此人？"謇于是止。

18. 王、刘与深公共看何骠骑，骠骑看文书，不顾之。王谓何曰："我今故与深公来相看，望卿摆拨常务，应对玄言，哪得方低头看此邪？"何对曰："我不看此，卿等何以得存？"诸人以为佳。

19. 桓公在荆州，全欲以德被江、汉，耻以威刑肃物。令史受杖，正从朱衣上过。桓式年少，从外来，云："向从阁下过，见令史受杖，上捎云根，下拂地足。"意讥不着。桓公云："我犹患其重。"

20. 简文为相,事动经年,然后得过。桓公甚患其迟,常加劝勉。太宗曰:"一日万机,哪得速!"

21. 山遐去东阳,王长史就简文索东阳云:"承藉猛政,故可以和静致治。"

22. 殷浩始作扬州,刘尹行,日小欲晚,便使左右取袯。人问其故,答曰:"刺史严,不敢夜行。"

23. 谢公时,兵厮逋亡,多近窜南塘,下诸舫中。或欲求一时搜索,谢公不许,云:"若不容置此辈,何以为京都?"

24. 王大为吏部郎,尝作选草,临当奏,王僧弥来,聊出示之。僧弥得,便以己意改易所选者近半,王大甚以为佳,更写即奏。

25. 王东亭与张冠军善。王既作吴郡,人问小令曰:"东亭作郡,风政何似?"答曰:"不知治化何如,唯与张祖希情好日隆耳。"

26. 殷仲堪当之荆州,王东亭问曰:"德以居全为称,仁以不害物为名。方今宰牧华夏,处杀戮之职,与本操将不乖乎?"殷答曰:"皋陶造刑辟之制,不为不贤;孔丘居司寇之任,未为不仁。"

文学第四

1. 郑玄在马融门下,三年不得相见,高足弟子传授而已。尝算浑天不合,诸弟子莫能解;或言玄能者,融召令算,一转便决,众咸骇服。及玄业成辞归,既而融有"礼乐皆东"之叹,恐玄擅名而心忌焉。玄亦疑有追,乃坐桥下,在水上据屐。融果转式逐之,告左右曰:"玄在土下水上而据木,此必死矣。"遂罢追。玄竟以得免。

2. 郑玄欲注春秋传,尚未成,时行与服子慎遇,宿客舍。先未相识,服在外车上与人说己注传意,玄听之良久,多与己同。玄就车与语曰:"吾久欲注,尚未了。听君向言,多与我同,今当尽以所注与君。"遂为服氏注。

3. 郑玄家奴婢皆读书。尝使一婢。不称旨,将挞之,方自陈说,玄怒,使人曳着泥中。须臾,复有一婢来,问曰:"胡为乎泥中?"答曰:"薄言往愬,逢彼之怒。"

4. 服虔既善春秋,将为注,欲参考同异;闻崔烈集门生讲传,遂匿姓名,为烈门人赁作食。每当至讲时,辄窃听户壁间。既知不能逾己,稍共诸生叙其短长。烈闻,不测何人。然素闻虔名,意疑之。明早往,及未寤,便呼:"子慎!子慎!"虔不觉惊应,遂相与友善。

5. 钟会撰四本论,始毕,甚欲使嵇公一见,置怀中,既定,畏其难,怀不敢出,于户外遥掷,便回急走。

6. 何晏为吏部尚书,有位望,时谈客盈坐。王弼未弱冠,往见之。晏闻弼名,因条向者胜理语弼曰:"此理仆以为极,可得复难不?"弼便作难,一坐人便以为屈。于是弼自为客主数番,皆一坐所不及。

7. 何平叔注老子,始成,诣王辅嗣,见王注精奇,乃神伏,曰:"若斯人,可与论天人之际矣!"因以所注为道、德二论。

8. 王辅嗣弱冠诣裴徽,徽问曰:"夫无者,诚万物之所资,圣人莫肯致言,而老子申之无已,何邪?"弼曰:"圣人体无,无又不可以训,故言必及有;老、庄未免于有,恒训其所不足。"

9. 傅嘏善言虚胜,荀粲谈尚玄远,每至共语,有争而不相喻。裴冀州释二家之义,通彼我之怀,常使两情皆得,彼此俱畅。

10. 何晏注老子未毕,见王弼自说注老子旨,何意多所短,不复得作声,但应诺诺,遂不复注,因作道德论。

11. 中朝时,有怀道之流,有诣王夷甫咨疑者。值王昨已语多,小极,不复相酬答,乃谓客曰:"身今少恶,裴逸民亦近在此,君可往问。"

12. 裴成公作崇有论,时人攻难之,莫能折,唯王夷甫来,如小屈。时人即以王理难裴,理还复申。

13. 诸葛宏年少不肯学问,始与王夷甫谈,便已超诣。王叹曰:"卿天才卓出,若复小加研寻,一无所愧。"宏后看庄、老,更与王语,便足相抗衡。

14. 卫玠总角时,问乐令"梦",乐云"是想。"卫曰:"形神所不接而梦,岂是想邪?"乐云:"因也。未尝梦乘车入鼠穴、捣齑啖铁杵,皆无想无因故也。"卫思"因",经日不得,遂成病。乐闻,故命驾为剖析之,卫即小差。乐叹曰:"此儿胸中当必无膏肓之疾!"

15. 庾子嵩读庄子,开卷一尺便放去,曰:"了不异人意。"

16. 客问乐令"旨不至"者,乐亦不复剖析文句,直以麈尾柄确几曰;"至不?"客曰:"至。"乐因又举麈尾曰;"若至者,哪得去?"于是客乃悟服。乐辞约而旨达,皆此类。

17. 初,注庄子者数十家,莫能究其旨要。向秀于旧注外为解义,妙析奇致,大畅玄风,唯秋水、至乐二篇未竟而秀卒。秀子幼,义遂零落,然犹有别本。郭象者,为人薄行,有俊才,见秀义不传于世,遂窃为己注,乃自注秋水、至乐二篇,又易马蹄一篇,其余众篇,或定点文句而已。后秀义别本出,故今有向、郭二庄,其义一也。

18. 阮宣子有令闻。太尉王夷甫见而问曰:"老庄与圣教同异?"对曰:"将无同?"太尉善其言,辟之为掾。世谓"三语掾"。卫玠嘲之曰:"一言可辟,何假于三!"宣子曰:"苟是天下人望,亦可无言而辟,复何假于一!"遂相与为友。

19. 裴散骑娶王太尉女,婚后三日,诸婿大会,当时名士、王、裴子弟悉集。郭子玄在坐,挑与裴谈。子玄才甚丰赡,始数交,未快;郭陈张甚盛,裴徐理前语,理致甚微,四座咨嗟称快,王亦以为奇,谓语诸人曰:"君辈勿为尔,将受困寡人女婿。"

20. 卫玠始渡江，见王大将军，因夜坐，大将军命谢幼舆。玠见谢，甚说之，都不复顾王，遂达旦微言，王永夕不得豫。玠体素羸，恒为母所禁。尔昔忽极，于此病笃，遂不起。

21. 旧云，王丞相过江左，止道声无哀乐、养生、言尽意，三理而已，然宛转关生，无所不入。

22. 殷中军为庾公长史，下都，王丞相为之集，桓公、王长史、王蓝田、谢镇西并在。丞相自起解帐带麈尾，语殷曰："身今日当与君共谈析理。"既共清言，遂达三更。丞相与殷共相往反，其余诸贤略无所关。既彼我相尽，丞相乃叹曰："向来语，乃竟未知理源所归。至于辞喻不相负，正始之音，正当尔耳。"明旦，桓宣武语人曰："昨夜听殷、王清言，甚佳，仁祖亦不寂寞，我亦时复造心；顾看两王掾，辄翣如生母狗馨。"

23. 殷中军见佛经，云："理亦应在阿堵上。"

24. 谢安年少时，请阮光禄道白马论，为论以示谢。于时谢不即解阮语，重相咨尽。阮乃叹曰："非但能言人不可得，正索解人亦不可得！"

25. 褚季野语孙安国云："北人学问，渊综广博。"孙答曰："南人学问，清通简要。"支道林闻之，曰："圣贤故所忘言。自中人以还，北人看书，如显处视月，南人学问，如牖中窥日。"

26. 刘真长与殷渊源谈，刘理如小屈，殷曰："恶，卿不欲作将善云梯仰攻。"

27. 殷中军云："康伯未得我牙后慧。"

28. 谢镇西少时，闻殷浩能清言，故往造之。殷未过有所通，为谢标榜诸义，作数百语，既有佳致，兼辞条丰蔚，甚足以动心骇听。谢注神倾意，不觉流汗交面。殷徐语左右："取手巾与谢郎拭面。"

29. 宣武集诸名胜讲易，日说一卦。简文欲听，闻此便还，曰："义自当有难易，其以一卦为限邪？"

30. 有北来道人好才理，与林公相遇于瓦官寺，讲小品。于时竺法深、孙兴公悉共听。此道人语，屡设疑难，林公辩答清析，辞气俱爽。此道人每辄摧屈。孙问深公："上人当是逆风家，向来何以都不言？"深公笑而不答。林公曰："白旃檀非不馥，焉能逆风？"深公得此义，夷然不屑。

31. 孙安国往殷中军许共论，往反精苦，客主无间。左右进食，冷而复暖者数四。彼我奋掷麈尾，悉脱落，满餐饭中。宾主遂至莫忘食。殷乃语孙曰:"卿莫作强口马,我当穿卿鼻!"孙曰:"卿不见决牛鼻,人当穿卿颊!"

32. 庄子逍遥篇,旧是难处,诸名贤所可钻味,而不能拔理于郭、向之外。支道林在白马寺中,将冯太常共语,因及逍遥。支卓然标新理于二家之表,立异义于众贤之外,皆是诸名贤寻味之所不得。后遂用支理。

33. 殷中军尝至刘尹所清言。良久,殷理小屈,游辞不已,刘亦不复答。殷去后,乃云:"田舍儿,强学人作尔馨语!"

34. 殷中军虽思虑通长,然于才性偏精。忽言及四本,便若汤池铁城,无可攻之势。

35. 支道林造即色论,论成,示王中郎,中郎都无言。支曰:"默而识之乎?"王曰:"既无文殊,谁能见赏?"

36. 王逸少作会稽,初至,支道林在焉。孙兴公谓王曰:"支道林拔新领异,胸怀所及乃自佳,卿欲见不?"王本自有一往隽气,殊自轻之。后孙与支共载往王许,王都领域,不与交言。须臾支退。后正值王当行,车已在门,支语王曰:"君未可去,贫道与君小语。"因论庄子逍遥游。支作数千言,才藻新奇,花烂映发。王遂披襟解带,留连不能已。

37. 三乘佛家滞义,支道林分判,使三乘炳然。诸人在下坐听,皆云可通。支下坐,自共说,正当得两,入三便乱。今义弟子虽传,犹不尽得。

38. 许掾年少时,人以比王苟子,许大不平。时诸人士及林法师并在会稽西寺讲,王亦在焉。许意甚忿,便往西寺与王论理,共绝优劣,苦相折挫,王遂大屈。许复执王理,王执许理,更相覆疏,王复屈。许谓支法师曰:"弟子向语何似?"支从容曰:"君语佳则佳矣,何至相苦邪?岂是求理中之谈哉?"

39. 林道人诣谢公,东阳时始总角,新病起,体未堪劳。与林公讲论,遂至相苦。母王夫人在壁后听之,再遣信令还,而太傅留之。王夫人因自出,云:"新妇少遭家难,一生所寄,唯在此儿。"因流涕抱儿以归。谢公语同坐曰:"家嫂辞情慷慨,致可传述,恨不使朝士见!"

40. 支道林、许掾诸人共在会稽王斋头。支为法师,许为都讲。支通一义,四座莫不厌心。许送一难,众人莫不抃舞。但共嗟咏二家之美,不辩其理之所在。

41. 谢车骑在安西艰中,林道人往就语,将夕乃退。有人道上见者,问云："公何处来?"答云："今日与谢孝剧谈一出来。"

42. 支道林初从东出,住东安寺中。王长史宿构精理,并撰其才藻,往与支语,不大当对。王叙致数百语,自谓是名理奇藻。支徐徐谓曰:"身与君别多年,君义言了不长进。"王大惭而退。

43. 殷中军读小品,下二百签,皆是精微,世之幽滞。尝欲与支道林辩之,竟不得。今小品犹存。

44. 佛经以为祛练神明,则圣人可致。简文云:"不知便可登峰造极不? 然陶练之功,尚不可诬。"

45. 于法开始与支公争名,后精渐归支,意甚不忿,遂遁迹剡下。遣弟子出都,语使过会稽。于时支公正讲小品。开戒弟子:"道林讲,比汝至,当在某品中。"因示语攻难数十番,云:"旧此中不可复通。"弟子如言诣支公。正值讲,因谨述开意,往反多时,林公遂屈。厉声曰:"君何足复受人寄载来!"

46. 殷中军问:"自然无心于禀受,何以正善人少,恶人多?"诸人莫有言者。刘尹答曰:"譬如泄水注地,正自纵横流漫,略无正方圆者。"一时绝叹,以为名通。

47. 康僧渊初过江,未有知者,恒周旋市肆,乞索以自营。忽往殷渊源许,值盛有宾客,殷使坐,粗与寒温,遂及义理,语言辞旨,曾无愧色,领略祖举,一往参诣。由是知之。

48. 殷、谢诸人共集。谢因问殷:"眼往属万形,万形来入眼不?"

49. 人有问殷中军:"何以将得位而梦棺器,将得财而梦矢秽?"殷曰:"官本是臭腐,所以将得而梦棺尸;财本是粪土,所以将得而梦秽污。"时人以为名通。

50. 殷中军被废东阳,始看佛经。初视维摩诘,疑般若波罗密太多;后见小品,恨此语少。

51. 支道林、殷渊源俱在相王许。相王谓二人:"可试一交言。而才性殆是渊源崤、函之固,君其慎焉!"支初作,改辄远之;数四交,不觉入其玄中。相王抚肩笑曰:"此自是其胜场,安可争锋!"

52. 谢公因子弟集聚,问:"毛诗何句最佳?"遏称曰:"'昔我往矣,杨柳依依;今我来思,雨雪霏霏。'"公曰:"'訏谟定命,远猷辰告。'"谓:"此句偏有雅人深致。"

53. 张凭举孝廉,出都,负其才气,谓必参时彦。欲诣刘尹,乡里及同举者共笑之。张遂诣刘,刘洗涤料事,处之下坐,唯通寒暑,神意不接。张欲自发无端。顷之,长史诸贤来清言,客主有不通处,张乃遥于末坐判之,言约旨远,足畅彼我之怀,一坐皆惊。真长延之上坐,清言弥日,因留宿至晓。张退,刘曰:"卿且去,正当取卿共诣抚军。"张还船,同侣问何处宿,张笑而不答。须臾,真长遣传教觅张孝廉船,同侣惋愕。即同载诣抚军。至门,刘前进谓抚军曰:"下官今日为公得一太常博士妙选。"既前,抚军与之话言,咨嗟称善,曰:"张凭勃窣为理窟。"即用为太常博士。

54. 汰法师云:"'六通'、'三明'同归,正异名耳。"

55. 支道林、许、谢盛德,共集王家,谢顾诸人曰:"今日可谓彦会,时既不可留,此集固亦难常,当共言咏,以写其怀。"许便问主人:"有庄子不?"正得鱼父一篇。谢看题,便各使四坐通。支道林先通,作七百许语,叙致精丽,才藻奇拔,众咸称善。于是四坐各言怀毕。谢问曰:"卿等尽不?"皆曰:"今日之言,少不自竭。"谢后粗难,因自叙其意,作万余语,才峰秀逸,既自难干,加意气凝托,萧然自得,四坐莫不厌心。支谓谢曰:"君一往奔诣,故复自佳耳。"

56. 殷中军、孙安国、王、谢能言诸贤,悉在会稽王许,殷与孙共论易象妙于见形,孙语道合,意气干云,一坐咸不安孙理,而辞不能屈。会稽王慨然叹曰:"使真长来,故应有以制彼。"即迎真长,孙意已不如。真长既至,先令孙自叙本理,孙粗说己语,亦觉殊不及向。刘便作二百许语,辞难简切,孙理遂屈。一坐同时抚掌而笑,称美良久。

57. 僧意在瓦官寺中,王苟子来,与共语,便使其唱理。意谓王曰:"圣人有情不?"王曰:"无。"重问曰:"圣人如柱邪?"王曰:"如筹算,虽无情,运之者有情。"僧意云:"谁运圣人邪?"苟子不得答而去。

58. 司马太傅问谢车骑:"惠子其书五车,何以无一言入玄?"谢曰:"故当是其妙处不传。"

59. 殷中军被废,徙东阳,大读佛经,皆精解。唯至"事数"处不解。遇见一道人,问所谶,便释然。

60. 殷仲堪精核玄论,人谓莫不研究。殷乃叹曰:"使我解四本,谈不翅尔。"

61. 殷荆州曾问远公:"易以何为体?"答曰:"易以感为体。"殷曰:

"铜山西崩,灵钟东应,便是易耶?"远公笑而不答。

62. 羊孚弟娶王永言女,及王家见婿,孚送弟俱往。时永言父东阳尚在,殷仲堪是东阳女婿,亦在坐。孚雅善理义,乃与仲堪道齐物,殷难之。羊云:"君四番后当得见同。"殷笑曰:"乃可得尽,何必相同。"乃至四番后一通。殷咨嗟曰:"仆便无以相异。"叹为新拔者久之。

63. 殷仲堪云:"三日不读道德经,便觉舌本间强。"

64. 提婆初至,为东亭第讲阿毗昙。始发讲,坐裁半,僧弥便云:"都已晓。"即于坐分数四有意道人,更就余屋自讲。提婆讲毕,东亭问法冈道人曰:"弟子都未解,阿弥哪得已解? 所得云何?"曰:"大略全是,故当小未精核耳。"

65. 桓南郡与殷荆州共谈,每相攻难。年余后但一两番,桓自叹才思转退,殷云:"此乃是君转解。"

66. 文帝尝令东阿王七步作诗,不成者行大法。应声便为诗曰:"煮豆持作羹,漉菽以为汁。其在釜下燃,豆在釜中泣;本是同根生,相煎何太急?"帝深有惭色。

67. 魏朝封晋文王为公,备礼九锡,文王固让不受。公卿将校当诣府敦喻。司空郑冲驰遣信就阮籍求文。籍时在袁孝尼家,宿醉扶起,书札为之,无所点定,乃写付使。时人以为神笔。

68. 左太冲作三都赋初成,时人互有讥訾,思意不惬。后示张公,张曰:"此二京可三。然君文未重于世,宜以经高名之士。"思乃询求于皇甫谧,谧见之嗟叹,遂为作叙。于是先相非二者,莫不敛衽赞述焉。

69. 刘伶著酒德颂,意气所寄。

70. 乐令善于清言,而不长于手笔。将让河南尹,请潘岳为表。潘云:"可作耳,要当得君意。"乐为述己所以为让,标位二百许语,潘直取错综,便成名笔。时人咸云:"若乐不假潘之文,潘不取乐之旨,则无以成斯矣。"

71. 夏侯湛作周诗成,示潘安仁,安仁曰:"此非徒温雅,乃别见孝悌之性。"潘因此遂作家风诗。

72. 孙子荆除妇服,作诗以示王武子。王曰:"未知文生于情,情生于文? 览之凄然,增伉俪之重。"

73. 太叔广甚辩给,而挚仲治长于翰墨,俱为列卿。每至公坐,广谈,仲治不能对;退,着笔难广,广又不能答。

74. 江左殷太常父子,并能言理,亦有辩讷之异。扬州口谈至剧,太常辄云:"汝更思吾论。"

75. 庾子嵩作意赋成,从子文康见,问曰:"若有意邪,非赋之所尽;若无意邪,复何所赋?"答曰:"正在有意无意之间。"

76. 郭景纯诗云:"林无静树,川无停流。"阮孚云:"泓峥萧瑟,实不可言。每读此文,辄觉神超形越。"

77. 庾阐始作扬都赋,道温、庾云:"温挺义之标,庾作民之望。方响则金声,比德则玉亮。"庾公闻赋成,求看,兼赠贶之。阐更改"望"为"俊",以"亮"为"润"云。

78. 孙兴公作庾公诔,袁羊曰:"见此张缓。"于时以为名赏。

79. 庾仲初作扬都赋成,以呈庾亮。亮以亲族之怀,大为其名价云:"可三二京、四三都。"于此人人竞写,都下纸为之贵。谢太傅云:"不得尔,此是屋下架屋耳,事事拟学,而不免俭狭。"

80. 习凿齿史才不常,宣武甚器之,未三十,便用为荆州治中。凿齿谢笺亦云:"不遇明公,荆州老从事耳!"后至都见简文,返命,宣武问:"见相王何如?"答云:"一生不曾见此人。"从此忤旨,出为衡阳郡,性理遂错。于病中犹作汉晋春秋,品评卓逸。

81. 孙兴公云:"三都、二京,五经鼓吹。"

82 谢太傅问主簿陆退:"张凭何以作母诔,而不作父诔?"退答曰:"故当是丈夫之德,表于事行;妇人之美,非诔不显。"

83. 王敬仁年十三作贤人论,长史送示真长,真长答云:"见敬仁所作论,便足参微言。"

84. 孙兴公云:"潘文烂若披锦,无处不善;陆文若排沙简金,往往见宝。"

85. 简文称许掾云:"玄度五言诗,可谓妙绝时人。"

86. 孙兴公作天台赋成,以示范荣期,云:"卿试掷地,要作金石声。"范曰:"恐子之金石,非宫商中声。"然每至佳句,辄云:"应是我辈语。"

87. 桓公见谢安石作简文谥议,看竟,掷与座上诸客曰:"此是安石碎金。"

88. 袁虎少贫,尝为人佣载运租。谢镇西经船行,其夜清风朗月,闻江渚间估客船上有咏诗声,甚有情致;所咏五言,又其所未尝闻,叹美不能已。即遣委曲讯问,乃是袁自咏其所作咏史诗。因此相要,大相赏得。

89. 孙兴公云:"潘文浅而净,陆文深而芜。"

90. 裴郎作语林,始出,大为远近所传。时流年少,无不传写,各有一通。载王东亭作经王公酒垆下赋,甚有才情。

91. 谢万作八贤论,与孙兴公往反,小有利钝。谢后出以示顾君齐,顾曰:"我亦作,知卿当无所名。"

92. 桓宣武命袁彦伯作北征赋,既成,公与时贤共看,咸嗟叹之。时王珣在坐,云:"恨少一句。得'写'字足韵,当佳。"袁即于坐揽笔益云:"感不绝于余心,溯流风而独写。"公谓王曰:"当今不得不以此事推袁。"

93. 孙兴公道:"曹辅佐才如白地明光锦,裁为负版绔,非无文采,酷无裁制。"

94. 袁彦伯作名士传成,见谢公,公笑曰:"我尝与诸人道江北事,特作狡狯耳,彦伯遂以著书。"

95. 王东亭到桓公吏,既伏阁下,桓令人窃取其白事,东亭即于阁下另作,无复向一字。

96. 桓宣武北征,袁虎时从,被责免官。会须露布文,唤袁倚马前令作。手不辍笔,俄得七纸,殊可观。东亭在侧,极叹其才。袁虎云:"当令齿舌间得利。"

97. 袁宏始作东征赋,都不道陶公。胡奴诱之狭室中,临以白刃,曰:"先公勋业如是!君作东征赋,云何相忽略?"宏窘蹙无计,便答:"我大道公,何以云无?"有诵曰:"精金百炼,在割能断。功则治人,职思靖乱。长沙之勋,为史所赞。"

98. 或问顾长康:"君筝赋何如嵇康琴赋?"顾曰:"不赏者,作后出相遗。深识者,亦以高奇见贵。"

99. 殷仲文天才宏赡,而读书不甚广博,亮叹曰:"若使殷仲文读书半袁豹,才不减班固。"

100. 羊孚作雪赞云:"资清以化,乘气以霏。遇象能鲜,即洁成辉。"桓胤遂以书扇。

101. 王孝伯在京,行散至其弟王睹户前,问:"古诗中何句为最?"睹思未答。孝伯咏"'所遇无故物,焉得不速老?'此句为佳。"

102. 桓玄尝登江陵城南楼云："我今欲为王孝伯作诔。"因吟啸良久，随而下笔。一坐之间，诔以之成。

103. 桓玄初并西夏，领荆、江二州、二府、一国。于时始雪，五处俱贺，五版并入。玄在听事上，版至，即答版后，皆粲然成章，不相糅杂。

104. 桓玄下都，羊孚时为兖州别驾，从京来诣门，笺曰："自顷世故睽离，心事沦蕴。明公启晨光于积晦，澄百流以一源。"桓见笺，驰唤前，云："子道，子道，来何迟！"即用为记室参军。孟昶为刘牢之主簿，诣门谢，见云："羊侯，羊侯，百口赖卿。"

方正第五

1. 陈太丘与友期行,期日中。过中不至,太丘舍去,去后乃至。元方时年七岁,门外戏。客问元方:"尊君在不?"答曰:"待君久不至,已去。"友人便怒曰:"非人哉!与人期行,相委而去。"元方曰:"君与家君期日中,日中不至,则是无信;对子骂父,则是无礼。"友人惭,下车引之。元方入门不顾。

2. 南阳宗世林,魏武同时,而甚薄其为人,不与之交。及魏武作司空,总朝政,从容问宗曰:"可以交未?"答曰:"松柏之志犹存。"世林既以忤旨见疏,位不配德。文帝兄弟每造其门,皆独拜床下。其见礼如此。

3. 魏文帝受禅,陈群有戚容。帝问曰:"朕应天受命,卿何以不乐?"群曰:"臣与华歆服膺先朝,今虽欣圣化,犹义形于色。"

4. 郭淮作关中都督,甚得民情,亦屡有战庸。淮妻,太尉王凌之妹,坐凌事,当并诛,使者徵摄甚急。淮使戎装,克日当发。州府文武及百姓劝淮举兵,淮不许。至期遣妻,百姓号泣追呼者数万人。行数十里,淮乃命左右追夫人还,于是文武奔驰,如徇身首之急。既至,淮与宣帝书曰:"五子哀恋,思念其母。其母既亡;五子若殒,亦复无淮。"宣帝乃表,特原淮妻。

5. 诸葛亮之次渭滨,关中震动。魏明帝深惧晋宣王战,乃遣辛毗为军司马。宣王既与亮对渭而陈,亮设诱谲万方,宣王果大忿,将欲应之以重兵。亮遣间谍觇之,还曰:"有一老夫,毅然仗黄钺,当军门立,军不得出。"亮曰:"此必辛佐治也。"

6. 夏侯玄既被桎梏,时钟毓为廷尉,钟会先不与玄相知,因便狎之。玄曰:"虽复刑余之人,未敢闻命。"考掠初无一言,临刑东市,颜色不异。

7. 夏侯泰初与广陵陈本善,本与玄在本母前宴饮,本弟骞行还,径入,至堂户。泰初因起曰:"可得同,不可得而杂。"

8. 高贵乡公薨,内外喧哗。司马文王问侍中陈泰曰:"何以静之?"泰云:"唯杀贾充以谢天下。"文王曰:"可复下此不?"对曰:"但见其上,未见其下。"

9. 和峤为武帝所亲重,语峤曰:"东宫顷似更成进,卿试往看。"还,问何如。答曰:"皇太子圣质如初。"

10. 诸葛靓后入晋,除大司马,召不起。以与晋室有雠,常背洛水而坐。与武帝有旧,帝欲见之而无由,乃请诸葛妃呼靓。既来,帝就太妃间相见。礼毕,酒酣,帝曰:"卿故复忆竹马之好不?"靓曰:"臣不能吞炭漆身,今日复睹圣颜。"因涕泗百行。帝于是惭悔而出。

11. 武帝语和峤曰:"我欲先痛骂王武子,然后爵之。"峤曰:"武子俊爽,恐不可屈。"帝遂召武子,苦责之,因曰:"知愧不?"武子曰:"'尺布斗粟'之谣,常为陛下耻之! 它人能令疏亲,臣不能使亲疏。以此愧陛下。"

12. 杜预之荆州,顿七里桥,朝士悉祖。预少贱,好豪侠,不为物所许。杨济既名氏,雄俊不堪,不坐而去。须臾,和长舆来,问:"杨右卫何在?"客曰:"向来,不坐而去。"长舆曰:"必大夏门下盘马。"往大夏门,果大阅骑,长舆抱内车,共载归,坐如初。

13. 杜预拜镇南将军,朝士悉至,皆在连榻坐,时亦有裴叔则。羊稚舒后至,曰:"杜元凯乃复连榻坐客!"不坐便去。杜请裴追之,羊去数里住马,既而俱还杜许。

14. 晋武帝时,荀勖为中书监,和峤为令。故事,监、令由来共车。峤性雅正常疾勖谄谀。后公车来,峤便登,正向前坐,不复容勖。勖方更觅车,然后得去。监、令各给车,自此始。

15. 山公大儿着短帢,车中倚。武帝欲见之,山公不敢辞,问儿,儿不肯行。时论乃云胜山公。

16. 向雄为河内主簿,有公事不及雄,而太守刘准横怒,遂与杖遣之。雄后为黄门郎,刘为侍中,初不交言。武帝闻之,敕雄复君臣之好。雄不得已,诣刘,再拜曰:"向受诏而来,而君臣之义绝,何如?"于是即去。武帝闻尚不和,乃怒问雄曰:"我令卿复君臣之好,何以犹绝?"雄曰:"古之君子,进人以礼,退人以礼;今之君子,进人若将加诸膝,退人若将坠诸渊。臣于刘河内,不为戎首,亦已幸甚,安复为君臣之好?"武帝从之。

17. 齐王冏为大司马,辅政,嵇绍为侍中,诣冏咨事。冏设宰会,召葛于(旗其换与)董艾等共论时宜。旟等白冏:"嵇侍中善于丝竹,公可令操之。"遂送乐器。绍推却不受,冏曰:"今日共为欢,卿何却邪?"绍曰:"公协辅皇室,令作事可法。绍虽官卑,职备常伯。操丝比竹盖乐官之事,不可以先王法服为伶人之业。今逼高命,不敢苟辞,当释冠冕,袭私服,此绍之心也。"旃等不自得而退。

18. 卢志于众坐,问陆士衡:"陆逊、陆抗是君何物?"答曰:"如卿于卢毓、卢珽。"士龙失色,既出户,谓兄曰:"何至如此,彼容不相知也?"士衡正色曰:"我父、祖名播海内,宁有不知,鬼子敢尔!"议者疑二陆优劣,谢公以此定之。

19. 羊忱性甚贞烈,赵王伦为相国,忱为太傅长史,乃版以参相国军事。使者卒至,忱深惧豫祸,不暇被马,于是帖骑而避。使者追之,忱善射,矢左右发,使者不敢进,遂得免。

20. 王太尉不与庾子嵩交,庾卿之不置。王曰:"君不得为尔。"庾曰:"卿自君我,我自卿卿;我自用我法,卿自用卿法。"

21. 阮宣子伐社树,有人止之,宣子曰:"社而为树,伐树则社亡,树而为社,伐树则社移矣。"

22. 阮宣子论鬼神有无者。或以人死有鬼,宣子独以为无,曰:"今见鬼者,云着生时衣服,若人死有鬼,衣服复有鬼邪?"

23. 元皇帝既登阼,以郑后之宠,欲舍明帝而立简文。时议者咸谓:"舍长立少,既于理非伦,且明帝以聪明英断,益宜为储副。"周、王诸公并苦争肯切,唯刁玄亮独欲奉少主以阿帝旨。元帝便欲施行,虑诸公不奉诏,于是先唤周侯、丞相入,然后欲出诏付刁。周、王既入,始至阶头,帝逆遣传诏,遏使就东厢。周侯未悟,即却略下阶。丞相披拨传诏,径至御床前,曰:"不审陛下何以见臣?"帝默然无言,乃探怀中黄纸诏裂掷之。由此皇储始定。周侯方慨然愧叹曰:"我常自言胜茂弘,今始知不如也!"

24. 王丞相初在江左,欲结援吴人,请婚陆太尉。对曰:"培无松柏,薰莸不同器。玩虽不才,义不为乱伦之始。"

25. 诸葛恢大女儿适太尉庾亮儿,次女适徐州刺史羊忱儿。亮子被苏峻害,改适江彪。恢儿娶邓攸女。于时谢尚书求其小女婚,恢乃云:"羊、邓是世婚,江家我顾伊,庾家伊顾我,不能复与谢裒儿婚。"及恢亡,遂婚。于是王右军往谢家看新妇,犹有恢之遗法:威仪端详,容服光整。王叹曰:"我在遣女裁得尔耳!"

26. 周叔治作晋陵太守,周侯、仲治往别,叔治以将别,涕泗不止。仲治恚之曰:"斯人乃妇女,与人别,唯啼泣!"便舍去。周侯独留,与饮酒言话,临别流涕,抚其背曰:"奴好自爱。"

27. 周伯仁为吏部尚书,在省内夜疾危急,时刁玄亮为尚书令,营救备亲好之至,良久小损。明旦,报仲智,仲智狼狈来。始入户,刁下床对之大泣,说伯仁昨危急之状。仲智手批之,刁为辟易于户侧。既前,都不问病,直云:"君在中朝,与和长舆齐名,那与佞人刁协有情?"迳便出。

28. 王含作庐江郡,贪浊狼藉。王敦护其兄,故于众坐称:"家兄在郡定佳,庐江人士咸称之!"时何充为敦主簿,在坐,正色曰:"充即庐江人,所闻异于此!"敦默然。旁人为之反侧,充晏然,神意自若。

29. 顾孟著常以酒劝周伯仁,伯仁不受。顾因移劝柱,而语柱曰:"讵可便作栋梁自遇。"周得之欣然,遂为衿契。

30. 明帝在西堂,会诸公饮酒,未大醉,帝问:"今名臣共集,何如尧、舜?"时周伯仁为仆射,因厉声曰:"今虽同人主,复那得等于圣治!"帝大怒,还内,作手诏满一黄纸,遂付廷尉令收,因欲杀之。后数日,诏出周,群臣往省之。周曰:"近知当不死,罪不足至此。"

31. 王大将军当下,时咸谓无缘尔。伯仁曰:"今主非尧、舜,何能无过? 且人臣安得称兵以向朝廷? 处仲狼抗刚愎,王平子何在?"

32. 王敦既下,住船石头,欲有废明帝意。宾客盈坐,敦知帝聪明,欲以不孝废之。每言帝不孝之状,而皆云:"温太真所说。温尝为东宫率,后为吾司马,甚悉之。"须臾,温来,敦便奋其威容,问温曰:"皇太子作人何似?"温曰:"小人无以测君子。"敦声色并厉,欲以威力使从己,乃重问温:"太子何以称佳?"温曰:"钩深致远,盖非浅识所测。然以礼侍亲,可称为孝。"

33. 王大将军既反,至石头,周伯仁往见之。谓周曰:"卿何以相负?"对曰:"公戎车犯正,下官忝率六军,而王师不振,以此负公。"

34. 苏峻既至石头,百僚奔散,唯侍中钟雅独在帝侧。或谓钟曰:"见可而进,知难而退,古之道也。君性亮直,必不容于寇雠,何不用随时之宜、而坐待其弊邪?"钟曰:"国乱不能匡,君危不能济,而各逊遁以求免,吾惧董狐将执简而进矣!"

35. 庾公临去,顾语钟后事,深以相委。钟曰:"栋折榱崩,谁之责邪?"庾曰:"今日之事,不容复言,卿当期克复之效耳!"钟曰:"想阁下不愧荀林父耳。"

36. 苏峻时,孔群在横塘,为匡术所逼。王丞相保存术,因众坐戏语,令术劝群酒,以释横塘之憾。群答曰:"德非孔子,厄同匡人。虽阳和布气,鹰化为鸠,至于识者,犹憎其眼。"

37. 苏子高事平,王、庾诸公欲用孔廷尉为丹阳。乱离之后,百姓凋敝,孔慨然曰:"昔肃祖临崩,诸君亲临御床,并蒙眷识,共奉遗诏。孔坦疏贱,不在顾命之列。既有艰难,则以微臣为先,今犹俎上腐肉,任人脍截耳!"于是拂衣而去,诸公亦止。

38. 孔车骑与中丞共行,在御道逢匡术,宾从甚盛。因往与车骑共语。中丞初不视,直云:"鹰化为鸠,众鸟犹恶其眼。"术大怒,便欲刃之。车骑下车,抱术曰:"族弟发狂,卿为我宥之!"始得全首领。

39. 梅颐尝有惠于陶公,后为豫章太守,有事,王丞相遣收之。侃曰:"天子富于春秋,万机自诸侯出,王公既得录,陶公何为不可放!"乃遣人于江口夺之。颐见陶公,拜,陶公止之。颐曰:"梅仲真膝,明日岂可复屈邪?"

40. 王丞相作女伎,施设床席。蔡公先在座,不悦而去,王亦不留。

41. 何次道、庾季坚二人并为元辅。成帝初崩,于时嗣君未定。何欲立嗣子,庾及朝议以外寇方强,嗣子冲幼,乃立康帝。康帝登阼,会群臣,谓何曰:"朕今所以承大业,为谁之议?"何答曰:"陛下龙飞,此是庾冰之功,非臣之力。于时用微臣之议,今不睹盛明之世。"帝有惭色。

42. 江仆射年少,王丞相呼与共棋。王手尝不如两道许,而欲敌道戏,试以观之。江不即下。王曰:"君何以不行?"江曰:"恐不得尔。"旁有客曰:"此年少戏乃不恶。"王徐举首曰:"此年少,非唯围棋见胜。"

43. 孔君平疾笃,庾司空为会稽,省之,相问讯甚至,为之流涕。庾既下床,孔慨然曰:"大丈夫将终,不问安国宁家之术,乃作儿女子相问!"庾闻,回谢之,请其话言。

44. 桓大司马诣刘尹,卧不起。桓弯弹弹刘枕,丸进碎床褥间。刘作色而起曰:"使君如馨地,宁可斗战求胜?"桓甚有恨容。

45. 后来年少,多有道深公者。深公谓曰:"黄吻年少,勿为评论宿士。昔尝与元明二帝、王庾二公周旋。"

46. 王中郎年少时,江虨为仆射,领选,欲拟之为尚书郎。有语王者,王曰:"自过江来,尚书郎正用第二人,何得拟我!"江闻而止。

47. 王述转尚书令,事行便拜。文度曰:"故应让杜许。"蓝田云:"汝谓我堪此不?"文度曰:"何为不堪,但克让是美事,恐不可阙。"蓝田慨然曰:"既云堪,何为复让? 人言汝胜我,定不如我。"

48. 孙兴公作庾公诔,文多托寄之辞。既成,示庾道恩,庾见,慨然送还之,曰:"先君与君,自不至于此。"

49. 王长史求东阳,抚军不用。后疾笃,临终,抚军哀叹曰:"吾将负仲祖于此,命用之。"长史曰:"人言会稽王痴,真痴。"

50. 刘简作桓宣武别驾,后为东曹参军,颇以刚直见疏。尝听讯,简都无言。宣武问:"刘东曹何以不下意?"答曰:"会不能用。"宣武亦无怪色。

51. 刘真长、王仲祖共行,日旰未食。有相识小人贻其餐,肴案甚盛,真长辞焉。仲祖元:"聊以充虚,何苦辞?"真长曰:"小人都不可与作缘。"

52. 王修龄尝在东山甚贫乏。陶胡奴为乌程令,送一船米遗之,却不肯取。直答语:"王修龄若饥,自当就谢仁祖索食,不须陶胡奴米。"

53. 阮光禄赴山陵,至都,不往殷、刘许,过事便还。诸人相与追之。阮亦知时流必当逐己,乃遄疾而去,至方山不相及。刘尹时为会稽,乃叹曰:"我入,当泊安石渚下耳,不敢复近思旷旁。伊便能捉杖打人,不易。"

54. 王、刘与桓公共至覆舟山看。酒酣后,刘牵脚加桓公颈,桓公甚不堪,举手拨去。既还,王长史语刘曰:"伊讵可以形色加人不?"

55. 桓公问桓子野:"谢安石料万石必败,何以不谏?"子野答曰:"故当出于难犯耳。"桓作色曰:"万石挠弱凡才,有何严颜难犯!"

56. 罗君章曾在人家,主人令与坐上客共语,答曰:"相识已多,不烦复尔。"

57. 韩康伯病,拄杖前庭消摇。见诸谢皆富贵,轰隐交路,叹曰:"此复何异王莽时?"

58. 王文度为桓公长史时,桓为儿求王女,王许咨蓝田。既还,蓝田爱念文度,虽长大,犹抱着膝上。文度因言桓求己女婚。蓝田大怒,排文度下膝,曰:"恶见,文度已复痴,畏桓温面? 兵,哪可嫁女与之!"文度还报温云:"下官家中先得婚处。"桓公曰:"吾知矣,此尊府君不肯耳。"后桓女遂嫁文度儿。

59. 王子敬数岁时,尝看诸门生樗蒲,见有胜负,因曰:"南风不竞。"

门生辈轻其小儿,乃曰:"此郎亦管中窥豹,时见一斑。"子敬曰:"远惭荀奉倩,近愧刘真长!"遂拂衣而去。

60. 谢公闻羊绥佳,致意令来,终不肯诣。后绥为太学博士,因事见谢公,公即取以为主簿。

61. 王右军与谢公诣阮公,至门,语谢:"故当共推主人。"谢曰:"推人正自难。"

62. 太极殿始成,王子敬时为谢公长史,谢送版,使王题之,王有不平色,语信云:"可掷着门外。"谢后见王,曰:"题之上殿何若? 昔魏朝韦诞诸人,亦自为也。"王曰:"魏祚所以不长。"谢以为名言。

63. 王恭欲请江庐奴为长史,晨往诣江,江犹在帐中。王坐,不敢即言。良久乃得及。江不应,直唤人取酒,自饮一碗,又不与王。王且笑且言:"哪得独饮?"江曰:"卿亦复须邪?"更使酌与王。王饮酒毕,因得自解去。未出户,江叹曰:"人自量,固为难!"

64. 孝武问王爽:"卿何如卿兄?"王答曰:"风流秀出,臣不如恭,忠孝亦何可以假人!"

65. 王爽与司马太傅饮酒,太傅醉,呼王为"小子"。王曰:"亡祖长史,与简文皇帝为布衣之交;亡姑、亡姊,伉俪二宫。何小子之有?"

66. 张玄与王建武先不相识,后遇于范豫章许,范令二人共语。张因正坐敛衽,王孰视良久,不对。张大失望,便去,范苦譬留之,遂不肯住。范是王之舅,乃让王曰:"张玄,吴士之秀,亦见遇于时,而使至于此,深不可解。"王笑曰:"张祖希若欲相识,自应见诣。"范驰报张,张便束带造之。遂举觞对语,宾主无愧色。

雅量第六

1. 豫章太守顾劭，是雍之子。劭在郡卒。雍盛集僚属自围棋，外启信至，而无儿书，虽神气不变，而心了其故，以爪掐掌，血流沾褥。宾客既散，方叹曰："已无延陵之高，岂可有丧明之责！"于是豁情散哀，颜色自若。

2. 嵇中散临刑东市，神气不变。索琴弹之，奏广陵散。曲终，曰："袁孝尼尝请学此散，吾靳固不与，广陵散于今绝矣！"太学生三千人上书，请以为师，不许。文王亦寻悔焉。

3. 夏侯太初尝倚柱作书，时大雨，霹雳破所倚柱，衣服焦然，神色无变，书亦如故。宾客左右，皆跌荡不得住。

4. 王戎七岁，尝与诸小儿游。看道边李树多子折枝，诸儿竞走取之，唯戎不动。人问之，答曰："树在道边而多子，此必苦李。"取之，信然。

5. 魏明帝于宣武场上断虎爪牙，纵百姓观之。王戎七岁，亦往看。虎承间攀栏而吼，其声震地，观者无不辟易颠仆，戎湛然不动，了无恐色。

6. 王戎为侍中，南郡太守刘肇遗筒中笺布五端，戎虽不受，厚报其书。

7. 裴叔则被收，神气无变，举止自若。求纸笔作书，书成，救者多，乃得免。后位仪同三司。

8. 王夷甫尝属族人事，经时未行。遇于一处饮燕，因语之曰："近属尊事，哪得不行？"族人大怒，便举樏掷其面。夷甫都无言，盥洗毕，牵王丞相臂，与共载去。在车中照镜，语丞相曰："汝看我眼光，乃出牛背上。"

9. 裴遐在周馥所，馥设主人。遐与人围棋。馥司马行酒。遐正戏，不时为饮，司马恚，因曳遐坠地。遐还坐，举止如常，颜色不变，复戏如故。王夷甫问遐："当时何得颜色不异？"答曰："直是暗当故耳。"

10. 刘庆孙在太傅府，于时人士多为所构，唯庾子嵩纵心事外，无迹可间。后以其性俭家富，说太傅令换千万，冀其有吝，于此可乘。太傅于众坐中问庾，庾时颓然已醉，帻堕几上，以头就穿取。徐答云："下官家故可有两娑千万，随公所取。"于是乃服。后有人向庾道此，庾曰："可谓以小人之虑,度君子之心。"

11. 王夷甫与裴景声志好不同,景声恶欲取之,卒不能回。乃故诣王,肆言极骂,要王答己,欲以分谤。王不为动色,徐曰:"白眼儿遂作。"

12. 王夷甫长裴公四岁,不与相知。时共集一处,皆当时名士,谓王曰:"裴令令望何足计!"王便卿裴,裴曰:"自可全君雅志。"

13. 有往来者云:"庾公有东下意。"或谓王公:"可潜稍严,以备不虞。"王公曰:"我与元规虽俱王臣,本怀布衣之好。若其欲来,吾角巾径还乌衣,何所稍严。"

14. 王丞相主簿欲检校帐下,公语主簿:"欲与主簿周旋,无为知人几案闲事。"

15. 祖士少好财,阮遥集好屐,并恒自经营。同是一累,而未判其得失。人有诣祖,见料视财物。客至,屏当未尽,余两小簏,着背后,倾身障之,意未能平。或有诣阮,见自吹火蜡屐,因叹曰:"未知一生当着几量屐!"神色闲畅。于是胜负始分。

16. 许侍中、顾司空俱作丞相从事,尔时已被遇,游宴集聚,略无不同。尝夜至丞相许戏,二人欢极,丞相便命使入己帐眠。顾至晓回转,不得快孰。许上床便咍台大鼾。丞相顾诸客曰:"此中亦难得眠处。"

17. 庾太尉风仪伟长,不轻举止,时人皆以为假。亮有大儿数岁,雅重之质,便自如此,人知是天性。温太真尝隐幔怛之,此儿神色恬然,乃徐跪曰:"君侯何以为此?"论者谓不减亮。苏峻时遇害。或云:"见阿恭,知元规非假。"

18. 褚公于章安令迁太尉记室参军,名字已显而位微,人未多识。公东出,乘估客船,送故吏数人投钱唐亭住。尔时,吴兴沈充为县令,当送客过浙江,客出,亭吏驱公移牛屋下。潮水至,沈令起彷徨,问:"牛屋下是何物?"吏云:"昨有一伧父来寄亭中,有尊贵客,权移之。"令有酒色,有遥问:"伧父欲食饼不? 姓何等? 可共语。"褚因举手答曰:"河南褚季野。"远近久承公名,令于是大遽,不敢移公,便于牛屋下修刺诣公,更宰杀为馔,具于公前,鞭挞亭吏,欲以谢惭。公与之酌宴,言色无异,状如不觉。令送公至界。

19. 郗太傅在京口,遣门生与王丞相书,求女婿。丞相语郗信:"君往东厢,任意选之。"门生归,白郗曰:"王家诸郎亦皆可嘉,闻来觅婿,咸自矜持,唯有一郎在东床上坦腹卧,如不闻。"郗公云:"正此好!"访之,乃是逸少,因嫁女与焉。

20. 过江初,拜官,舆饰供馔。羊曼拜丹阳尹,客来早者,并得佳设,日晏渐罄,不复及精,随客早晚,不问贵贱。羊固拜临海,竟日皆美供,虽晚至,亦获盛馔。时论以固之丰华,不如曼之真率。

21. 周仲智饮酒醉,瞋目还面谓伯仁曰:"君才不如弟,而横得重名!"须臾,举蜡烛火掷伯仁,伯仁笑曰:"阿奴火攻,固出下策耳!"

22. 顾和始为扬州从事,月旦当朝,未入,顷停车州门外。周侯诣丞相,历和车边,和觅虱,夷然不动。周既过,反还,指顾心曰:"此中何所有?"顾搏虱如故,徐应曰:"此中最是难测地。"周侯既入,语丞相曰:"卿州吏中有一令仆才。"

23. 庾太尉与苏峻战,败,率左右十余人乘小船西奔,乱兵相剥掠,射,误中舵工,应弦而倒,举船上咸失色分散。亮不动容,徐曰:"此手那可使着贼!"众乃安。

24. 庾小征西尝出未还,妇母阮是刘万安妻,与女上安陵城楼上。俄顷,翼归,策良马,盛舆卫。阮语女:"闻庾郎能骑,我何由得见?"妇告翼,翼便为于道开卤簿盘马,始两转,坠马堕地,意色自若。

25. 宣武与简文、太宰共载,密令人在舆前后鸣鼓大叫。卤簿中惊扰,太宰惶怖,求下舆,顾看简文,穆然清恬。宣武语人曰:"朝廷间故复有此贤。"

26. 王劭、王荟共诣宣武,正值收庾希家。荟不自安,逡巡欲去;劭坚坐不动,待收信还,得不定,乃出。论者以劭为优。

27. 桓宣武与郗超议芟夷朝臣,条牒既定,其夜同宿。明晨起,呼谢安、王坦之入,掷疏示之。郗犹在帐内。谢都无言,王直掷还,云:"多!"宣武取笔欲除,郗不觉窃从帐中与宣武言。谢含笑曰:"郗生可谓入幕宾也。"

28. 谢太傅盘桓东山时,与孙兴公诸人泛海戏。风起浪涌,孙、王诸人色并遽,便唱使还。太傅神情方王,吟啸不言。舟人以公貌闲意说,犹去不止。既风转急,浪猛,诸人皆喧动不坐。公徐云:"如此,将无归!"众人即承响而回。于是审其量,足以镇安朝野。

29. 桓公伏甲设馔,广延朝士,因此欲诛谢安、王坦之。王甚遽,问谢曰:"当作何计?"谢神意不变,谓文度曰:"晋阼存亡,在此一行。"相与俱前。王之恐状,转见于色。谢之宽容愈表于貌。望阶趋席,方作洛生咏,讽"浩浩洪流。"桓惮其旷远,乃趣解兵。王、谢旧齐名,于此始判优劣。

30. 太傅与王文度共诣郗超,日旰未得前。王便欲去,谢曰:"不能为性命忍俄顷?"

31. 支道林还东,时贤并送于征虏亭。蔡子叔前至,坐近林公;谢万石后来,坐小远。蔡暂起,谢移就其处。蔡还,见谢在焉,因合褥举谢掷地,自复坐。谢冠帻倾脱,乃徐起,振衣就席,神意甚平,不觉瞋沮。坐定,谓蔡曰:"卿奇人,殆坏我面。"蔡答曰:"我本不为卿面作计。"其后,二人俱不介意。

32. 郗嘉宾钦崇释道安德问,饷米千斛,修书累纸,意寄殷勤。道安答,直云:"损米。"愈觉有待之为烦。

33. 谢安南免吏部尚书,还东;谢太傅赴桓公司马,出西,相遇破冈。既当远别,遂停三日共语。太傅欲慰其失官,安南辄引以它端。遂信宿中涂,竟不言及此事。太傅深恨在心未尽,谓同舟曰:"谢奉故是奇士。"

34. 戴公从东出,谢太傅往看之。谢本轻戴,见,但与论琴书,戴既无吝色,而谈琴书愈妙。谢悠然知其量。

35. 谢公与人围棋,俄而谢玄淮上信至,看书竟,默然无言,徐向局。客问淮上利害,答曰:"小儿辈大破贼。"意色举止,不异于常。

36. 王子猷、子敬曾俱坐一室,上忽发火,子猷遽走避,不惶取屐;子敬神色恬然,徐唤左右,扶凭而出,不异平常。世以此定二王神宇。

37. 苻坚游魂近境,谢太傅谓子敬曰:"可将当轴,了其此处。"

38. 王僧弥、谢车骑共王小奴许集。僧弥举酒劝谢云:"奉使君一觞。"谢曰:"可尔。"僧弥勃然起,作色曰:"汝故是吴兴溪中钓碣耳!何敢俙张!"谢徐抚掌而笑曰:"卫军,僧弥殊不肃省,乃侵陵上国也。"

39. 王东亭为桓宣武主簿,既承藉,有美誉,公甚欲其人地为一府之望。初,见谢失仪,而神色自若。坐上宾客即相贬笑,公曰:"不然。观其情貌,必自不凡,吾当试之。"后因月朝阁下伏,公于内走马直出突之,左右皆宕仆,而王不动。名价于是大重,咸云:"是公辅器也。"

40. 太元末,长星见,孝武心甚恶之。夜,华林园中饮酒,举杯属星云:"长星!劝尔一杯酒,自古何时有万岁天子!"

41. 殷荆州有所识,作赋,是束皙慢戏之流。殷甚以为有才,语王恭:“适见新文,甚可观。”便于手巾函中出之。王读,殷笑之不自胜;王看毕,亦不言好恶,但以如意帖之而已。殷怅然自失。

42. 羊绥第二子孚,少有俊才,与谢益寿相好。尝早往谢许,未食。俄而王齐、王睹来。既先不相识,王向席有不悦色,欲使羊去。羊了不眄,唯脚委几上,咏瞩自若。谢与王叙寒温数语毕,还与羊谈赏,王方悟其奇,乃合共语。须臾食下,二王都不得餐,唯属羊不暇。羊不大应对之,而盛进食,食毕便退。遂苦相留,羊义不住,直云:“向者不得从命,中国尚虚。”二王是孝伯两弟。

识鉴第七

1. 曹公少时见乔玄，玄谓曰："天下方乱，群雄虎争，拨而理之，非君乎？然君实是乱世之英雄，治世之奸贼。恨吾老矣，不见君富贵，当以子孙相累。"

2. 曹公问裴潜曰："卿昔与刘备共在荆州，卿以备才如何？"潜曰："使居中国，能乱人，不能为治；若乘边守险，足为一方之主。"

3. 何晏、邓扬、夏侯玄并求傅嘏交，而嘏终不许。诸人乃因荀粲说合之，谓嘏曰："夏侯太初一时之杰士，虚心于子，而卿意怀不可交。合则好成，不合则致隙。二贤若穆，则国之休。此蔺相如所以下廉颇也。"傅曰："夏侯太初志大心劳，能合虚誉，诚可谓利口覆国之人。何晏、邓扬有为而躁，博而寡要，外好利而内无关龠，贵同恶异，多言而妒前。多言多衅，妒前无亲。以吾观之，此三贤者，皆败德之人尔，远之犹恐罹祸，况可亲之邪？"后皆如其言。

4. 晋宣武讲武于宣武场，帝欲偃武修文，亲自临幸，悉召群臣。山公谓不宜尔，因与诸尚书言孙、吴用兵本意。遂究论，举坐无不咨嗟，皆曰："山少傅乃天下名言。"后诸王骄汰，轻遘祸难。于是寇盗处处蚁合，郡国多以无备，不能制服，遂渐炽盛，皆如公言。时人以谓"山涛不学孙、吴，而暗与之理会"。王夷甫亦叹云："公暗与道合。"

5. 夷甫父乂，为平北将军，有公事，使行人论，不得。时夷甫在京师，命驾见仆射羊祜、尚书山涛。夷甫时总角，姿才秀异，叙致既快，事加有理，涛甚奇之。既退，看之不辍，乃叹曰："生儿不当如王夷甫邪？"羊祜曰："乱天下者，必此子也！"

6. 潘阳仲见王敦小时，谓曰："君蜂目已露，但豺声未振耳。必能食人，亦当为人所食。"

7. 石勒不知书，使人读汉书。闻郦食其劝立六国后，刻印将授之，大惊曰："此法当失，云何得遂有天下？"至留侯谏，乃曰："赖有此耳！"

8. 卫玠年五岁，神衿可爱。祖太保曰："此儿有异，顾我老，不见其大耳！"

9. 刘越石云:"华彦夏识能不足,强果有余。"

10. 张季鹰辟齐王东曹掾,在洛,见秋风起,因思吴中菰菜羹、鲈鱼脍,曰:"人生贵得适意尔,何能羁宦数千里以要名爵?"遂命驾便归。俄而齐王败,时人皆谓见机。

11. 诸葛道明初过江左,自名道明,名亚王、庾之下。先为临沂令,丞相谓曰:"明府当为黑头公。"

12. 王子平素不知眉子,曰:"志大其量,终当死坞壁间。"

13. 王大将军始下,杨朗苦谏不从,遂为王致力。乘"中鸣云露车"迳前,曰:"听下官鼓音,一进而捷。"王先把其手曰:"事克,当相用为荆州。"既而忘之。以为南郡。王败后,明帝收朗,欲杀之。帝寻崩,得免。后兼三公,署数十人为官属。此诸人当时并无名,后皆被知遇。于时称其知人。

14. 周伯仁母冬至举酒赐三子曰:"吾本谓渡江托足无所,尔家有相,尔等并罗列吾前,复何忧?"周嵩起,长跪而泣曰:"不如阿母言。伯仁为人志大而才短,名重而识暗,好乘人之弊,此非自全之道;嵩性狼抗,亦不容于世;唯阿奴碌碌,当在阿母目下耳。"

15. 王大将军既亡,王应欲投世儒,世儒为江州;王含欲投王舒,舒为荆州。含语应曰:"大将军平素与江州云何,而汝欲归之?"应曰:"此乃所以宜往也。江州当人强盛时,能抗同异,此非常人所行。及睹衰厄,必兴愍恻。荆州守文,岂能作意表行事?"含不从,遂共投舒。舒果沈含父子于江。彬闻应当来,密具船以待之。竟不得来,深以为恨。

16. 武昌孟嘉作庾太尉州从事,已知名。褚太傅有知人鉴,罢豫章,还过武昌,问庾曰:"闻孟从事佳,今在此不?"庾曰:"卿自求之。"褚眄睐良久,指嘉曰:"此君小异,得无是乎?"庾大笑曰:"然。"于时既叹褚之默识,又欣嘉之见赏。

17. 戴安道年十余岁,在瓦官寺画。王长史见之,曰:"此童非徒能画,亦终当致名。恨吾老,不见其盛时耳!"

18. 王仲祖、谢仁祖、刘真长俱至丹阳墓所省殷扬州,殊有确然之志。既反,王、谢相谓曰:"渊源不起,当如苍生何?"深为忧叹。刘曰:"卿诸人真忧渊源不起邪?"

19. 小庾临终,自表以子园客为代。朝廷虑其不从命,未知所遣,乃共议用桓温。刘尹曰："使伊去，必能克定西楚，然恐不可复制。"

20. 桓公将伐蜀，在事诸贤咸以李势在蜀既久，承藉累叶，且形据上流，三峡未易可克。唯刘尹云："伊必能克蜀。观其蒲博，不必得，则不为。"

21. 谢公在东山畜妓，简文曰："安石必出，既与人同乐，亦不得不与人同忧。"

22. 郗超与谢玄不善。苻坚将问晋鼎，既已狼噬梁、岐，又虎视淮阴矣。于时朝议遣玄北讨，人间颇有异同之论。唯超曰："是必济事。吾昔尝与共在桓宣武府，见使才皆尽，虽履屐之间，亦得其任。以此推之，容必能立勋。"元功既举，时人咸叹超之先觉，又重其不以爱憎匿善。

23. 韩康伯与谢玄亦无深好。玄北征后，巷议疑其不振。康伯曰："此人好名，必能战。"玄闻之甚忿，常于众中厉色曰："丈夫提千兵入死地，此事君亲故发，不得复云为名！"

24. 褚期生少时，谢公甚知之，恒云："褚期生若不佳者，仆不复相士。"

25. 郗超与傅瑗周旋。瑗见其二子，并总发，超观之良久，谓瑗曰："小者才名皆胜，然保卿家者，终当在兄。"即傅亮兄弟也。

26. 王恭随父在会稽，王大自都来拜墓，恭暂往墓下看之。为人素善，遂十余日方还。父问恭："何故多日？"对曰："与阿大语，蝉连不得归。"因语之曰："恐阿大非尔之友，终乖爱好。"果如其言。

27. 车胤父作南平郡功曹，太守王胡之避司马无忌之难，置郡于酆阴。是时胤十余岁，胡之每出，尝于篱中见而异焉。谓胤父曰："此儿当致高名。"后游集，恒命之。胤长，又为桓宣武所知。清通于多士之世，官至选曹尚书。

28. 王忱死，西镇未定，朝贵人人有望。时殷仲堪在门下，虽局机要，资名轻小，人情未以方岳相许。晋孝武欲拔亲近腹心，遂以殷为荆州。事定，诏未出，王珣问殷曰："陕西何故未有处分？"殷曰："已有人。"王历问公卿，咸云："非。"王自计才地，必应任己。复问："非我邪？"殷曰："亦似非。"其夜，诏出用殷。王语所亲曰："岂有黄门郎而受如此任！仲堪此举，乃是国之亡徵。"

赏誉第八

1. 陈仲举尝叹曰："若周子居者,真治国者器。譬诸宝剑,则世之干将。"

2. 世目李元礼"谡谡如劲松下风。"

3. 谢子微见许子将兄弟,曰："平舆之渊,有二龙焉。"见许子政弱冠之时,叹曰："若许子政者,有干国之器。正色忠謇,则陈仲举之匹;伐恶退不肖,范孟博之风。"

4. 公孙度目邴原:"所谓云中白鹤,非燕雀之网所能罗也。"

5. 钟士季目王安丰:"阿戎了了解人意。"谓裴公之谈,经日不竭。吏部郎阙,文帝问其人于钟会,会曰:"裴楷清通,王戎简要,皆其选也"于是用裴。

6. 王浚冲、裴叔则二人,总角诣钟士季,须臾去,后客问钟曰:"向二童何如?"钟曰:"裴楷清通,王戎简要。后二十年,此二贤当为吏部尚书,冀尔时天下无滞才。"

7. 谚曰:"后来领袖有裴秀。"

8. 裴令公目夏侯太初:"肃肃如入廊庙中,不修敬而人自敬。"一曰:"如入宗庙,琅琅但见礼乐器。见钟士季,如观武库,但睹矛戟。见傅兰硕,江廧靡所不有。见山巨源,如登山临下,幽然深远。"

9. 羊公还洛,郭奕为野王令。羊至界,遣人要之。郭便自往。既见,叹曰:"羊叔子何必减郭太业!"复往羊许,小悉还,又叹曰:"羊叔子去人远矣!"羊既去,郭送之弥日,一举数百里,遂以出境免官。复叹曰:"羊叔子何必减颜子!"

10. 王戎目山巨源:"如璞玉浑金,人皆钦其宝,莫知名其器。"

11. 羊长和父繇与太傅祐同堂相善,仕至车骑掾。早卒。长和兄弟五人,幼孤。祐来哭,见长和哀容举止,宛若成人,乃叹曰:"从兄不亡矣!"

12. 山公举阮咸为吏部郎,目曰:"清真寡欲,万物不能移也。"

13. 王戎目阮文业:"清伦有鉴识,汉元以来未有此人。"

14. 武元夏目裴、王曰:"戎尚约,楷清通。"

15. 庾子嵩目和峤:"森森如千丈松,虽磊砢有节目,施之大厦,有栋梁之用。"

16. 王戎曰:"太尉神姿高彻,如瑶林琼树,自然是风尘外物。"

17. 王汝南既除生服,遂停墓所。兄子济每来拜墓,略不过叔,叔亦不候。济脱时过,止寒温而已。后聊试问近事,答对甚有音辞,出济意外,济极惋愕;仍与语,转造精微。济先略无子侄之敬,既闻其言,不觉懔然,心形俱肃。遂留共语,弥日累夜。济虽俊爽,自视缺然,乃喟然叹曰:"家有名士三十年而不知!"济去,叔送至门。济从骑有一马绝难乘,少能骑者。济聊问叔:"好骑乘不?"曰:"亦好尔。"济又使骑难乘马,叔姿形既妙,回策如萦,名骑无以过之。济益叹其难测,非复一事。既还,浑问济:"何以暂行累日?"济曰:"始得一叔。"浑问其故,济具叹述如此。浑曰:"何如我?"济曰:"济以上人。"武帝每见济,辄以湛调之,曰:"卿家痴叔死未?"济常无以答。既而得叔,后武帝又问如前,济曰:"臣叔不痴。"称其实美。帝曰:"谁比?"济曰:"山涛以下,魏舒以上。"于是显名,年二十八始宦。

18. 裴仆射,时人谓为"言谈之林薮"。

19. 张华见褚陶,语陆平原曰:"君兄弟龙跃云津,顾彦先凤鸣朝阳。谓东南之宝已尽,不意复见诸生。"陆曰:"公未睹不鸣不跃者耳!"

20. 有问秀才:"吴旧姓如何?"答曰:"吴府君圣王之老成,明时之俊(义无丶)。朱永长理物之至德,清选之高望。严仲弼九皋之鸣鹤,空谷之白驹。顾彦先八音之琴瑟,五色之龙章。张威伯岁寒之茂松,幽夜之逸光。陆士衡、士龙鸿鹄之裴回,悬鼓之待槌。凡此诸君:以洪笔为钮耒,以纸札为良田。以玄默为稼穑,以义理为丰年。以谈论为英华,以忠恕为珍宝。著文章为锦绣,蕴五经为缯帛。坐谦虚为席荐,张义让为帷幕。行仁义为室宇,修道德为广宅。"

21. 人问王夷甫:"山巨源义理何如? 是谁辈?"王曰:"此人初不肯以谈自居,然不读老、庄,时闻其咏,往往与其旨合。"

22. 洛中雅雅有三嘏:刘粹字纯嘏,宏字终嘏,漠字冲嘏,是亲兄弟,王安丰甥,并是王安丰女婿。宏,真长祖也。洛中铮铮冯惠卿,名荪,是播子。荪与邢乔俱司徒李胤外孙,及胤子顺并知名。时称"冯才清,李才明,纯粹邢。"

23. 卫伯玉为尚书令,见乐广与中朝名士谈议,奇之曰:"自昔诸人没已来,常恐微言将绝。今乃复闻斯言于君矣!"命子弟造之,曰:"此人,人之水镜也,见之若披云雾睹青天。"

24. 王太尉曰:"见裴令公精明朗然,笼盖人上,非凡识也。若死而可作,当与之同归。"或云王戎语。

25. 王夷甫自叹:"我与乐令谈,未尝不觉我言为烦。"

26. 郭子玄有俊才,能言老庄,庾敳尝称之,每曰:"郭子玄何必减庾子嵩!"

27. 王平子目太尉:"阿兄形似道,而神锋太俊。"太尉答曰:"诚不如卿落落穆穆。"

28. 太傅府有三才:刘庆孙长才,潘阳仲大才,裴景声清才。

29. 林下诸贤,各有俊才子:藉子浑,器量弘旷;康子绍,清远雅正;涛子简,疏通高素;咸子瞻,虚夷有远志,瞻弟孚,爽朗多所遗;秀子纯、悌,并令淑有清流;戎子万子,有大成之风,苗而不秀;唯伶子无闻。凡此诸子,唯瞻为冠,绍、简亦见重当世。

30. 庾子躬有废疾,甚知名,家在城西,号曰:"城西公府。"

31. 王夷甫语乐令:"名士无多人,故当容平子知。"

32. 王太尉云:"郭子玄语议如悬河泄水,注而不竭。"

33. 司马太傅府多名士,一时俊异。庾文康云:"见子嵩在其中,常自神王。"

34. 太傅东海王镇许昌,以王安期为记事参军,雅相知重。敕世子毗曰:"夫学之所益者浅,体之所安者深。闲习礼度,不如式瞻仪形;讽味遗言,不如亲承音旨。王参军人伦之表,汝其师之。"或曰:"王、赵、邓三参军,人伦之表,汝其师之。"谓安期、邓伯道、赵穆也。袁宏作名士传,直云王参军。或云赵家先犹有此本。

35. 庾太尉少为王眉子所知,庾过江,叹王曰:"庇其宇下,使人忘寒暑。"

36. 谢幼舆曰:"友人王眉子清通简畅,嵇延祖弘雅劭长,董仲道卓荦有致度。"

37. 王公目太尉:"岩岩清峙,壁立千仞。"

38. 庾太尉在洛下,问讯中郎,中郎留之云:"诸人当来。"寻温元甫、刘王乔、裴叔则俱至,酬酢终日。庾公犹忆刘、裴之才俊,元甫之清中。

39. 蔡司徒在洛,见陆机兄弟在参佐廨中,三间瓦屋,士龙住东头,士衡住西头。士龙为人文弱可爱,士衡长七尺余,声作钟声,言多慷慨。

40. 王长史是庾子躬之外孙,丞相目子躬云:"入理泓然,我已上人。"

41. 庾太尉目于中郎:"家从谈谈之许。"

42. 庾公目中郎:"神气融散,差如得上。"

43. 刘琨称祖车骑为朗诣,曰:"少为王敦所叹。"

44. 时人目庾中郎:"善于托大,长于自藏。"

45. 王平子迈世有俊才,少所推服。每闻卫玠言,辄叹息绝倒。

46. 王大将军与元皇表云:"舒风概简正,允作雅人,自多于邃,最是臣少所知拔。中间夷甫、澄见语:'卿知处明、茂弘。茂弘已有令名,真副卿清论;处明亲疏无知之者。吾常以卿言为意,殊未有得,恐已悔之?'臣慨然曰:'君以此试。顷来始乃有称者。'展常人正自患知之使过,不知使负实。"

47. 周侯于荆州败绩,还,未得用。王丞相与人书曰:"雅流宏器,何可得遗?"

48. 时人欲题目高坐而未能,桓廷尉以问周侯,周侯曰:"可谓卓朗。"桓公曰:"精神渊著。"

49. 王大将军称其儿云:"其神候似欲可。"

50. 卞令目叔向:"朗朗如百间屋。"

51. 王敦为大将军,镇豫章,卫玠避乱,从洛投敦,相见欣然,谈话弥日。于时谢鲲为长史,敦谓鲲曰:"不意永嘉之中,复闻正始之音。阿平若在,当复绝倒。"

52. 王平子与人书,称其儿"风气日上,足散人怀"。

53. 胡毋彦国吐佳言如屑,后进领袖。

54. 王丞相云:"刁亮之察察,戴若思之岩岩,卞望之峰距。"

55. 大将军语右军:"汝是我佳子弟,当不减阮主簿。"

56. 世目周侯"嶷如断山"。

57. 王丞相召祖约夜语,至晓不眠。明旦有客,公头鬓未理,亦小倦。客曰:"公昨如是,似失眠。"公曰:"昨与士少语,遂使人忘疲。"

58. 王大将军与丞相书,称杨朗曰:"世彦识器理政,才隐明断。既为国器,且是杨侯淮之子。位望殊为陵迟,卿亦足与之处。"

59. 何次道往丞相许,丞相以麈尾指座,呼何共坐曰:"来,来,此是君座。"

60. 丞相治扬州廨舍,按行而言曰:"我正为次道治此尔!"何少为王公所重,故屡发此叹。

61. 王丞相拜司徒而叹曰:"刘王乔若过江,我不独拜公。"

62. 王蓝田为人晚成,时人乃谓之痴。王丞相以其东海子,辟为掾。常集聚,王公每发言,众人竞赞之;述于末坐曰:"主非尧、舜,何得事事皆是?"丞相甚相叹赏。

63. 世目杨朗:"沈审经断。"蔡司徒云:"若使中朝不乱,杨氏作公方未已。"谢公云:"朗是大才。"

64. 刘万安,即道真从子,庾公所谓"灼然玉举"。又云:"千人亦见,百人亦见。"

65. 庾公为护军,属桓廷尉觅一佳吏,乃经年。桓后遇见徐宁而知之,遂致于庾公,曰:"人所应有,其不必有;人所应无,己不必无,真海岱清士。"

66. 桓茂伦云:"褚季野皮里阳秋。"谓其裁中也。

67. 何次道尝送东人,瞻望见贾宁在后轮中,曰:"此人不死,终为诸侯上客。"

68. 杜弘治墓崩,哀容不称。庾公顾谓诸客曰:"弘治至赢,不可以致哀。"又曰:"弘治哭不可哀。"

69. 世称"庾文康为丰年玉,稚恭为荒年谷。"庾家论云是文康称"恭为荒年谷,庾长仁为丰年玉。"

70. 世目"杜弘治标鲜,季野穆少。"

71. 有人目杜弘治"标鲜清令,盛德之风,可乐咏也。"

72. 庾公云:"逸少国举。"故庾倪为碑文云:"拔萃国举。"

73. 庾稚恭与桓温书称:"刘道生日夕在事,大小殊快。义怀通乐,既佳,且足作友,正实良器,推此与君,同济艰不者也。"

74. 王蓝田拜扬州,主簿请讳,教云:"亡祖、先君,名播海内,远近所知;内讳不出于外。余无所讳。"

75. 萧中郎,孙承公妇父。刘尹在抚军坐,时拟为太常。刘尹云:"萧祖周不知便可作三公？自此以还,无所不堪。"

76. 谢太傅未冠,始出西,诣王长史,清言良久。去后,苟子问曰:"向客何如尊？"长史曰:"向客唯唯,为来逼人。"

77. 王右军语刘尹:"故当共推安石。"刘尹曰:"若安石东山志立,当与天下共推之。"

78. 谢公称蓝田:"掇皮皆真。"

79. 桓温行经王敦墓边过,望之云:"可儿！可儿！"

80. 殷中军道王右军云:"逸少清贵人,吾于之甚至,一时无所后。"

81. 王仲祖称殷渊源:"非以长胜人,处长亦胜人。"

82. 王司州与殷中军语,叹云:"己之府奥,早已倾泻而见；殷陈势浩瀚,众源未可得测。"

83. 王长史谓林公:"真长可谓金玉满堂。"林公曰:"金玉满堂,复何为简选？"王曰:"非为简选,直致言处自寡耳。"

84. 王长史道江道群:"人可应有,乃不必有；人可应无,己必无。"

85. 会稽孔沈、魏顗、虞球、虞存、谢奉并是四族之俊,于时之杰。孙兴公目之曰:"沈为孔家金,顗为魏家玉,虞为长、琳宗,谢为弘道伏。"

86. 王仲祖、刘真长造殷中军谈,谈竟,俱载去。刘谓王曰:"渊源真可。"王曰:"卿故堕其云雾中。"

87. 刘尹每称王长史云:"性至通而自然有节。"

88. 王右军道谢万石"在风林中,为自遒上",叹林公"器朗神俊",道祖士少"风领毛骨,恐没世不复见如此人",道刘真长"标云柯而不扶疏"。

89. 简文目庾赤玉:"省率治除",谢仁祖云:"庾赤玉胸中无宿物。"

90. 庾中军道韩太常曰:"康伯少自标置,居然是出群器；及其发言遣辞,往往有情致。"

91. 简文道王怀祖:"才既不长,于荣利又不淡；直以真率少许,便足对人多多许。"

92. 林公谓王右军云:"长史作数百语,无非德音,如恨不苦。"王曰:"长史自不欲苦物。"

93. 殷中军与人书,道谢万:"文理转遒,成殊不易。"

94. 王长史云:"江思悛思怀所通,不翅儒域。"

95. 许玄度送母，始出都，人问刘尹："玄度定称所闻不?"刘曰："才情过于所闻。"

96. 阮光禄云："王家有三年少：右军、安期、长豫。"

97. 谢公道豫章："若遇七贤，必自把臂入林。"

98. 王长史叹林公："寻微之功，不减辅嗣。"

99. 殷渊源在墓所几十年。于时朝野以拟管、葛，起不起，以卜江左兴亡。

100. 殷中军道右军："清鉴贵要"。

101. 谢太傅为桓公司马。桓诣谢，值谢梳头，遽取衣帻。桓公云："何烦此。"因下共语至暝。既去，谓左右曰："颇曾见如此人不?"

102. 谢公作宣武司马，属门生数十人于田曹中郎赵悦子。悦子以告宣武，宣武云："且为用半。"赵俄而悉用之，曰："昔安石在东山，缙绅敦逼，恐不豫人事。况今自乡选，反违之邪?"

103. 桓宣武表云："谢尚神怀挺率，少致民誉。"

104. 世目谢尚为"令达"。阮遥集云："清畅似达。"或云："尚自然令上。"

105. 桓大司马病。谢公往省病，从东门入。桓公遥望，叹曰："吾门中久不见如此人!"

106. 简文目敬豫为"朗豫"。

107. 孙兴公为庾公参军，共游白石山，卫君长在坐。孙曰："此子神情都不关山水，而能作文。"庾公曰："卫风韵虽不及卿诸人，倾倒处亦不近。"孙遂沐浴此言。

108. 王右军目陈玄伯："垒块有正骨"。

109. 王长史云："刘尹知我，胜我自知。"

110. 王、刘听林公讲，王语刘曰："向高坐者，故是凶物。"复更听，王又曰"自是钵釪后王、何人也。"

111. 许玄度言："琴赋所谓'非至精者，不能与之析理'，刘尹其人；'非渊静者，不能与之闲止'，简文其人。"

112. 魏隐兄弟少有学义，总角诣谢奉。奉与语，大说之，曰："大宗虽衰，魏氏已复有人。"

113. 简文云："渊源语不超诣简至，然经纶思寻处，故有局陈。"

114. 初,法汰北来,未知名,王领军供养之。每与周旋,行来往名胜许,辄与俱。不得汰,便停车不行。因此名遂重。

115. 王长史与大司马书,道渊源"识致安处,足副时谈。"

116. 谢公云:"刘尹语审细。"

117. 桓公语嘉宾:"阿源有德有言,向使作令仆,足以仪行百揆。朝廷用违其才耳。"

118. 简文语嘉宾:"刘尹语末后亦小异,回复其言,亦乃无过。"

119. 孙兴公、许玄度共在白楼亭,共商略先往名达。林公既非所关,听讫,云:"二贤故自有才情。"

120. 王右军道东阳:"我家阿林,章清太出。"

121. 王长史与刘尹书,道渊源"触事长易"。

122. 谢中郎云:"王修载乐托之性,出自门风。"

123. 林公云:"王敬仁是超悟人。"

124. 刘尹先推谢镇西,谢后雅重刘,曰:"昔尝北面。"

125. 谢太傅称王修龄曰:"司州可与林泽游。"

126. 谚曰:"扬州独步王文度,后来出人郗嘉宾。"

127. 人问王长史江虨兄弟群从。王答曰:"诸江皆复足自生活。"

128. 谢太傅道安北:"见之乃不使人厌,然出户去,不复使人思。"

129. 谢公云:"司州造胜遍决。"

130. 刘尹云:"见何次道饮酒,使人欲倾家酿。"

131. 谢太傅语真长:"阿龄于此事故欲太厉。"刘曰:"亦名士之高操者。"

132. 王子猷说:"世目士少为朗,我家亦以为彻朗。"

133. 谢公云:"长史语甚不多,可谓有令音。"

134. 谢镇西道敬仁:"文学镞镞,无能不新。"

135. 刘尹道江道群"不能言而能不言"。

136. 林公云:"见司州警悟交至,使人不得住,亦终日忘疲。"

137. 世称"荀子秀出,阿兴清和。"

138. 简文云:"刘尹茗柯有实理。"

139. 谢胡儿作著作郎,尝作王堪传,不谙堪是何似人,咨谢公。谢公答曰:"世胄亦被遇。堪,烈之子。阮千里姨兄弟,潘安仁中外。安仁诗所谓'子亲伊姑,我父唯舅'。是许允婿。"

140. 谢太傅重邓仆射,常言:"天道无知,使伯道无儿。"

141. 谢公与王右军书曰:"敬和栖托好佳。"

142. 吴四姓旧目云:"张文,朱武,陆忠,顾厚。"

143. 谢公语王孝伯:"君家蓝田,举体无常人事。"

144. 许掾尝诣简文,尔时风恬月朗,乃共作曲室中语。襟情之咏,偏是许之所长。辞寄清婉,有逾平日。简文虽契素,此遇尤相咨嗟,不觉造膝,共叉手语,达于将旦。既而曰:"玄度才情,故未易多有许。"

145. 殷允出西,郗超与袁虎书云:"子思求良朋,托好足下,勿以开美求之。"世目袁为"开美",故子敬诗曰:"袁生开美度。"

146. 谢车骑问谢公:"真长至峭,何足乃重?"答曰:"是不见耳! 阿见子敬,尚使人不能已。"

147. 谢公领中书监,王东亭有事应同上省。王后至,坐促,王、谢虽不通,太傅犹敛膝容之。王神意闲畅,谢公倾目。还谓刘夫人曰:"向见阿瓜,故自未易有。虽不相关,正是使人不能已已。"

148. 王子敬语谢公:"公故萧洒。"谢曰:"身不萧洒,君道身最得,身正自调畅。"

149. 谢车骑初见王文度,曰:"见文度,虽萧洒相遇,其复恬恬竟夕。"

150. 范豫章谓王荆州:"卿风流俊望,真后来之秀。"王曰:"不有此舅,焉有此甥?"

151. 子敬与子猷书,道"兄伯萧索寡会,遇酒则酣畅忘返,乃自可矜。"

152. 张天锡世雄凉州,以力弱诣京师,虽远方殊类,亦边人之桀也。闻皇京多才,钦羡弥至。犹在渚住,司马著作往诣之。言容鄙陋,无可观听。天锡心甚悔来,以遇外可以自固。王弥有俊才美誉,当时闻而造焉。既至,天锡见其风神清令,言话如流,陈说古今,无不贯悉。又谙人物氏族,中来皆有证据。天锡讶服。

153. 王恭始与王建武甚有情,后遇袁悦之间,遂至疑隙。然每至兴会,故有相思。时恭尝行散至京口射堂,于时清露晨流,新桐初引,恭目之曰:"王大故自濯濯。"

154. 司马太傅为二王目曰:"孝伯亭亭直上,阿大罗罗清疏。"

155. 王恭有清辞简旨,能叙说而读书少,颇有重出。有人道孝伯常有新意,不觉为烦。

156. 殷仲堪丧后,桓玄问仲文:"卿家仲堪,定是何似人?"仲文曰:"虽不能休明一世,足以映彻九泉。"

品藻第九

1. 汝南陈仲举,颖川李元礼二人,共论其功德,不能定先后。蔡伯喈评之曰:"陈仲举强于犯上,李元礼严于摄下,犯上难,摄下易。"仲举遂在"三君"之下,元礼居"八俊"之上。

2. 庞士元至吴,吴人并友之。见陆绩、顾劭、全琮,而为之目曰:"陆子所谓驽马有逸足之用,顾子所谓驽牛可以负重致远。"或问:"如所目,陆为胜邪?"曰:"驽马虽精速,能致一人耳。驽牛一日行百里,所致岂一人哉?"吴人无以难。"全子好声名,似汝南樊子昭。"

3. 顾劭尝与庞士元宿语,问曰:"闻子名知人,吾与足下孰愈?"曰:"陶冶世俗,与时浮沉,吾不如子;论王霸之余策,览倚仗之要害,吾似有一日之长。"劭亦安其言。

4. 诸葛瑾弟亮,及从弟诞,并有盛名,各在一国。于时以为"蜀得其龙,吴得其虎,魏得其狗。"诞在魏与夏侯玄齐名;瑾在吴,吴朝服其弘量。

5. 司马文王问武陔:"陈玄伯何如其父司空?"陔曰:"通雅博畅,能以天下声教为己任者,不如也;明练简至,立功立事,过之。"

6. 正始中,人士比论,以五荀方五陈:荀淑方陈寔,荀靖方陈谌,荀爽方陈纪,荀彧方陈群,荀觊方陈泰。又以八裴方八王:裴徽方王祥,裴楷方王夷甫,裴康方王绥,裴绰方王澄,裴瓒方王敦,裴遐方王导,裴頠方陈王戎,裴邈方王玄。

7. 冀州刺史杨准二子乔与髦,俱总角为成器。准与裴頠、乐广友善,遣见之。頠性弘方,爱乔之有高韵,谓准曰:"乔当及卿,髦小减也。"广性清淳,爱髦之有神检,谓准曰:"乔自及卿,然髦尤精出。"准笑曰:"我二儿之优劣,乃裴、乐之优劣。"论者评之,以为乔虽高韵,而检不匝;乐言为得。然并为后出之俊。

8. 刘令言始入洛,见诸名士而叹曰:"王夷甫太解明,乐彦辅我所敬,张茂先我所不解,周弘武巧于用短,杜方叔拙于用长。"

9. 王夷甫云:"闾丘冲优于满奋、郝隆。此三人并是高才,冲最先达。"

10. 王夷甫以王东海比乐令,故王中郎作碑云:"当时标榜,为乐广之俪。"

11. 庾中郎与王平子雁行。

12. 王大将军在西朝时,见周侯,辄扇障面不得住。后渡江左,不能复尔,王叹曰:"不知我进,伯仁退?"

13. 会稽虞騑,元皇时与桓宣武同侠,其人有才理胜望。王丞相尝谓騑曰:"孔愉有公才而无公望,丁潭有公望而无公才,兼之者其在卿乎?"騑未达而丧。

14. 明帝问周伯仁:"卿自谓何如郗鉴?"周曰:"鉴方臣,如有功夫。"复问郗,郗曰:"周凯比臣,有国士门风。"

15. 王大将军下,庾公问:"闻卿有四友,何者是?"答曰:"君家中郎、我家太尉、阿平、胡毋彦国。阿平故当最劣。"庾曰:"似未肯劣。"庾又问:"何者居其右?"王曰:"自有人。"又问:"何者是?"王曰:"噫!其自有公论。"左右蹑公,公乃止。

16. 人问王丞相:"周侯何如和峤?"答曰:"长舆嵯蘖(峨?)"

17. 明帝问谢鲲:"君自谓何如庾亮?"答曰:"端委庙堂,使百僚准则,臣不如亮;一丘一壑,自谓过之。"

18. 王丞相二弟不过江,曰颖、曰敞。时论以颖比邓伯道,敞比温忠武,议郎、祭酒者也。

19. 明帝问周侯:"论者以卿比郗鉴,云何?"周曰:"陛下不须牵比。"

20. 王丞相云:"顷下论以我比安期、千里。亦推此二人;唯共推太尉,此君特秀。"

21. 宋袆曾为王大将军妾,后属谢镇西。镇西问袆:"我何如王?"答曰:"王比使君,田舍、贵人耳。"镇西妖冶故也。

22. 明帝问周伯仁:"卿自谓何如庾元规?"对曰:"萧条方外,亮不如臣;从容廊庙,臣不如亮。"

23. 王丞相辟王蓝田为掾,庾公问丞相:"蓝田何似?"王曰:"真独简贵,不减父祖,然旷澹处,故当不如尔。"

24. 卞望之云:"郗公体中有三反,方于事上,好下佞己,一反;治身清贞,大修计校,二反;自好读书,憎人学问,三反。"

25. 世论温太真是过江第二流之高者。时名辈共说人物,第一将尽之间,温常失色。

26. 王丞相云:"见谢仁祖,恒令人得上。"与何次道语,唯举手指地曰:"正自尔馨。"

27. 何次道为宰相,人有讥其信任不得其人。阮思旷慨然曰:"次道自不至此。但布衣超居宰相之位,可恨! 唯此一条而已。"

28. 王右军少时,丞相云:"逸少何缘复减万安邪?"

29. 郗司空家有伧奴,知及文章,事事有意。王右军向刘尹称之。刘问:"何如方回?"问曰:"此正小人有意向耳,何得便比方回?"刘曰:"若不如方回,故是常奴耳。"

30. 时人道阮思旷:"骨气不及右军,简秀不如真长,韶润不如仲祖,思致不如渊源,而兼有诸人之美。"

31. 简文云:"何平叔巧累于理,嵇叔夜俊伤其道。"

32. 时人共论晋武帝出齐王之与立惠帝,其失孰多? 多谓立惠帝为重。桓温曰:"不然,使子继父业,弟承家祀,有何不可?"

33. 人问殷渊源:"当世王公以卿比裴叔道,云何?"殷曰:"故当以识通暗处。"

34. 抚军问殷浩:"卿定何如裴逸民?"良久答曰:"故当胜耳。"

35. 桓公少于殷侯齐名,常有竞心。桓问殷:"卿何如我?"殷云:"我与我周旋久,宁作我。"

36. 抚军问孙兴公:"刘真长何如?"曰:"清蔚简令。""王仲祖何如?"曰:"温润恬和。""桓温何如?"曰:"高爽迈出。""谢仁祖何如?"曰:"清易令达。""阮思旷何如?"曰:"弘润通长。""袁羊何如?"曰:"洮洮清便。""殷洪远何如?"曰:"远有致思。""卿自谓何如?"曰:"下官才能所经,悉不如诸贤;至于斟酌时宜,笼罩当世,亦多所不及。然以不才,时复托怀玄胜,远咏老、庄,萧条高寄,不与时务经怀,自谓此心无所与让也。"

37. 桓大司马下都,问真长曰:"闻会稽王语奇进,尔邪?"刘曰:"极进,然故是第二流中人耳。"桓曰:"第一流复是谁?"刘曰:"正是我辈耳!"

38. 殷侯既废,桓公语诸人曰:"少时与渊源共骑竹马,我弃去,己辄取之,故当出我下。"

39. 人问抚军:"殷浩谈竟何如?"答曰:"不能胜人,差可献酬群心。"

40. 简文云:"谢安南清令不如其弟,学义不及孔岩,居然自胜。"

41. 废海西时,王元琳问桓元子:"箕子、比干迹异心同,不审明公孰是孰非?"曰:"仁称不异,宁为管仲。"

42. 刘丹阳、王长史在瓦官寺集,桓护军亦在坐,共商略西朝及江左人物。或问:"杜弘治何如卫虎?"桓答曰:"弘治肤清,卫虎奕奕神令。"王、刘善其言。

43. 刘尹抚王长史背曰:"阿奴比丞相,但有都长。"

44. 刘尹、王长史同坐,长史酒酣起舞。刘尹曰:"阿奴今日不复减向子期。"

45. 桓公问孔西阳:"安石何如仲文?"孔思未对,反问公曰:"何如?"答曰:"安石居然不可陵践其处,故乃胜也。"

46. 谢公与时贤共赏说,遏、胡儿并在坐,公问李弘度曰:"卿家平阳何如乐令?"于是李潸然流涕曰:"赵王篡逆,乐令亲授玺绶。亡伯雅正,耻处乱朝,遂至仰药,恐难以相比! 此自显于事实,非私亲之言。"谢公语胡儿曰:"有识者果不异人意。"

47. 王修龄问王长史:"我家临川,何如卿家宛陵?"长史未答,修龄曰:"临川誉贵。"长史曰:"宛陵未为不贵。"

48. 刘尹至王长史许清言,时苟子年十三,倚床边听。既去,问父曰:"刘尹语何如尊?"长史曰:"韶音令辞,不如我,往辄破的,胜我。"

49. 谢万寿春败后,简文问郗超:"万自可败,那得乃尔失士卒情?"超曰:"伊以率任之性,欲区别智勇。"

50. 刘尹谓谢仁祖曰:"自吾有四友,门人加亲。"谓许玄度曰:"自吾有由,恶言不及于耳。"二人皆受而不恨。

51. 世目殷中军:"思纬淹通,比羊叔子。"

52. 有人问谢安石、王坦之优劣于桓公。桓公停欲言,中悔,曰:"卿喜传人语,不能复语卿。"

53. 王中郎尝问刘长沙曰:"我何如苟子?"刘答曰:"卿才乃当不胜苟子,然会名处多。"王笑曰:"痴!"

54. 支道林问孙兴公:"君何如许掾?"孙曰:"高情远致,弟子早已服膺;一吟一咏,许将北面。"

55. 王右军问许玄度:"卿自言何如安石?"许未答,王因曰:"安石故相为雄,阿万当裂眼争邪?"

56. 刘尹云：“人言江彪田舍，江乃自田宅屯。”

57. 谢公云：“金谷中苏绍最胜。”绍是石崇姊夫，苏则孙，愉子也。

58. 刘尹目庾中郎：“虽言不愔愔似道，突兀差可以拟道。”

59. 孙承公云：“谢公清于无奕，润于林道。”

60. 或问林公：“司州何如二谢？”林公曰：“故当攀安提万。”

61. 孙兴公、许玄度皆一时名流。或重许高情，则鄙孙秽行，或爱孙才藻，而无取于许。

62. 郗嘉宾道谢公：“造膝虽不深彻，而缠绵纶至。”又曰：“右军诣嘉宾。”嘉宾闻之曰：“不得称诣，政得谓之朋耳。”谢公以嘉宾言为得。

63. 庾道季云：“思理伦和，吾愧康伯；志力强正，吾愧文度。自此已还，吾皆百之。”

64. 王僧恩轻林公，蓝田曰：“勿学汝兄，汝兄自不如伊。”

65. 简文问孙兴公：“袁羊何似？”答曰：“不知者不负其才，知之者无取其体。”

66. 蔡叔子云：“韩康伯虽无骨干，然亦肤立。”

67. 郗嘉宾问谢太傅曰：“林公谈何如嵇公？”谢云：“嵇公勤著脚，裁可得去耳。”又问：“殷何如支？”谢曰：“正尔有超拔，支乃过殷；然唯唯论辩，恐殷欲制支。”

68. 庾道季云：“廉颇、蔺相如虽千载上死人，懔懔恒如有生气；曹蜍、李志虽见在，厌厌如九泉下人。人皆如此，便可结绳而治，但恐狐狸瑞貉啖尽。”

69. 卫君长是萧祖周妇兄，谢公问孙僧奴：“君家道卫君长云何？”孙曰：“云是世业人。”谢哀叹：“殊不尔，卫自是理义人。”于时以比殷洪远。

70. 王子敬问谢公：“林公何如庾公？”谢殊不受，答曰：“先辈初无论，庾公自足没林公。”

71. 谢遏诸人共道“竹林”优劣，谢公曰：“先辈初不臧贬‘七贤’。”

72. 有人以王中郎比车骑，车骑闻之曰：“伊窟窟成就。”

73. 谢太傅谓王孝伯：“刘尹亦奇自知，然不言胜长史。”

74. 王黄门兄弟三人俱诣谢公，子猷、子重多说俗事，子敬寒温而已。既出，坐客问谢公：“向三贤孰愈？”谢公曰：“小者最胜。”客曰：“何以知之？”谢公曰：“吉人之辞寡，躁人之辞多。推此知之。”

75. 谢公问子敬:"君书何如君家尊?"答曰:"固当不同。"公曰:"外人论殊不尔。"王曰:"外人哪得知。"

76. 王孝伯问谢太傅:"林公何如长史?"太傅曰:"长史韶兴。"问:"何如刘尹?"谢曰:"噫!刘尹秀。"王曰:"若如公言,并不如此二人邪?"谢云:"身意正尔也。"

77. 人有问太傅:"子敬可是先辈谁比?"谢曰:"阿敬近撮王、刘之标。"

78. 谢公语孝伯:"君祖比刘尹,故为得逮。"孝伯云:"刘尹非不能逮,直不逮。"

79. 袁彦伯为吏部郎,子敬与郗嘉宾书曰:"彦伯已入,殊足顿兴往之气。故知捶挞自难为人,冀小却,当复差耳。"

80. 王子猷、子敬兄弟共赏高士传人及赞,子敬赏井丹高洁。子猷云:"未若长卿慢世。"

81. 有人问袁侍中曰:"殷中堪何如韩康伯?"答曰:"理义所得,优劣乃复未辨;然门庭萧寂,居然有名士风流,殷不及韩。"故殷作诔云:"荆门昼掩,闲庭晏然。"

82. 王子敬问谢公:"嘉宾何如道季?"答曰:"道季诚复钞撮清悟,嘉宾故自上。"

83. 王珣疾,临困,问王武冈曰:"世论以我家领军比谁?"武冈曰:"世以比王北中郎。"东亭转卧向壁,叹曰:"人固不可以无年!"

84. 王孝伯道谢公浓至。又曰:"长史虚,刘尹秀,谢公融。"

85. 王孝伯问谢公:"林公何如右军?"谢曰:"右军胜林公,林公在司州前亦贵彻。"

86. 桓玄为太傅,大会,朝臣毕集,坐裁竟,问王桢之曰:"我何如卿第七叔?"于时宾客为之咽气。王徐徐答曰:"亡叔是一时之标,公是千载之英。"一坐欢然。

87. 桓玄问刘太常曰:"我何如谢太傅?"刘答曰:"公高,太傅深。"又曰:"何如贤舅子敬?"答曰:"楂、梨、橘、柚,各有其美。"

88. 旧以桓谦比殷仲文。桓玄时,仲文入,桓于庭中望见之,谓同坐曰:"我家中军那得及此也!"

规箴第十

1. 汉武帝乳母尝于外犯事，帝欲申宪，乳母求救东方朔。朔曰："此非唇舌所争，尔必望济者，将去时，但当屡顾帝，慎勿言！此或可万一冀耳。"乳母既至，朔亦侍侧，有谓曰："汝痴耳！帝岂复忆汝乳哺时恩邪！"帝虽才雄心忍，亦深有情恋，乃凄然愍之，即敕免罪。

2. 京房与汉元帝共论，因问帝："幽、厉之君何以亡？所任何人？"答曰："其任人不忠。"房曰："知不忠而任之，何邪？"曰："亡国之君各贤其臣，岂知不忠而任之？"房稽首曰："将恐今之视古，亦犹后之视今也。"

3. 陈元方遭父丧，哭泣哀恸，躯体骨立。其母愍之，窃以锦被蒙上。郭林宗吊而见之，谓曰："卿海内之俊才，四方是则，如何当丧，锦被蒙上？孔子曰：'衣夫锦也，食夫稻也，于汝安乎？'吾不取也！"奋衣而去。自后宾客绝百所日。

4. 孙休好射雉，至其时，则晨去夕反。群臣莫不上谏曰："此为小物，何足甚耽？"休曰："虽为小物，耿介过人，朕所以好之。"

5. 孙皓问丞相陆凯曰："卿一宗在朝有人几？"陆曰："二相、五侯、将军十余人。"皓曰："盛哉！"陆曰："君贤臣忠，国之盛也；父慈子孝，家之盛也。今政荒民弊，覆亡是惧，臣何敢言盛！"

6. 何晏、邓扬令管辂作卦，云："不知位至三公不？"卦成，辂称引古义，深以戒之。扬曰："此老生之常谈。"晏曰："知几其神乎，古人以为难，交疏吐诚，今人以为难。今君一面，尽二难之道，可谓'明德惟馨'。诗不云乎，'中心藏之，何日忘之！'"

7. 晋武帝既不悟太子之愚，必有传后意，诸名臣亦多献直言。帝尝在陵云台上坐，卫瓘在侧，欲微申其怀，因如醉跪帝前，以手抚床曰："此坐可惜！"帝虽悟，因笑曰："公醉邪？"

8. 王夷甫妇，郭泰宁女，才拙而性刚，聚敛无厌，干预人事。夷甫患之而不能禁。时其乡人幽州刺史李阳，京都大侠，犹汉之楼护，郭氏惮之。夷甫骤谏之，乃曰："非但我言卿不可，李阳亦谓卿不可。"郭氏为之小损。

9. 王夷甫雅尚玄远，常疾其妇贪浊，口未尝言"钱"。妇欲试之，令婢以钱绕床,不得行。夷甫晨起,见钱阂行,令婢:"举阿堵物!"

10. 王平子年十四、五,见王夷甫妻郭氏贪欲,令婢路上檐粪。平子谏之,并言诸不可。郭大怒,谓平子曰:"昔夫人临终,以小郎嘱新妇,不以新妇嘱小郎。"急捉衣裾,将与杖。平子饶力,争得脱,逾窗而走。

11. 元帝过江犹好酒,王茂弘与帝有旧,常流涕谏,帝许之,命酌酒,一酣,从是遂断。

12. 谢鲲为豫章太守,从大将军下至石头。敦谓鲲曰:"余不得复为盛德之事矣!"鲲曰:"何为其然?但使自今以后,日亡日去耳。"敦又称疾不朝,鲲论敦曰:"近者,明公之举,虽欲大存社稷,然四海之内,实怀未达。若能朝天子,使群臣释然,万物之心,于是乃服。仗民望以从众怀,尽冲退以奉主上,如斯则勋侔一匡,名垂千载。"时人以为名言。

13. 皇帝时,廷尉张闿在小市居,私作都门,早闭晚开。群小患之,诣州府诉,不得理;遂至打登闻鼓,犹不被判。闻贺司空出,至破冈,连名诣贺诉。贺曰:"身被征作礼官,不关此事。"群小叩头曰:"若府君复不见治,便无所诉。"贺未语,令:"且去,见张廷尉当为及之。"张闻,即毁门,自至方山迎贺,贺出辞见之,曰:"此不必见关,但与君门情,相为惜之。"张愧谢曰:"小人有如此,始不即知,早已毁坏。"

14. 郗太尉晚节好谈,既雅非所经,而甚矜之。后朝觐,以王丞相末年多可恨,每见,必欲苦相规诫。王公知其意,每引作他言。临还镇,故命驾诣丞相。翘鬓厉色,上坐便言:"方当永别,必欲言所见。"意满口重,辞殊不溜。王公摄其次曰:"后面未期,亦欲尽所怀,愿公勿复谈。"郗遂大瞋,冰矜而出,不得一言。

15. 王丞相为扬州,遣八部从事之职,顾和时为下传还,同时俱见,诸从事各奏二千石官长得失,至和独无言。王问顾曰:"卿何所闻?"答曰:"明公作辅,宁使网漏吞舟,何缘采听风闻,以为察察之政?"丞相咨嗟称佳,诸从事自视缺然也。

16. 苏峻东征沈充,请吏部郎陆迈与俱。将至吴,峻密敕左右,令入阊门放火以示威。陆知其意,谓峻曰:"吴治平未久,必将有乱。若为乱阶,可从我家始。"峻遂止。

17. 玩拜司空,有人诣之,索美酒,得,便自起,泻着梁柱间地,祝曰:"当今乏才,以尔为柱石之臣,莫倾人栋梁。"玩笑曰:"戢卿良箴。"

18. 小庾在荆州，公朝大会，问诸僚佐曰："我欲为汉高、魏武，何如？"一座莫答。长史江虨曰："愿明公为桓、文之事，不愿作汉高、魏武也。"

19. 罗君章为桓宣武从事，谢镇西作江夏，往检校之。罗既至，初不问郡事，径就谢数日，饮酒而还。桓公问有何事？君章云："不审公谓谢尚是何似人？"桓公曰："仁祖是胜我许人。"君章云："岂有胜公人而行非者，故一无所问。"桓公奇其意而不责也。

20. 王右军与王敬仁、许玄度并善，二人亡后，右军为论议更克。孔岩戒之曰："明府昔与王、许周旋有情，及逝没之后，无慎终之好，民所不取。"右军甚愧。

21. 谢中郎在寿春败，临奔走，犹求玉帖镫。太傅在军，前后初无损益之言。尔日犹云："当今岂须烦此！"

22. 王大语东亭："卿乃复论成不恶，哪得与僧弥戏？"

23. 殷觊病困，看人政见半面。殷荆州兴晋阳之甲，往与觊别，涕零，属以消息所患。觊答曰："我病自当差，正忧汝患耳！"

24. 远公在庐山中，虽老，讲论不辍。弟子中或有惰者，袁公曰："桑榆之光，理无远照，但愿朝阳之晖，与时并明耳。"执经登坐，讽咏朗畅，辞色甚苦，高足之徒，皆肃然增敬。

25. 桓南郡好猎，每田狩，车骑甚盛，五六十里中，旌旗蔽隰。骋良马，驰击若飞，双甄所指，不避陵壑。或行陈不整，麎兔腾逸，参佐无不被系束。桓道恭，玄之族也，时为贼曹参军，颇敢直言。常自带绛绵着绳腰中，玄问："用此何为？"答曰："公猎，好缚人士，会当被缚，手不能堪芒也。"玄自此小差。

26. 王绪、王国宝相为唇齿，并弄权要。王大不平其如此，乃谓绪曰："汝为此欻欻，曾不虑狱吏之为贵乎？"

27. 桓玄欲以谢太傅宅为营，谢混曰："召伯之仁，犹惠及甘棠；文靖之德，更不保五亩之宅？"玄惭而止。

捷悟第十一

1. 杨德祖为魏公主簿,时作相国门,始构榱桷,魏武自出看,使人题门作"活"字,便去。杨见,即令坏之。既竟,曰:"'门'中'活','阔'字,王正嫌门大也。"

2. 人饷魏武一杯酪,魏武啖少许,盖头上提"合"字以示众,众莫能解。次至杨修,修便啖,曰:"公教人啖一口也,复何疑?"

3. 魏武尝过曹娥碑下,杨修从。碑背上见题作"黄绢幼妇,外孙齑臼"八字,魏武谓修曰:"卿解不?"答曰:"解。"魏武曰:"卿未可言,待我思之。"行三十里,魏武乃曰:"吾已得。"令修别记所知。修曰:"黄绢,色丝也,于字为'绝';幼妇,少女也,于字为'妙';外孙,女子也,于字为'好';齑臼,受辛也,于字为'辞';所谓'绝妙好辞'也。"魏武亦记之,与修同,乃叹曰:"我才不及卿,乃觉三十里。"

4. 魏武征袁本初,治装,余有数十斛竹片,咸长数寸,众并谓不堪用,正令烧除。太祖甚惜,思所以用之,谓可为竹椑楯,而未显其言,驰问主簿杨德祖。应声答,与帝同。众伏其辩悟。

5. 王敦引军至大桁,明帝自出中堂。温峤为丹阳尹,帝令断大桁,故未断,帝大怒瞋目,左右莫不悚惧。召诸公来。峤至,不谢,但求酒炙。王导须臾至,徒跣下地,谢曰:"天威在颜,遂使温峤不得谢。"峤于是下谢,帝乃释然。诸公共叹王机悟名言。

6. 郗司空在北府,桓宣武恶其居兵权。郗于事机素暗,遣笺诣桓:"方欲共奖王室,修复园陵。"世子嘉宾出行,于道上闻信至,急取笺视,视毕,寸寸毁裂,便回。还更作笺,自陈老病,不堪人间,欲乞闲地自养。宣武得笺大喜,即诏转公督五郡,会稽太守。

7. 王东亭作宣武主簿,尝春月与石头兄弟乘马出郊野。时彦同游者,连镳俱进,唯东亭一人常在前,觉数十步,诸人莫之解。石头等既疲倦,俄而乘舆回,诸人皆似从官,唯东亭奕奕在前,其悟摄如此。

夙慧第十二

1. 宾客诣陈太丘宿，太丘使元方、季方炊。客与太丘论议，二人进火，俱委而窃听。炊忘著箪，饭落釜中。太丘问："炊何不馏？"元方、季方长跪曰："大人与客语，乃俱窃听，炊忘著箪，饭今成糜。"太丘曰："尔颇有所识不？"对曰："仿佛记之。"二子长跪俱说，更相易夺，言无遗失。太丘曰："如此但糜自可，何必饭也？"

2. 何晏七岁，明慧若神，魏武奇爱之，以晏在宫内，因欲以为子。晏乃画地令方，自处其中。人问其故，答曰："何氏之庐也。"魏武知之，即遣还外。

3. 晋明帝数岁，坐元帝膝上。有人从长安来，元帝问洛下消息，潸然流涕。明帝问何以致泣，具以东度意告之。因问明帝："汝意长安何如日远？"答曰："日远。不闻人从日边来，居然可知。"元帝异之。明日，集群臣宴会，告以此意，更重问之。乃答曰："日近。"元帝失色，曰："尔何故异昨日之言邪？"答曰。"举目见日，不见长安。"

4. 司空顾和与时贤共清言。张玄之、顾敷是中外孙，年并七岁，在床边戏。于时闻语，神情如不相属。暝于灯下，二小儿共叙客主之言，都无遗失。顾公越席而提其耳曰："不意衰宗复生此宝。"

5. 韩康伯年数岁，家酷贫，至大寒，止得襦，母殷夫人自成之，令康伯捉熨斗，谓康伯曰："且着襦，寻作複裈。"儿云："已足，不须複裈也。"母问其故，答曰："火在熨斗中而柄尚热，今既着襦，下亦当暖，故不须耳。"母甚异之，知为国器。

6. 晋孝武年十三、四，时冬天，昼日不着複衣，但着单练衫五六重；夜则累茵褥。谢公谏曰："圣体宜令有常。陛下昼过冷，夜过热，恐非摄养之术。"帝曰："昼动夜静。"谢公出，叹曰："上理不减先帝。"

7. 桓宣武薨，桓南郡年五岁，服始除，桓车骑与送故文武别，因指语南郡："此皆汝家故吏佐。"玄应声泣恸，酸感傍人。车骑每自目己坐曰："灵宝成人，当以此坐还之。"

豪爽第十三

1. 王大将军年少时，旧有田舍名，语音亦楚。武帝唤时贤共言伎艺事，人人皆多有所知，唯王都无所关，意色殊恶，自言知打鼓吹，帝即令取鼓与之。于坐振袖而起，扬槌奋击，音节谐捷，神气豪上，旁若无人，举坐叹其雄爽。

2. 王处仲，世许高尚之目。常荒恣于色，体为之弊，左右谏之，处仲曰："吾乃不觉尔。如此者甚易耳！"乃开后阁，驱诸婢妾数十人出路，任其所之，时人叹焉。

3. 王大将军自目："高朗疏率，学通左氏。"

4. 王处仲每酒后，辄咏"老骥伏枥，志在千里。烈士暮年，壮心不已"。以如意打唾壶，唾壶边尽缺。

5. 晋明帝欲起池台，元帝不许。帝时为太子，好养武士，一夕中作池，比晓便成。今太子西池便是也。

6. 王大将军始欲下都更分树置，先遣参军告朝廷，讽旨时贤。祖车骑尚未镇寿春，瞋目厉声语使人曰："卿语阿黑：何敢不逊！摧摄回去，须臾不尔，我将三千兵，槊脚令上！"王闻之而止。

7. 庾稚恭既常有中原之志，文康时权重，未在己。及济坚作相，忌兵畏祸，与稚恭历同异者久之，乃果行。倾荆、汉之力，穷舟车之势，师次于襄阳，大会寮佐，陈其旌甲，亲援弧矢曰："我之此行，若此射矣！"遂三起三叠。徒众属目，其气十倍。

8. 桓宣武平蜀，集参僚置酒于李势殿，巴蜀缙绅莫不悉萃。桓既素有雄情爽气，加尔日音调英发，叙古今成败由人，存亡系才，奇拔磊落，一坐赞赏不暇坐。既散，诸人追味余言。于时寻阳周馥曰："恨卿辈不见王大将军。"馥曾作敦掾。

9. 桓公读高士传，至于陵仲子，便掷去，曰："谁能作此溪刻自处！"

10. 桓石虔，司空豁之长庶也，小字镇恶，年十七八，未被举，而童隶已呼为镇恶郎。尝住宣武斋头。从征枋头。车骑冲没陈，左右莫能先救。宣武谓曰："汝叔落贼，汝知不？"石虔闻之。气甚奋，命朱辟为副，策马于万众中,莫有抗者,遂致冲还,三军叹服。河朔后以其名断疟。

11. 陈林道在西岸,都下诸人共要至牛渚会。陈理甚佳,人欲共言折,陈以如意拄颊,望鸡笼山叹曰:"孙伯符志业不遂!"于是竟坐不得谈。

12. 王司州在谢公坐,咏"入不言兮出不辞,乘回风兮载云旗",语人云:"当尔时,觉一坐无人。"

13. 桓玄西下,入石头,外白:"司马梁王奔叛。"玄时事形已济,在平乘上筇鼓并作,直高咏云:"箫管有遗音,梁王安在哉?"

容止第十四

1. 魏武将见匈奴使，自以形陋，不足雄远国，使崔季珪代，帝自捉刀立床头。既毕，令间谍问曰："魏王何如？"匈奴使答曰："魏王雅望非常；然床头捉刀人，此乃英雄也。"魏武闻之，追杀此使。

2. 何平叔美姿仪，面至白。魏明帝疑其傅粉，正夏月，与热汤饼。既啖，大汗出，以朱衣自拭，色转皎然。

3. 魏明帝使后弟毛曾与夏侯玄共坐，时人谓"蒹葭倚玉树。"

4. 时人目夏侯太初"朗朗如日月之入怀"，李安国"颓唐如玉山之将崩。"

5. 嵇康身长七尺八寸，风姿特秀。见者叹曰："萧萧肃肃，爽朗清举。"或云："肃肃如松下风，高而徐引。"山公曰："嵇叔夜之为人也，岩岩若孤松之独立；其醉也，傀俄若玉山之将崩。"

6. 裴令公目王安丰："眼烂烂如岩下电。"

7. 潘岳妙有姿容，好神情。少时挟弹出洛阳道，妇人遇者，莫不连手共萦之。左太冲绝丑，亦复效岳游遨，于是群妪齐共乱唾之，委顿而返。

8. 王夷甫容貌整丽，妙于谈玄，恒捉玉柄麈尾与，手都无分别。

9. 潘安仁、夏侯湛并有美容，喜同行，时人谓之连璧。

10. 裴令公有俊容姿，一旦有疾至困，惠帝使王夷甫往看。裴方向壁卧，闻王使至，强回视之。王出，语人曰："双眸闪闪若岩下电，精神挺动，体中故小恶。"

11. 有人语王戎曰："嵇延祖卓卓如野鹤之在鸡群。"答曰："君未见其父耳。"

12. 裴令公有俊容仪，脱冠冕，粗服乱头皆好，时人以为"玉人"。见者曰："见裴叔则，如玉山上行，光映照人。"

13. 刘伶身长六尺，貌甚丑悴，而悠悠忽忽，土木形骸。

14. 骠骑王武子是卫玠之舅，俊爽有风姿。见玠，辄叹曰："珠玉在侧，觉我形秽。"

15. 有人诣王太尉，遇安丰、大将军、丞相在坐。往别屋，见季胤、平子。还,语人曰:"今日之行,触目见琳琅珠玉。"

16. 王丞相见卫洗马,曰:"居然有羸形,虽复终日调畅,若不堪罗绮。"

17. 王大将军称太尉:"处众人中,似珠玉在瓦石间。"

18. 庾子嵩长不满七尺,腰带十围,颓然自放。

19. 卫玠从豫章至下都,人闻其名,观者如堵墙。玠先有羸疾,体不堪劳,遂成病而死,时人谓看杀卫玠。

20. 周伯仁道桓茂伦:"嵚崎历落,可笑人。"或云谢幼舆言。

21. 周侯说王长史父:"形貌既伟,雅怀有概,保而用之,可作诸许物也。"

22. 祖士少见卫君长云:"此人有旄杖下形。"

23. 石头事故,朝廷倾覆,温忠武与庾文康投陶公求救。陶公云:"肃祖顾命不见及。且苏峻作乱,衅由诸庾,诛其兄弟,不足以谢天下。"于时庾在温船后,闻之,忧怖无计。别日,温劝庾见陶,庾犹豫未能往。温曰:"溪狗我所悉,卿但见之,必无忧也。"庾风姿神貌,陶一见便改观,谈宴竟日,爱重顿至。

24. 庾太尉在武昌,秋夜气佳景清,使吏殷浩、王胡之之徒登南楼理咏,音调始遒,闻函道中有屐声甚厉,定是庾公。俄而率左右十许人步来,诸贤欲起避之,公许云:"诸君少住,老子于此处兴复不浅。"因便据胡床,与诸人咏谑,竟坐甚得任乐。后王逸少下,与丞相言及此事,丞相曰:"元规尔时风范,不得不小颓。"右军答曰:"唯丘壑独存。"

25. 王敬豫有美形,问讯王公。王公抚其肩曰:"阿奴恨才不称!"又云:"敬豫事事似王公。"

26. 王右军见杜弘治,叹曰:"面如凝脂,眼如点漆,此神仙中人。"时人有称王长史形者,蔡公曰:"恨诸人不见杜弘治耳!"

27. 刘尹道桓公:鬓如反猬皮,眉如紫石棱,自是孙仲谋、司马宣王一流人。

28. 王敬伦风姿似父。作侍中,加授桓公,公服从大门入。桓公望之曰:"大奴固自有凤毛。"

29. 林公道王长史:"敛衿作一来,何其轩轩韶举!"

30. 时人目王右军"飘如游云,矫如惊龙。"

31. 王长史尝病,亲疏不通。林公来,守门人遽启之曰:"一异人在门,不敢不启。"王笑曰:"此必林公。"

32. 或以方谢仁祖不乃重者,桓大司马曰:"诸君莫轻道,仁祖企脚北窗下弹琵琶,故自有天际真人想。"

33. 王长史为中书郎,往敬和许。尔时积雪,长史从门外下车,步入尚书,着公服,敬和遥望,叹曰:"此不复似世中人!"

34. 简文作相王时,与谢公共诣桓宣武。王珣先在内,桓语王:"卿尝欲见相王,可住帐里。"二客既去。桓谓王曰:"定如何?"王曰:"相王作辅自然湛若神君。公亦万夫之望,不然,仆射何得自没?"

35. 海西时,诸公每朝,朝堂犹暗;唯会稽王来,轩轩如朝霞举。

36. 谢车骑道谢公:"游肆复无乃高唱,但恭坐捻鼻顾睐,便自有寝处山泽间仪。"

37. 谢公云:"见林公双眼黯黯明黑。"孙兴公见林公:"棱棱露其爽。"

38. 庾长人与诸弟入吴,欲住亭中宿。诸弟先上,见群小满屋,都无相避意。长仁曰:"我试观之。"乃策杖将一小儿,始入门,诸客望其神姿,一时退匿。

39. 有人叹王恭形茂者,云:"濯濯如春月柳。"

自新第十五

1. 周处年少时,凶强侠气,为乡里所患,又义兴水中有蛟,山中有邅迹虎,并皆暴犯百姓,义兴人谓为"三横",而处尤剧。或说处杀虎斩蛟,实冀三横唯余其一。处即刺杀虎,又入水击蛟,蛟或浮或没,行数十里,处与之俱,经三日三夜,乡里皆谓已死,更相庆。竟杀蛟而出。闻里人相庆,始知为人情所患,有自改意。乃自吴寻二陆,平原不在,正见清河,具以情告,并云:"欲自修改而年已蹉跎,终无所成。"清河曰:"古人贵朝闻夕死,况君前途尚可。且人患志之不立,亦何忧令名不彰邪?"处遂改励,终为忠臣孝子。

2. 戴渊少时,游侠不治行检,尝在江、淮间攻掠商旅。陆机赴假还洛,轻重甚盛。渊使少年掠劫,渊在岸上,据胡床指麾左右,皆得其宜。渊既神姿峰颖,虽处鄙事,神气犹异。机于船屋上遥谓之曰:"卿才如此,亦复作劫邪?"渊便泣涕,投剑归机,辞厉非常。机弥重之,定交,作笔荐焉。过江,仕至征西将军。

企羡第十六

1. 王丞相拜司空,桓廷尉作两髻,葛裙、策杖,路边窥之,叹曰:"人言阿龙超,阿龙故自超!"不觉至台门。

2. 王丞相过江,自说昔在洛水边,数与裴成公、阮千里诸贤共谈道。羊曼曰:"人久以此许君,何须复尔?"王曰:"亦不言我须此,但欲尔时不可得耳!"

3. 王右军得人以兰亭集序方金谷诗序,又以己敌石崇,甚有欣色。

4. 王司州先为庾公记室参军,后取殷浩为长史,始到,庾公欲遣王使下都,王自启求住曰:"下官希见盛德,渊源始至,犹贪与少日周旋。"

5. 郗嘉宾得人以己比苻坚,大喜。

6. 孟昶未达时,家在京口。尝见王恭乘高舆,被鹤氅裘。于时微雪,昶于篱间窥之,叹曰:"此真神仙中人!"

伤逝第十七

1. 王仲宣好驴鸣，既葬，文帝临其丧，顾语同游曰："王好驴鸣，可各作一声以送之。"赴客皆一作驴鸣。

2. 王浚冲为尚书令，着公服，乘轺车，经黄公酒垆下过。顾谓后车客："吾昔与嵇叔夜、阮嗣宗共酣饮于此垆。竹林之游，亦预其末。自嵇生夭、阮公亡以来，便为时所羁绁。今日视此虽近，邈若山河。"

3. 孙子荆以有才，少所推服，唯雅敬王武子。武子丧时，名士无不至者。子荆后来，临尸恸哭，宾客莫不垂涕。哭毕，向床曰："卿常好我作驴鸣，今我为卿作。"体似真声，宾客皆笑。孙举头曰："使君辈存，令此人死！"

4. 王戎丧儿万子，山简往省之，王悲不自胜。简曰："孩抱中物，何至于此？"王曰："圣人忘情，最下不及情。情之所钟，正在我辈。"简服其言，更为之恸。

5. 有人哭和长舆曰："峨峨若千丈松崩。"

6. 卫洗马以永嘉六年丧，谢鲲哭之，感动路人。咸和中，丞相王公教曰："卫洗马当改葬。此君风流名士，海内所瞻，可修薄祭，以敦旧好。"

7. 顾彦先平生好琴，及丧，家人常以琴置灵床上。张季鹰往哭之，不胜其恸，遂径上床，鼓琴作数曲，竟，抚琴曰："顾彦先颇复赏此不？"因又大恸，遂不执孝子手而出。

8. 庾亮儿遭苏峻难遇害。诸葛道明女为庾儿妇，既寡，将改适，与亮书及之。亮答曰："贤女尚少，故其宜也。感念亡儿，若在初没。"

9. 庾文康亡，何扬州临葬，云："埋玉树着土中，使人情何能已已！"

10. 王长史病笃，寝卧灯下，转麈尾视之，叹曰："如此人，曾不得四十！"及亡，刘尹临殡，以犀柄麈尾着柩中，因恸绝。

11. 支道林丧法虔之后，精神陨丧，风味转坠。常谓人曰："昔匠石废斤于郢人，牙生辍弦于钟子，推己外求，良不虚也。冥契既逝，发言莫赏，中心蕴结，余其亡矣！"却后一年，支遂殒。

12. 郗嘉宾丧，左右白郗公："郎丧。"既闻不悲，因语左右："殡时可道。"公往临殡,一恸几绝。

13. 戴公见林法师墓,曰:"德音未远,而拱木已积。冀神理绵绵,不与气运俱尽耳!"

14. 王子敬与羊绥善。绥清淳简贵,为中书郎,少亡。王深相痛悼,语东亭云:"是国家可惜人。"

15. 王东亭与谢公交恶。王在东闻谢丧,便出都诣子敬道:"欲哭谢公。"子敬始卧,闻其言,便惊起曰:"所望于法护。"王于是往哭。督帅刁约不听前,曰:"官平生在时,不见此客。"王亦不与语,直前哭,甚恸,不执末婢手而退。

16. 王子猷、子敬俱病笃,而子敬先亡。子猷问左右:"何以都不闻消息? 此已丧矣!"语时了不悲。便索舆奔丧,都不哭。子敬素好琴,便径入坐灵床上,取子敬琴弹,弦既不调,掷地云:"子敬! 子敬! 人琴俱亡。"因恸绝良久。月余亦卒。

17. 孝武山陵夕,王孝伯入临,告其诸弟曰:"虽榱桷惟新,便自有黍离之哀!"

18. 羊孚年三十一卒,桓玄与羊欣书曰:"贤从情所信寄,暴疾而殒,祝予之叹,如何可言!"

19. 桓玄当篡位,语卞鞠云:"昔羊子道恒禁吾此意。今腹心丧羊孚,爪牙失索元,而匆匆作此诋突,讵允天心?"

栖逸第十八

1. 阮步兵啸，闻数百步。苏门山中，忽有真人，樵伐者咸共传说。阮籍往观，见其人拥膝岩侧，籍登岭就之，箕踞相对。籍商略终古，上陈黄、农玄寂之道，下考三代盛德之美以问之，仡然不应。复叙有为之教、栖神导气之术以观之，彼犹如前，凝瞩不转。籍因对之长啸。良久，乃笑曰："可更作。"籍复啸。意尽，退，还半岭许，闻上酋然有声，如数部鼓吹，林谷传响，顾看，乃向人啸也。

2. 嵇康游于汲郡山中，遇道士孙登，遂与之游。康临去，登曰："君才则高矣，保身之道不足。"

3. 山公将去选曹，欲举嵇康；康与书告绝。

4. 李廞是茂曾第五子，清贞有远操，而少羸病，不肯婚宦。居在临海，住兄侍中墓下。既有高名，王丞相欲招礼之，故辟为府掾。廞得笺命，笑曰："茂弘乃复以一爵假人。"

5. 何骠骑弟以高情避世，而骠骑劝之令仕，答曰："予第五之名，何必减骠骑？"

6. 阮光禄在东山，萧然无事，常内足于怀。有人以问王右军，右军曰："此君近不惊宠辱，遂古之沈冥，何以过此？"

7. 孔车骑少有嘉遁意，年四十余，始应安东命。未仕宦时，常独寝，歌吹自箴诲。自称孔郎，游散名山。百姓谓有道术，为生立庙，今犹有孔郎庙。

8. 南阳刘骥之，高率善史传，隐于阳岐。于时苻坚临江，荆州刺史桓冲将尽讦谟之益，征为长史，遣人船往迎，赠贶甚厚。骥之闻命，便升舟，悉不受所饷，缘道以乞穷乏，比至上明亦尽。一见冲，因陈无用，翛然而退。居阳岐积年，衣食有无常与村人共，值己匮乏，村人亦如之。甚厚为乡闾所安。

9. 南阳翟道渊与汝南周子南少相友，共隐于寻阳。庾太尉说周以当世之务，周遂仕。翟秉志弥固。其后周诣翟，翟不与语。

10. 孟万年及弟少孤，居武昌阳新县。万年游宦，有盛名当世。少孤未尝出,京邑人士思欲见之,乃遣信报少孤,云:"兄病笃"。狼狈至都,时贤见之者,莫不嗟重。因相谓曰:"少孤如此,万年可死。"

11. 康僧渊在豫章,去郭数十里立精舍,旁连岭,带长川,芳林列于轩亭,清流激于堂宇。乃闲居研讲,希心理味。庾公诸人多往看之。观其运用吐纳,风流转佳,加已处之怡然,亦有以自得,声名乃兴。后不堪,遂出。

12. 戴安道既厉操东山,而其兄欲建式遏之功。谢太傅曰:"卿兄弟志业,何其太殊?"戴曰:"下官不堪其忧,家弟不改其乐。"

13. 许玄度隐在永兴南幽穴中,每致四方诸侯之遗。或谓许曰:"尝闻箕山人似不尔耳。"许曰:"筐篚苞苴,故当轻于天下之宝耳!"

14. 范宣未尝入公门。韩康伯与同载,遂诱俱入郡,范便于车后趋下。

15. 郗超每闻欲高尚隐退者,辄为办百万资,并为造立居宇。在剡,为戴公起宅,甚精整。戴始往旧居,与所亲书曰:"近至剡,如官舍。"郗为傅约亦办百万资,傅隐事差互,故不果遗。

16. 许掾好游山水,而体便登陟。时人云:"许非徒有胜情,实有济胜之具。"

17. 郗尚书与谢居士善,常称:"谢庆绪识见虽不绝人,可以累心处都尽。"

贤媛第十九

1. 陈婴者,东阳人。少修德行,著称乡党。秦末大乱,东阳人欲奉婴为主,母曰:"不可。自我为汝家妇,少见贫贱,一旦富贵,不祥。不如以兵属人,事成,少受其利;不成,祸有所归。"

2. 汉元帝宫人既多,乃令画工图之,欲有呼者,辄披图召之。其中常者,皆行货赂。王明君姿容甚丽,志不苟求,工遂毁为其状。后匈奴来和,求美女于汉帝,帝以明君充行。既召,见而惜之,但名字已去,不欲中改,于是遂行。

3. 汉成帝幸赵飞燕,飞燕谗班婕妤祝诅,于是考问。辞曰:"妾闻死生有命,富贵在天。修善尚不蒙福,为邪欲以何望? 若鬼神有知,不受邪佞之诉;若其无知,诉之何益? 故不为也。"

4. 魏武帝崩,文帝悉取武帝宫人自侍。及帝病困,卞后出看疾。太后入户,见直侍并是昔日所爱幸者。太后问:"何时来邪?"云:"正伏魄时过。"因不复前而叹曰:"狗鼠不食汝余,死故应尔!"至山陵,亦竟不临。

5. 赵母嫁女,女临去,敕之曰:"慎勿为好!"女曰:"不为好,可为恶邪?"母曰:"好尚不可为,其况恶乎!"

6. 许允妇是阮卫尉之女,德如妹,奇丑。交礼竟,允无复入理,家人深以为忧。会允有客至,妇令婢视之,还答曰:"是桓郎。"桓郎者,桓范也。妇云:"无忧,桓必劝入。"桓果语许云:"阮家既嫁丑女与卿,故当有意,卿宜查之。"许便回入内,既见妇,即欲出。妇料其此出无复入理,便捉裾停之。许因谓曰:"妇有四德,卿有其几?"妇曰:"新妇所乏唯容尔。然士有百行,君有几?"许云:"皆备。"妇曰:"夫百行以德为首。君好色不好德,何谓皆备?"允有惭色,遂相敬重。

7. 许允为吏部郎,多用其乡里,魏明帝遣虎贲收之。其妇出戒允曰:"明主可以理夺,难以情求。"既至,帝核问之,允对曰:"'据尔所知',臣之乡人,臣所知也。陛下检校,为称职与不? 如不称职,臣受其罪。"既检校,皆官得其人,于是乃释。允衣服败坏,诏赐新衣。初允被收,举家嚎哭。阮新妇自若,云:"勿忧,寻还。"作粟粥待。倾之,允至。

8. 许允为晋景王所诛,门生走入告其妇。妇正在机中,神色不变,曰:"早知尔耳!"门人欲藏其儿,妇:"无豫诸儿事。"后徙居墓所,景王遣钟会看之,若才流及父,当收。儿以咨母,母曰:"汝等虽佳,才具不多,率胸怀与语,便无所忧;不须极哀,会止便止;又可少问朝事。"儿从之。会反,以状对,卒免。

9. 王公渊娶诸葛诞女,入室,言语始交,王谓妇曰:"新妇神色卑下,殊不似公休。"妇曰:"大丈夫不能仿佛彦云,而令妇人比踪英杰!"

10. 王经少贫苦,仕至二千石,母语之曰:"汝本寒家子,仕至二千石,此可以止乎!"经不能用。为尚书,助魏,不忠于晋,被收,涕泣辞母曰:"不从母敕,以至今日"母都无戚容,语之曰:"为子则孝,为臣则忠,有孝有忠,何负吾邪?"

11. 山公与嵇、阮一面,契若金兰。山妻韩氏,觉公与二人异于常交,问公,公曰:"我当年可以为友者,唯此二生耳。"妻曰:"负羁之妻亦亲观狐、赵,意欲窥之,可乎?"他日,二人来,妻劝公止之宿,具酒肉。夜穿墉以视之,达旦忘返。公入曰:"二人何如?"妻曰:"君才致殊不如,正当以识度相友耳。"公曰:"伊辈亦常以我度为胜。"

12. 王浑妻钟氏生女令淑,武子为妹求简美对而未得,有兵家子,有俊才,欲以妹妻之,乃白母,曰:"诚是才者,其地可遗,然要令我见。"武子乃令兵家儿与群小杂处,使母惟中察之。既而母谓武子曰:"如此衣形者,是汝所拟者非邪?"武子曰:"是也。"母曰:"此才足以拔萃;然地寒,不有长年,不得申其才用。观其形骨,必不寿,不可与婚。"武子从之。兵儿数年果亡。

13. 贾充前妇,是李丰女。丰被诛,离婚徙边。后遇赦得还,充先已娶郭配女,武帝特听置左右夫人。李氏别住外,不肯还充舍。郭氏语充,欲就省李,充曰:"彼刚介有才气,卿往不如不去。"郭氏于是盛威仪,多将侍婢。既至,入户,李氏起迎,郭不觉脚自屈,因跪再拜。既返,语充。充曰:"语卿道何物?"

14. 贾充妻李氏作女训,行于世。李氏女,齐献王妃;郭氏女惠帝后。充卒,李、郭女各欲令其母合葬,经年不决。贾后废,李氏乃祔,葬遂定。

15. 王汝南少无婚,自求郝普女。司空以其痴,会无婚处,任其意,便许之。既婚,果有令姿淑德,生东海,遂为王氏母仪。或问汝南:"何以知之?"曰:"尝见井上取水,举动容止不失常,未尝忤观,以此知之。"

16. 王司徒妇,钟氏女,太傅曾孙,亦有俊才女德。钟、郝为娣姒,雅相亲重:钟不以贵陵郝,郝亦不以贱下钟。东海家内,则郝夫人法,京陵家内,范钟夫人之礼。

17. 李平阳,秦州子,中夏名士,于时以比王夷甫。孙秀初欲立威权,咸云:"乐令民望,不可杀,减李重者又不足杀。"遂逼重自裁。初,重在家,有人走从门入,出髻中疏示重,重看之色动。入内示其女,女直叫"绝",了其意,出则自裁。此女甚高明,重每咨焉。

18. 周浚作安东时,行猎,值暴雨,过汝南李氏。李氏富足,而男子不在。有女名络秀,闻外有贵人,与一婢于内宰猪羊,作数十人饮食,事事精办,不闻有人声。浚觇之,独见一女子,状貌非常,浚因求为妾。父兄不许。络秀曰:"门户殄瘁,何惜一女? 若联姻贵族,将来或大益。"父兄从之。遂生伯仁兄弟。络秀语伯仁等:"我所以屈节为汝家作妾,门户计耳! 汝若不与吾家作亲亲者,吾亦不惜余年!"伯仁等悉从命。由此李氏在世,得方幅齿遇。

19. 陶公少有大志,家酷贫,与母湛氏同居。同郡范逵素知名,举孝廉,投侃宿。于时冰雪积日,侃室如悬磬,而逵马仆甚多。侃母语侃曰:"汝但出外留客,吾自为计。"湛头发委地,下为二髦。卖得数斛米,斫诸屋柱,悉割半为薪,锉诸荐以为马草。日夕,遂设精食,从者无所乏。逵既叹其才辩,又深愧其厚意。明旦去,侃追送不已,且百里许。逵曰:"路已远,君宜还。"侃犹不返。逵曰:"卿可去矣。至洛阳,当相为美谈。"侃乃返。逵及洛,遂称之于羊晫、顾荣诸人,大获美誉。

20. 陶公少时,作鱼梁吏,尝以坩鲊饷母。母封鲊付使,返书责侃曰:"汝为吏,以官物见饷,非唯不益,乃增吾忧也。"

21. 桓宣武平蜀,以李势妹为妾,甚有宠,常着斋后。主始不知,既闻,与数十婢拔白刃袭之。正值李梳头,发委藉地,肤色玉曜,不为动容,徐曰:"国破家亡,无心至此,今日若能见杀,乃是本怀。"主惭而退。

22. 庾玉台,希之弟也。希诛,将戮玉台。玉台子妇,宣武弟桓豁女也,徒跣求进。阍禁不内。女厉声曰:"是何小人! 我伯父门,不听我前!"因突入,号泣请曰:"庾玉台常因人脚短三寸,当复能作贼不?"宣武笑曰:"婿故自急。"遂原玉台一门。

23. 谢公夫人帏诸婢,使在前作伎,使太傅暂见,便下帏。太傅索更开,夫人云:"恐伤盛德。"

24. 桓车骑不好着新衣,浴后,妇故送新衣与。车骑大怒,摧使持去。妇便持还,传语云:"衣不经新,何由而故?"桓公大笑,着之。

25. 王右军郗夫人谓二弟司空、中郎曰:"王家见二谢,倾筐倒庋;见汝辈来,平平尔。汝可无烦复往。"

26. 王凝之谢夫人既往王氏,大薄凝之。既还谢家,意大不说。太傅慰释曰:"王郎,逸少之子,人才亦不恶,汝何以恨乃尔?"答曰:"一门叔父,则有阿大、中郎;群从兄弟,则有封、胡、遏、末。不意天壤之中,乃有王郎!"

27. 韩康伯母,隐古几毁坏。卞鞠见几恶,欲易之。答曰:"我若不隐此,汝何以得见古物?"

28. 王江州夫人语谢遏曰:"汝何以都不复进?为是尘务经心,天份有限?"

29. 郗嘉宾丧,妇兄弟欲迎妹归,终不肯归。曰:"生纵不得与郗郎同室,死宁不同穴!"

30. 谢遏绝重其姊,张玄常称其妹,欲以敌之。有济尼者,并游张、谢二家,人问其优劣,答曰:"王夫人神情散朗,故有林下风气;顾家妇清心玉映,自是闺房之秀。"

31. 王尚书惠尝看王右军夫人,问:"眼耳为觉恶不?"答曰:"发白齿落,属乎形骸;至于眼耳,关于神明,那可便与人隔?"

32. 韩康伯母殷,随孙绘之至衡阳,于阖庐州中逢桓南郡。卞鞠是其外孙,时来问讯。谓鞠曰:"我不死,见此竖二世作贼!"在衡阳数年,绘之遇桓景真之难也,殷抚尸哭曰:"汝父昔罢豫章,徵书朝至夕发。汝去郡邑数年,为物不得动,遂及于难,夫复何言!"

术解第二十

1. 荀勖善解音声,时论谓之"暗解",遂调律吕,正雅乐。每至正会,殿庭作乐,自调宫商,无不谐韵。阮咸妙赏,时谓"神解"。每公会作乐,而心谓之不调。既无一言直勖,意忌之,遂出阮为始平太守。后有一田父耕于野,得周时玉尺,便是天下正尺,荀试以校己所治钟鼓、金石、丝竹,皆觉短一黍,于是伏阮神识。

2. 荀勖在晋武帝坐食笋进饭,谓在坐人曰:"此是劳薪炊也。"坐者未信,密遣问之,实用故车脚。

3. 人有相羊祜父墓,后应出受命君。祜恶其言,遂倔断墓后,以坏其势。相者立视之,曰:"犹应出折臂三公。"俄而祜坠马折臂,位果至公。

4. 王武子善解马性。尝乘一马,着连钱障泥,前有水,终日不肯渡。王云:"此必是惜障泥。"使人解去,便径渡。

5. 述为大将军掾,甚见爱重。及亡,郭璞往哭之,甚哀,乃呼曰:"嗣祖,焉知非福!"俄而大将军作乱,如其所言。

6. 晋明帝解占冢宅,闻郭璞为人葬,帝微服往看,因问主人:"何以葬龙角?此法当灭族!"主人曰:"郭云:'此葬龙耳,不出三年,当致天子。'"帝问:"为是出天子邪?"答曰:"非出天子,能致天子问耳。"

7. 郭景纯过江,居于暨阳,墓去水不盈百步,时人以为近水。景纯曰:"将当为陆。"今沙涨,去墓数十里皆为桑田。其诗曰:"北阜烈烈,巨海混混;磊磊三坟,唯母与昆。"

8. 王丞相令郭璞试作一卦。卦成,郭意色甚恶,云:"公有震厄!"王问:"有可消伏理不?"郭曰:"命驾西出数里,得一柏树,截断如公长,置床上常寝处,灾可消矣。"王从其语,数日中,果震柏粉碎。子弟皆称庆。大将军云:"君乃复委罪于树木。"

9. 桓公有主簿善别酒,有酒辄令先尝,好者谓"青州从事",恶者谓"平原督邮"。青州有齐郡,平原有鬲县;"从事"言"到脐","督邮"言在"鬲上住"。

10. 郗愔信道甚精勤,常患腹内恶,诸医不可疗,闻于法开有名,往迎之。既来便脉,云:"君侯所患,正时精进太过所致耳。"合一剂汤与之。一服,即大下,去数段许纸,如拳大,剖看,乃先所服符也。

11. 殷中军妙解经脉,中年都废。有常所给使,忽叩头流血。浩问其故,云:"有死事,终不可说。"诘问良久,乃云:"小人母年垂百岁,抱疾来久,若蒙官一脉,便有活理。讫就屠戮无恨。"浩感其至性,遂令舁来,为诊脉处方。始服一剂汤,便愈。于是悉焚经方。

巧艺第二十一

1. 弹棋始自魏宫内，用妆奁戏。文帝于此戏特妙，用手巾角拂之，无不中。有客自云能，帝使为之。客着葛巾角，低头拂棋，妙逾于帝。

2. 陵云台楼观精巧，先称平众木轻重，然后造构，乃无锱铢相负揭。台虽高峻，常随风摇动，而终无倾倒之理。魏明帝登台，惧其势危，别以大材扶持之，楼即颓坏。论者谓轻重力偏故也。

3. 韦仲将能书。魏明帝起殿，欲安榜，使仲将登梯题之。既下，头鬓皓然，因敕儿孙："勿复学书。"

4. 钟会是荀济北从舅，二人情好不协。荀有宝剑，可值百万，常在母钟夫人许。会善书，学荀手迹，作书与母取剑，仍窃去不还。荀勖知是钟而无由得也，思所以报之。后钟兄弟以千万起一宅，始成，甚精丽，未得移住。荀极善画，乃潜往画钟门堂，作太傅形象，衣冠状貌如平生。二钟入门，便大感恸，宅遂空废。

5. 羊长和博学工书，能骑射，善围棋。诸羊后多知书，而射、奕余艺莫逮。

6. 戴安道就范宣学，视范所为：范读书亦读书，范抄书亦抄书。唯独好画，范以为无用，不宜劳思于此。戴乃画南都赋图，范看毕咨嗟，甚以为有益，始重画。

7. 谢太傅云："顾长康画，有苍生来所无。"

8. 戴安道中年画行像甚精妙。庾道季看之，语戴云："神明太俗，由卿世情未尽。"戴云："唯务光当免卿此语耳。"

9. 顾长康画裴叔则，颊上益三毛。人问其故，顾曰："裴楷俊朗有识具，正此是其识具。"看画者寻之，定觉益三毛如有神明，殊胜未安时。

10. 王中郎以围棋是坐隐，支公以围棋为手谈。

11. 顾长康好写起人形，欲图殷荆州，殷曰："我形恶，不烦耳。"顾曰："明府正为眼尔。但明点童子，飞白拂其上，使如轻云之蔽日。"

12. 顾长康画谢幼舆在岩石里。人问其所以，顾曰："谢云：'一丘一壑，自谓过之。'此子宜置丘壑中。"

13. 顾长康画人，或数年不点目精。人问其故，顾曰："四体妍蚩，本无关于妙处，传神写照，正在阿堵中。"

14. 顾长康道："手挥五弦易，目送归鸿难。"

崇礼第二十二

1. 元帝正会，引王丞相登御床，王公固辞，中宗引之弥苦。王公曰："使太阳与万物同晖，臣何以瞻仰？"

2. 桓宣武尝与参佐入宿，袁宏、伏滔相次而至。莅名府中，复有袁参军，彦伯疑焉，令传教更质。传教曰："参军是袁、伏之袁，复何所疑？"

3. 王珣、郗超并有奇才，为大司马所眷拔。珣为主簿，超为记室参军。超为人多须，珣状短小，于时荆州为之语曰："髯参军，短主簿，能令公喜，能令公怒。"

4. 许玄度停都一月，刘尹无日不往，乃叹曰："卿复少时不去，我成轻薄京尹！"

5. 孝武在西堂会，伏滔预坐。还，下车呼其儿，语之曰："百人高会，临坐未得他语，先问：'伏滔何在？ 在此不？'此故未易得。为人作父如此，何如？"

6. 卞范之为丹阳尹。羊孚南州暂还，往卞许，云："下官疾动，不堪坐。"卞便开帐拂褥，羊径上大床，入被须枕。卞回坐倾睐，移晨达莫。羊去，卞语曰："我以第一理期卿，卿莫负我。"

任诞第二十三

1. 陈留阮籍、谯国嵇康、河内山涛三人年皆相比,康年少亚之。预此契者,沛国刘伶、陈留阮咸、河内向秀、琅邪王戎。七人常集于竹林之下,肆意酣畅,故世谓"竹林七贤"。

2. 阮籍遭丧母,在晋文王坐进酒肉。司隶何曾亦在坐,曰:"明公方以孝治天下,而阮籍以重丧显于公坐饮酒食肉,宜流之海外,以正风教。"文王曰:"嗣宗毁顿如此,君不能共忧之,何谓? 且有疾而饮酒食肉,固丧礼也!"籍饮啖不辍,神色自若。

3. 刘伶病酒,渴甚,从妇求酒。妇捐酒毁器,涕泣谏曰:"君饮太过,非摄生之道,必宜断之!"伶曰:"甚善。我不能自禁,唯当祝鬼神自誓断之耳! 便可具酒肉。"妇曰:"敬闻命。"供酒肉于神前,请伶祝示。伶跪而祝曰:"天生刘伶,以酒为名,一饮一斛,五斗解酲。妇人之言,慎不可听!"便引酒进肉,隗然已醉矣。

4. 刘公容与人饮酒,杂秽非类。人或讥之,答曰:"胜公容者,不可不与饮;不如公容者,亦不可不与饮;是公容辈者,又不可不与饮。"故终日共饮而醉。

5. 步兵校尉缺,厨中有贮酒数百斛,阮籍乃求为步兵校尉。

6. 刘伶恒纵酒放达,或脱衣裸形在屋中。人见讥之,伶曰:"我以天地为栋宇,屋室为裈衣,诸君何为入我裈中!"

7. 阮籍嫂尝回家,籍见与别。或讥之,籍曰:"礼岂为我辈设也?"

8. 阮公临家妇,有美色,当垆酤酒。阮与王安丰常从妇饮酒。阮醉,便眠其妇侧。夫始殊疑之,伺察,终无他意。

9. 阮籍当葬母,蒸一肥豚,饮酒二斗,然后临诀,直言:"穷矣!"都得一号,因吐血,废顿良久。

10. 阮仲容、步兵居道南,诸阮居道北。北阮皆富,南阮贫。七月七日,北阮盛晒衣,皆纱罗锦绮。仲容以竿挂大布犊鼻裈于中庭。人或怪之,答曰:"未能免俗,聊复尔耳。"

11. 阮步兵丧母,裴令公往吊之。阮方醉,散发坐床,箕踞不哭。裴至,下席于地,哭,吊唁毕便去。或问裴:"凡吊,主人哭,客乃为礼。阮既不哭,君何为哭?"裴曰:"阮方外之人,故不崇礼制。我辈俗中人,故以仪轨自居。"时人叹为两得其中。

12. 诸阮皆能饮酒,仲容至宗人间共集,不复用常杯斟酌,以大瓮盛酒,围坐,相向大酌。时有群猪来饮,直接去上,便共饮之。

13. 阮浑长成,风气韵度似父,亦欲作达。步兵曰:"仲容已预之,卿不得复尔。"

14. 裴成公妇,王戎女。王戎晨往裴许,不通径前。裴从床南下,女从北下,相对作宾主,了无异色。

15. 阮仲容先幸姑家鲜卑婢。及居母丧,姑当远移,初云当留婢,既发,定将去。仲容借客驴,着重服自追之,累骑而返,曰:"人种不可失!"即遥集母也。

16. 任恺既失权势,不复自检括。或谓和峤曰:"卿何以坐视元裒败而不救?"和曰:"元裒如北夏门,拉椤(挪?)自欲坏,非一木所能支。"

17. 刘道真少时,常鱼草泽,善歌啸,闻者莫不留连。有一老姥,识其非常人,甚乐其歌啸,乃杀豚进之,了不谢。姥见不饱又进一豚。食半余半,乃还之。后为吏部郎,姥儿为小令史,道真超用之,不知所由,问母,母告之,于是赍牛酒诣道真。道真曰:"去,去! 无可复用相报。"

18. 阮宣子常步行,以百钱挂杖头,至酒店,便独酣畅。虽当世贵盛,不肯诣也。

19. 山季伦为荆州,时出酣畅。人为之歌曰:"山公时一醉,径造高阳池,日莫倒载归,酩酊无所知。复能乘骏马,倒着白接篱,举手问葛强,何如并州儿?"高阳池在襄阳。强是其爱将,并州人也。

20. 张季鹰纵任不拘,时人号为"江东步兵"。或谓之曰:"卿乃可纵适一时,独不为身后名邪?"答曰:"使我有身后名,不如即时一杯酒!"

21. 毕茂世云:"一手持蟹螯,一手持酒杯,拍浮酒池中,便足了一生。"

22. 贺司空入洛赴命,为太孙舍人,经吴阊门,在船中弹琴。张季鹰本不相识,先在金阊亭,闻弦甚清,下船就贺,因共语,便大相知说。问贺:"卿欲何之?"贺曰:"入洛赴命,正尔进路。"张曰:"吾亦有事北京,因路寄载。"便与贺同发。初不告家,家追问,乃知。

23. 祖车骑过江时,公私俭薄,无好服玩。王、庾诸公共就祖,忽见裘袍重叠,珍饰盈列。诸公怪问之,祖曰:"昨夜复南塘一出。"祖于时恒自使健儿鼓行劫钞,在事之人,亦容而不问。

24. 鸿胪卿孔群好饮酒,王丞相语云:"卿何为恒饮酒?不见酒家覆瓿布,日月糜烂?"群曰:"不尔,不见糟肉,乃更堪久?"群尝书与亲旧:"今年得七百斛秫米,不了麴蘖事。"

25. 有人讥周仆射:"与亲友言戏秽杂无检节。"周曰:"吾若万里长江,何能不千里一曲!"

26. 温太真位未高时,屡与扬州、淮中估客樗蒲,与辄不竞。尝一过,大输物,戏屈,无因得反。与庾亮善,于舫中大唤亮曰:"卿可赎我!"庾即送值,然后得还。经此数四。

27. 温公喜慢语,卞令礼法自居。至庾公许,大相剖击,温发口鄙秽,庾公徐曰:"太真终日无鄙言。"

28. 周伯仁风德雅重,深达危乱。过江积年,恒大饮酒,尝经三日不醒。时人谓之"三日仆射。"

29. 卫君长为温公长史,温公甚善之。每率尔提酒脯就卫,箕踞相对弥日;卫往温许亦尔。

30. 苏峻乱,诸庾逃散。庾冰时为吴郡,单身奔亡。民吏皆去,唯郡卒独以小船载冰出钱塘口,蘧篨覆之。时峻赏募觅冰,属所在搜检甚急。卒舍船市渚,因饮酒醉还,舞棹向船曰:"何处觅庾吴郡,此中便是!"冰大惶怖,然不敢动。监司见船小装狭,谓卒狂醉,都不复疑。自送过荆江,寄山阴魏家,得免。后事平,冰欲报卒,适其所愿。卒曰:"出自厮下,不愿名器。少苦执鞭,恒患不得快饮酒;使其酒足余年毕矣。无所复须。"冰为起大舍,市奴婢,使门内有百斛酒,终其身。时谓此卒非唯有智,且亦达生。

31. 殷洪乔作豫章郡,临去,都下人因附百许函书。既至石头,悉掷水中,因祝曰:"沉者自沉,浮者自浮,殷洪乔不能作致书邮。"

32. 王长史、谢仁祖同为王公掾,长史云:"谢掾能作异舞。"谢便起舞,神意甚暇。王公熟视,谓客曰:"使人思安丰。"

33. 王、刘共在杭南,酣宴于桓子野家。谢镇西往尚书墓还,葬后三日反哭。诸人欲要之,初遣一信,犹未许,然已停车;重要,便回驾。诸人门外迎之,把臂便下。裁得脱帻着帽。酣宴半坐,乃觉未脱衰。

34. 桓宣武少家贫,戏大轮,债主敦求甚切,思自振之方,莫知所出。陈郡袁耽俊迈多能。宣武欲求救于耽。耽时居艰,恐致疑,试以告焉,应声便许,略无嫌吝。遂变服怀布帽随温去,与债主戏。耽素有艺名,债主就局,曰:"汝故当不办作袁彦道邪?"遂共戏。十万一掷,直上百万数,投马绝叫,旁若无人,探布帽掷对人曰:"汝竟识袁彦道不?"

35. 王光禄云:"酒,正使人人自远。"

36. 刘尹云:"孙承公狂士,每至一处,赏玩累日,或回至半路却返。"

37. 袁彦道有二妹:一适殷渊源,一适谢仁祖。语桓宣武云:"恨不更有一人配卿!"

38. 桓车骑在荆州,张玄为侍中,使至江陵,路经阳歧村。俄见一人持半小笼生鱼,径来造船,云:"有鱼,欲寄作脍。"张云乃维舟而纳之,问其姓字,称是刘遗民。张素闻其名,大相忻待。刘既知张衔命,问:"谢安、王文度并佳不?"张甚欲话言,刘了无停意。既进脍,便去,云:"向得此鱼,观君船上当有脍具,是故来耳。"于是便去,张乃追至刘家,为设酒,殊不清旨。张高其人,不得已而饮之。方共对饮,刘便先起,云:"今正伐荻,不宜久废。"张亦无以留之。

39. 王子猷诣郗雍州,雍州在内,见有翕,云:"阿乞那得有此物!"令左右送还家。郗出觅之,王曰:"向有大力者负之而趋。"郗无忤色。

40. 谢安始出西戏,失车牛,便杖策步归。道逢刘尹,语曰:"安石将无伤?"谢乃同载而归。

41. 襄阳罗友有大韵,少时多谓之痴。尝伺人祠,欲乞食,往太早,门未开。主人迎神出见,问以非时,何得在此?答曰:"闻卿祠,欲乞一顿食耳。"遂隐门侧,至晓,得食便退,了无作容。为人有记功,从桓宣武平蜀,按行蜀城阙观宇,内外道陌广狭,植种果竹多少,皆默记之。后宣武漂洲与简文集,友亦预焉。共道蜀中事,亦有遗忘,友皆名列,曾无错漏。宣武验以蜀城阙簿,皆如其言。坐者叹服。谢公云:"罗友讵减魏阳元。"后为广州刺史,当之镇,刺史桓豁语令莫来宿,答曰:"民已有前期,主人贫,或有酒馔之费,见与甚有旧。请别日奉命。"征西密遣人察之,至日,乃往荆州门下书佐家,处之怡然,不异胜达。在益州语儿云:"我有五百人食器。"家中大惊,其由来清,而忽有此物,定是二百五十沓乌樏。

42. 恒子野每闻清歌,辄唤:"奈何!"谢公闻之,曰:"子野可谓一往有深情。"

43. 张湛好于斋前种松柏。时袁山松出游,每好令左右作挽歌。时人谓:"张屋下陈尸,袁道上行殡。"

44. 罗友作荆州从事,桓宣武为王车骑集别,友进,坐良久,辞出,宣武曰:卿向欲咨事,何以便去,答曰:"友闻白羊肉美,一生未曾得吃,故冒求前耳,无事可咨。今已饱,不复须驻。"了无惭色。

45. 张骥酒后,挽歌甚凄苦。桓车骑曰:"卿非田横门人,何乃顿尔至致?"

46. 王子猷尝暂寄人空宅住,便令种竹。或问:"暂住何烦尔?"王啸咏良久,直指竹曰:"何可一日无此君?"

47. 王子猷居山阴,夜大雪,眠觉,开室命酌酒,四望皎然。因起彷徨,咏左思招隐诗。忽忆戴安道。时戴在剡,即便夜乘小舟就之。经宿方至,造门不前而返。人问其故,王曰:"吾本乘兴而行,兴尽而返,何必见戴?"

48. 王卫军云:"酒正引人着胜地。"

49. 王子猷出都,尚在渚下。旧闻桓子野善吹笛,而不相识。遇桓于岸上过,王在船中,客有识之者云:"是桓子野。"王便令人与相闻,云:"闻君善吹笛,试为我一奏。"桓时已贵显,素闻王名,即便回下车,踞胡床,为作三调。弄毕,便上车去。客主不交一言。

50. 桓南郡被召作太子洗马,船泊荻渚,王大服散后已小醉,往看桓。桓为设酒,不能冷饮,频语左右:"令温酒来!"桓乃流涕呜咽,王便欲去。桓以手巾掩泪,因谓王曰:"犯我家讳,何预卿事!"王叹曰:"灵宝故自达。"

51. 王孝伯问王大:"阮籍何如司马相如?"王大曰:"阮籍胸中垒块,故须酒浇之。"

52. 王佛大叹言:"三日不饮酒,觉形神不复相亲。"

53. 王孝伯言:"名士不必须奇才,但使常得无事,痛饮酒,熟读离骚,便可称名士。"

54. 王长史登茅山,大恸哭曰:"郎邪王伯兴,终当为情死!"

简傲第二十四

1. 晋文王功德盛大,坐席严敬,拟于王者,唯阮籍在坐,箕踞啸歌,酣放自若。

2. 王戎弱冠诣阮籍,时刘公荣在坐,阮谓王曰:"偶有二斗美酒,当与君共饮,彼公荣者无预焉。"二人交觞酬酢,公荣遂不得一杯,而言语谈戏三人无异。或有问之者,阮答曰:"胜公荣者,不可不与饮酒;不如公荣者,不可不与饮酒;唯公荣,可不与饮酒。"

3. 钟士季精有才理,先不识嵇康,钟要于时贤俊者之士,俱往寻康。康方大树下锻,向子期为佐鼓排。康扬槌不辍,旁若无人,移时不交以言。钟起去,康曰:"何所闻而来? 何所见而去?"钟曰:"闻所闻来,见所见而去。"

4. 嵇康与吕安善,每一相思千里命驾。安后来,值康不在,喜出户延之,不入,题门上作"凤"(繁体)字而去。喜不觉,犹以为欣,故作。凤字,凡鸟也。

5. 陆士衡初入洛,咨张公所宜诣;刘道公是其一。陆既往,刘尚在哀制中。性嗜酒,礼毕,初无他言,唯问:"东吴有长柄壶卢,卿得种来不?"陆兄弟殊失望,乃悔往。

6. 王平子出为荆州,王太尉及时贤送者倾路。时庭中有大树,上有鹊巢,平子脱衣巾,径上树取鹊子,凉衣拘阂树枝,便复脱去。得鹊子还下,弄,神色自若,旁若无人。

7. 高坐道人于丞相坐,恒偃卧其侧。见卞令,肃然改容云:"彼是礼法人。"

8. 桓宣武作徐州,时谢奕为晋陵,先粗经虚怀,而乃无异常。及桓还荆州,将西之间,意气甚笃,奕弗之疑。唯谢虎子妇王悟其旨,每曰:"桓荆州有意殊异,必与晋陵俱西矣。"俄而引奕为司马。奕既上,犹推布衣交。在温坐,岸帻啸咏,无异常日。宣武每曰:"我方外司马。"遂因酒,转无朝夕礼。桓舍入内,奕辄复随去。后至奕醉,温往主许避之。主曰:"君无狂司马,我何由得相见?"

9. 谢万在兄前,欲起索便器。于时阮思旷在坐,曰:"新出门户,笃而无礼。"

10. 谢中郎是王蓝田女婿。尝着白纶巾,肩舆径至扬州听事见王,直言曰:"人言君侯痴,君侯信自痴。"蓝田曰:"非无此论,但晚令耳。"

11. 王子猷作桓车骑骑兵参军。桓问曰:"卿何署?"答曰:"不知何署,时见牵马来,似是马曹。"桓又问:"官有几马?"答曰:"'不问马',何由知其数?"又问:"马比死多少?"答曰:"'未知生,焉知死。'"

12. 谢公与谢万共出西,过吴郡,阿万欲相与共萃王恬许,太傅云:"恐伊不必酬汝,意不足尔。"万犹苦要,太傅坚不回,万乃独往。坐少时,王便入门内,谢殊有欣色,以为厚待己。良久,乃沐头散发而出,亦不坐,仍据胡床,在中庭晒头,神气傲迈,了无相酬意。谢于是乃还,未至船,逆呼太傅,安曰:"阿螭不作尔。"

13. 王子猷作桓车骑参军。桓谓王曰:"卿在府久,比当相料理。"初不答,直高视,以手版拄颊云:"西山朝来,致有爽气。"

14. 谢万北征,常以啸咏自高,未尝抚慰众士。谢公甚器爱万,而审其必败,乃俱行,从容谓万曰:"汝为元帅宜数唤诸将宴会,以说众心。"万从之。因召集诸将,都无所说,直以如意指四坐云:"诸君皆是劲卒。"诸将甚愤恨之。谢公欲深著恩信,自队主将帅以下,无不身造,厚相逊谢。及万事败,军中因欲除之。复云:"当为隐士。"故幸而得免。

15. 王子敬兄弟见郗公,蹑履问讯,甚修外生礼。及嘉宾死,皆着高屐,仪容轻慢。命坐,皆云:"有事,不暇坐。"既去,郗公慨然曰:"使嘉宾不死,鼠辈敢尔!"

16. 王子猷尝行过吴中,见一士大夫家极有好竹,主已知子猷当往,乃洒埽施设,在听事坐相待。王肩舆径造竹下,讽咏良久,主已失望,犹冀还当通。遂直欲出门。主人大不堪,便令左右闭门,不听出。王更以此赏主人,乃留坐,尽欢而去。

17. 王子敬自会稽经吴,闻顾辟疆有名园。先不识主人,径往其家。值顾方集宾友酣燕,而王游历既毕,指麾好恶,旁若无人。顾勃然不堪曰:"傲主人,非礼也;以贵骄人,非道也。失此二者,不足齿之伧耳!"便驱其左右出门。王独在舆上回转,顾望左右移时不至,然后令送著门外,怡然不屑。

排调第二十五

1. 诸葛瑾为豫州,遣别驾到台,语云:"小儿知谈,卿可与语。"连往诣恪,恪不与相见。后于张辅吴坐中相遇,别驾唤恪:"咄咄郎君!"恪因嘲之曰:"豫州乱矣,何咄咄之有?"答曰:"君明臣贤,未闻其乱。"恪曰:"昔唐尧在上,四凶在下。"答曰:"非唯四凶,亦有丹朱。"于是一坐大笑。

2. 晋文帝与二陈共车,过唤钟会同载,即驶车委去。比出,已远。既至,因嘲之曰:"与人期行,何以迟迟?望卿遥遥不至。"会答曰:"矫然懿实,何必同群。"帝复问会:"皋繇何如人?"答曰:"上不及尧、舜,下不逮周、孔,亦一时之懿士。"

3. 钟毓为黄门郎,有机警,在景王坐燕饮。时陈群子玄伯、武周子元夏同在坐,共嘲毓。景王曰:"皋繇何如人?"对曰:"古之懿士。"顾谓玄伯、元夏曰:"君子周而不比,群而不党。"

4. 嵇、阮、山、刘在竹林酣饮,王戎后往。步兵曰:"俗物已复来败人意!"王笑曰:"卿辈意,亦复可败邪?"

5. 晋武帝问孙皓:"闻南人好作尔汝歌,颇能为不?"皓正饮酒,因举筋劝帝而言曰:"昔与汝为邻,今与汝为臣。上汝一杯酒,令汝寿万春!"帝悔之。

6. 孙子荆年少时欲隐,语王武子"当枕石漱流",误曰"漱石枕流"。王曰:"流可枕,石可漱乎?"孙曰:"所以枕流,欲洗其耳;所以漱石,欲砺其齿。"

7. 头责秦子羽云:"子曾不如太原温颙颍川荀㝢,范阳张华,士卿刘许,义阳邹湛,河南郑诩。此数子者,或謇吃无宫商,或尫陋希言语,或淹伊多姿态,或㰤哗少智谞,或口如含胶饴,或头如巾虀杵。而犹以文采可观,意思详序,攀龙附凤,并登天府。

8. 王浑与妇钟氏共坐,见武子从庭过,浑欣然谓妇曰:"生儿如此,足慰人意。"妇笑曰:"若使新妇得配参军,生儿故可不啻如此!"

9. 荀鸣鹤、陆士龙二人未相识,俱会张茂先坐。张令共语。以其并有大才,可勿作常语。陆举手曰:"云间陆士龙。"荀答曰:"日下荀鸣鹤。"

陆曰:"既开青云,睹白雉:何不张尔弓,布尔矢?"荀答曰:"本谓云龙骙骙,定是山鹿野麋,兽弱弓强,是以发迟。"张乃抚掌大笑。

10. 陆太尉诣王丞相。王公食以酪。陆还,遂病。明日,与王笺云:"昨食酪小过,通夜委顿。民虽吴人,几为伧鬼。"

11. 元帝皇子生,普赐群臣。殷洪乔谢曰:"皇子诞育,普天同庆。臣无勋焉,而猥颁厚赉。"中宗笑曰:"此事岂可使卿有勋邪?"

12. 诸葛令、王丞相共争姓族先后。王曰:"何不言葛、王,而云王、葛?"令曰:"譬言驴马,不言马驴,驴宁胜马邪?"

13. 刘真长始见王丞相,时盛暑之月,丞相以腹熨弹棋局,曰:"何乃渹?"刘既出,人问王公云何,刘曰:"未见他异,唯闻作吴语耳。"

14. 王公与朝士共饮酒,举琉璃碗谓伯仁曰:"此碗腹殊空,谓之宝器,何邪?"答曰:"此碗英英,诚为清澈,所以为宝耳。"

15. 谢幼舆谓周侯曰:"卿类社树,远望之,峨峨拂青天;就而视之,其根则群狐所托,下聚溷而已!"答曰:"枝条拂青天,不以为高;群狐乱其下,不以为浊。聚溷之秽,卿之所保,何足自称?"

16. 王长豫幼便和令,丞相爱恣甚笃。每共围棋,丞相欲举行,长豫按指不听。丞相曰:"讵得尔?相与似有瓜葛。"

17. 明帝问周伯仁:"真长何如人?"答曰:"故是千斤犗特。"王公笑其言。伯仁曰:"不如卷角牛,有盘辟之好。"

18. 王丞相枕周伯仁膝,指其腹曰:"卿此中何所有?"答曰:"此中空洞无物,然容卿辈数百人。"

19. 干宝向刘真长叙其搜神记,刘曰:"卿可谓鬼之董狐。"

20. 许思文往顾和许,顾先在帐中眠,许至,便径就床角枕共语。既而唤顾共行,顾乃命左右取枕上新衣,易己体上所着。许笑曰:"卿乃复有行来衣乎?"

21. 康僧渊目深而鼻高,王丞相每调之,僧渊曰:"鼻者,面之山;目者,面之渊。山不高则不灵,渊不深则不清。"

22. 何次道往瓦官寺礼拜甚勤,阮思旷语之曰:"卿志大宇宙,勇迈终古。"何曰:"卿今日何故忽见推?"阮曰:"我图数千户郡,尚不能得;卿乃图作佛,不亦大乎?"

23. 庾征西大举征胡,既成行,止镇襄阳。殷豫章与书,送一折角如意以调之。庾答书曰："得所致，虽是败物，犹欲理而用之。"

24. 桓大司马乘雪欲猎，先过王、刘诸人许。真长见其装束单急，问："老贼欲持此何作？"桓曰："我若不为此，卿辈亦那得坐谈？"

25. 褚季野问孙盛："卿国史何当成？"孙云："久应竟，在公无暇，故至今日。"褚曰："古人'述而不作'，何必在蚕室中？"

26. 谢公在东山，朝命屡降而不动。后出为桓宣武司马，将发新亭，朝士咸出瞻送。高灵时为中丞，亦往相祖。先时，多所饮酒，因倚如醉，戏曰："卿屡违朝旨，高卧东山，诸人每相与言：'安石不肯出，将如苍生何！'今亦苍生将如卿何？"谢笑而不答。

27. 初，谢安在东山居，布衣，时兄弟已有富贵者，翕集家门，倾动人物。刘夫人戏谓安曰："大丈夫不当如此乎？"谢乃捉鼻曰："但恐不免耳！"

28. 支道林因人就深公买岇山，深公答曰："未闻巢、由买山而隐。"

29. 王、刘每不重蔡公。二人尝诣蔡，语良久，乃问蔡："公自言何如夷甫？"答曰："身不如夷甫。"王、刘相目而笑曰："公何处不如？"答曰："夷甫无君辈客。"

30. 张吴兴年八岁，亏齿，先达知其不常，故戏之曰："君口中何为开狗窦？"张应声答曰："正使君辈从此出入！"

31. 郝隆七月七日出日中仰卧。人问其故，答曰："我晒书。"

32. 谢公始有东山之志，后严命屡臻，势不获已，始就桓公司马。于时人有饷桓公药草，中有"远志"。公取以问谢："此药又名'小草'，何一物而有二称？"谢未即答。时郝隆在坐，应声答曰："此甚易解：处则为远志，出则为小草。"谢甚有愧色。桓公目谢而笑曰："郝参军此过乃不恶，亦极有会。"

33. 庾园客诣孙监，值行，见齐庄在外，尚幼，而有神意。庾试之曰："孙安国何在？"即答曰："庾稚恭家。"庾大笑曰："诸孙大盛，有儿如此！"又答曰："未若诸庾之翼翼。"还，语人曰："我故胜，得重唤奴父名。"

34. 范玄平在简文坐，谈欲屈，引王长史曰："卿助我！"王曰："此非拔山力所能助！"

35. 郝隆为桓公南蛮参军。三月三日会，作诗。不能者，罚酒三升。隆初以不能受罚，既饮，揽笔便作一句云："娵隅跃清池。"桓问："娵隅是何物?"答曰:"蛮名鱼为娵隅。"桓公曰:"作诗何以作蛮语?"隆曰:"千里投公,始得蛮府参军,那得不作蛮语也?"

36. 袁羊尝诣刘恢,恢在内眠未起。袁因作诗调之曰:"角枕粲文茵,锦衾烂长筵。"刘尚晋明帝女,主见诗不平,曰:"袁羊,古之遗狂!"

37. 殷洪远答孙兴公诗云:"聊复放一曲。"刘真长笑其语拙,问曰:"君欲云那放?"殷曰:"霭腊亦放,何必其蝐铃邪?"

38. 桓公既废海西,立简文。侍中谢公见桓公,拜,桓惊笑曰:"安石,卿何事至尔?"谢曰:"未有君拜于前,臣立于后!"

39. 郗重熙与谢公书,道:"王敬仁闻一年少怀问鼎,不知桓公德衰?为复后生可畏?"

40. 张苍梧是张凭之祖,尝语凭父曰:"我不如汝。"凭父未解所以,苍梧曰:"汝有佳儿。"凭时年数岁,敛手曰:"阿翁,讵宜以子戏父?"

41. 习凿齿、孙兴公未相识,同在桓公坐。桓语孙:"可与习参军共语。"孙云:"'蠢尔蛮荆',敢与大邦为雠!"习云:"'薄伐猃狁',至于太原。"

42. 桓豹奴是王丹阳外生,形似其舅,桓甚讳之。宣武云:"不恒相似,时似耳。恒似是形,时似是神。"桓逾不说。

43. 王子猷诣谢万,林公先在坐,瞻瞩甚高。王曰:"若林公须发并全,神情当复胜此不?"谢曰:"唇齿相依,不可以偏亡。须发何关于神明!"林公意甚恶,曰:"七尺之躯,今日委君二贤。"

44. 郗司空拜北府,王黄门诣郗门拜,云:"应变将略,非其所长。"骤咏之不已。郗仓谓嘉宾曰:"公今日拜,子猷言语殊不逊,深不可容!"嘉宾曰:"此是陈寿作诸葛评,人以汝家比武侯,复何所言?"

45. 王子猷诣谢公,谢曰:"云何七言诗?"子猷承问,答曰:"昂昂若千里之驹,泛泛若水中之凫。"

46. 王文度、范荣期俱为简文所要。范年大而位小,王年小而位大。将前,更相推在前,既移久,王遂在范后。王因谓曰:"簸之扬之,糠秕在前。"范曰:"洮之汰之,砂砾在后。"

47. 刘遵祖少为殷中军所知,称之于庾公。庾公甚忻然,便取为佐。既见,坐之独榻上与语。刘尔日殊不称,庾小失望,遂名之为"羊公鹤"。昔羊叔子有鹤善舞,尝向客称之,客试使趋来,氋氃而不肯舞,故称比之。

48. 魏长高雅有体量，而才学非所经。初宦当出，虞存嘲之曰："与卿约法三章：谈者死，文笔者刑，商略抵罪。"魏怡然而笑，无忤于色。

49. 郗嘉宾书与袁虎，道戴安道、谢居士云："恒任之风，当有所弘耳。"以袁无恒，故以此激之。

50. 范启与郗嘉宾书曰："子敬举体无饶，纵掇皮无余润。"郗答曰："举体无余润，何如举体非真者？"范性矜假多烦，故嘲之。

51. 二郗奉道，二何奉佛，皆以财贿。谢中郎云："二郗谄于道，二何佞于佛。"

52. 王文度在西州，与林法师讲，韩、孙诸人并在坐，林公理每欲小屈。孙兴公曰："法师今日如着弊絮在荆棘中，触地挂阂。"

53. 范容期见郗超俗情不淡，戏之曰："夷、齐、巢、许一诣垂名。何必劳神苦形，支策据梧邪？"郗未答，韩康伯曰："何不使游刃皆虚？"

54. 简文在殿上行，右军与孙兴公在后。右军指简文语孙曰："此啖名客！"简文顾曰："天下自有利齿儿。"后王光禄作会稽，谢车骑出曲阿祖之，王孝伯罢秘书丞，在坐，谢言及此事，因视孝伯曰："王丞齿似不钝。"王曰："不钝，颇亦验。"

55. 谢遏夏月尝仰卧，谢公清晨卒来，不暇着衣，跣出屋外，方蹑履问讯。公曰："汝可谓'前倨而后恭'。"

56. 顾长康作殷荆州佐，请假还东。尔时例不给布帆，顾苦求之，乃得发。至破冢，遭风大败。作笺与殷云："地名破冢，真破冢而出，行人安稳，布帆无恙。"

57. 苻朗初过江，王咨议大好事，问中国人物及风土所生，终无极已。朗大患之。次复问奴婢贵贱，朗曰："谨厚有识，中者，乃至十万；无意为奴婢，问者，止数千耳。"

58. 东府客馆是版屋。谢景重诣太傅，时宾客满中，初不交言，直仰视云："王乃复西戎其屋。"

59. 顾长康啖甘蔗，先食尾。问所以，云："渐至佳境。"

60. 孝武属王珣求女婿，曰："王敦、桓温，磊砢之流，既不可复得；且小如意，亦好豫人家事，酷非所须。正如真长、子敬比，最佳。"珣举谢混。后袁山松欲拟谢婚，王曰："卿莫近禁脔！"

61. 桓南郡与殷荆州语次，因共作了语。顾恺之曰："火烧平原无遗燎。"桓曰:"白布缠棺竖旒旐。"殷曰:"投鱼深渊放飞鸟。"次作危语。桓曰:"矛头淅米剑头炊。"殷曰:"百岁老翁攀枯枝。"顾曰:"井上辘轳卧婴儿。"殷有一参军在坐,云:"盲人骑瞎马,夜半临深池。"殷曰:"咄咄逼人!"仲堪眇目故也。

62. 桓玄出射,有以刘参军朋赌,垂成,唯少一破。刘谓周曰:"卿此起不破,我当挞卿。"周曰:"何至受卿挞?"刘曰:"伯禽之贵,尚不免挞,而况于卿!"周殊无忤色。桓语庾伯鸾曰:"刘参军宜停读书,周参军且勤学问。"

63. 桓南郡与道曜讲老子,王侍中为主簿,在坐。桓曰:"王主簿,可顾名思义。"王未答,且大笑。桓曰:"王思道能作大家儿笑。"

64. 祖广行恒缩头。诣桓南君,始下车,桓曰:"天甚晴朗,祖参军如从屋漏中来。"

65. 桓玄素轻桓崖,崖在京下有好桃,玄连就求之,遂不得佳者。玄与殷仲文书,以为嗤笑曰:"德之休明,肃慎贡其楛矢;如其不尔,篱壁间物,亦不可得也。"

轻诋第二十六

1. 王太尉问眉子："汝叔名士，何以不相推重？"眉子曰："何有名士终日妄语？"

2. 庾元规语周伯仁："诸人皆以君方乐。"周曰："何乐？谓乐毅邪？"庾曰："不尔，乐令耳。"周曰："何乃刻画无盐，以唐突西子也。"

3. 深公云："人谓庾元规名士，胸中柴棘三斗许。"

4. 庾公权重，足倾王公。庾在石头，王在冶城坐，大风扬尘，王以扇拂尘曰："元规尘污人！"

5. 王右军少时涩讷。在大将军许，王、庾二公后来，右军便起欲去，大将军留之，曰："尔家司空、元规，复何所难？"

6. 王丞相轻蔡公，曰："我与安期、千里共游洛水边，何处闻有蔡充儿？"

7. 褚太傅初渡江，尝入东，至金昌亭，吴中豪右，燕集亭中。褚公虽素有重名，于时造次不相识别。敕左右多与茗汁，少着粽，汁尽辄益，使终不得食。褚公饮讫，徐举手云："褚季野。"于是四坐惊散，无不狼狈。

8. 王右军在南，丞相与书，每叹子侄不令，云："虎䐑、虎犊，还其所如。"

9. 褚太傅南下，孙长乐于船中视之。言次，及刘真长死，孙流涕，因讽咏曰："人之云亡，帮国殄瘁。"褚大怒，曰："真长平生，何尝相比数，而卿今日作此面向人！"孙回泣向褚曰："卿当念我！"时咸笑其才而性鄙。

10. 谢镇西书与殷扬州，为真长求会稽，殷答曰："真长标同伐异，侠之大者。常谓使君降阶为甚，乃复为之驱驰邪？"

11. 桓公入洛，过淮、泗，践北境，与诸僚属登平乘楼，眺瞩中原，慨然曰："遂使神州陆沈，百年丘墟，王夷甫诸人，不得不任其责！"袁虎率尔对曰："运自有废兴，岂必诸人之过？"桓公凛然作色，顾谓四坐曰："诸君颇闻刘景升不？有大牛重千斤，啖刍豆十倍于常牛，负重致远，曾不若一羸牛。魏武入荆州，烹以飨士卒，于时莫不称快。"意以况袁。四坐既骇，袁亦失色。

12. 袁虎、伏滔同在桓公府,桓公每游燕,辄命袁、伏。袁甚耻之,恒叹曰:“公之厚意,未足以荣国士,与伏滔比肩,亦何辱如之?”

13. 高柔在东,甚为谢仁祖所重。既出,不为王、刘所知。仁祖曰:“近见高柔,大自敷奏,然未有所得。”真长云:“故不可在偏地居,轻在角觭中,为人作议论。”高柔闻之,云:“我就伊无所求。”人有向真长学此言者,真长曰:“我实亦无可与伊者。”然游燕犹与诸人书:“可要安固。”安固者,高柔也。

14. 刘尹、江虨、王叔虎、孙兴公同坐,江、王有相轻色。虨以手歙叔虎云:“酷吏!”辞色甚强。刘尹顾谓:“此是瞋邪?非特是丑言声,拙视瞻。”

15. 孙绰作列仙商丘子赞曰:“所牧何物?殆非真猪。倘遇风云,为我龙摅。”时人多以为能。王蓝田语人云:“近见孙家儿作文,道‘何物真猪’也。”

16. 桓公欲迁都,以张拓定之业。孙长乐上表,谏此议,甚有理。桓见表心服,而忿其为异。令人致意孙云:“君何不寻遂初赋,而强知人家国事?”

17. 孙长乐兄弟就谢公宿,言至款杂。刘夫人在壁后听之,具闻其语。谢公明日还,问昨客何似,刘对曰:“亡兄门,未有如此宾客!”谢深有愧色。

18. 简文与许玄度共语,许云:“举君、亲以为难。”简文便不复答,许去后而言曰:“玄度故可不至于此!”

19. 谢万寿春败后,还,书与王右军云:“惭负宿顾。”右军推书曰:“此禹、汤之戒。”

20. 蔡伯喈睹睐笛椽,孙兴公听妓,振且摆折。王右军闻,大嗔曰:“三祖寿乐器,虺瓦吊,孙家儿打折。”

21. 王中郎与林公绝不相得。王谓林公诡辩,林公道王云:“着腻颜帢,翕布单衣,挟左传,逐郑康成车后,问是何物尘垢囊!”

22. 孙长乐作王长史诔云:“余与夫子,交非势利,心犹澄水,同此玄味。”王孝伯见曰:“才士不逊,亡祖何至与此人周旋!”

23. 谢太傅谓子侄曰:“中郎始是独有千载!”车骑曰:“中郎衿抱未虚,复那得独有?”

24. 庾道季诧谢公曰:"裴郎云:'谢安谓裴郎乃可不恶,何得为复饮酒!'裴郎又云:'谢安目支道林如九方皋之相马,略其玄黄,取其俊逸。'"谢公云:"都无此二语,裴自为此辞耳!"庾意甚不以为好,因陈东亭经酒垆下赋。读毕,都不下赏裁,直云:"君乃复作裴氏学!"于此语林遂废。今时有者,皆是先写,无复谢语。

25. 王北中郎不为林公所知,乃著论沙门不得为高士论,大略云:"高士必在于纵心调畅。沙门虽云俗外,反更束于教,非情性自得之谓也。"

26. 人问顾长康:"何以不作洛生咏?"答曰:"何至作老婢声!"

27. 殷觊、庾恒并是谢镇西外孙。殷少而率悟,庾每不推。尝俱诣谢公,谢公熟视殷,曰:"阿巢故似镇西。"于是庾下声语曰:"定何似?"谢公续复云:"巢颊似镇西。"庾复云:"颊似,足作健不?"

28. 旧目韩康伯:将肘无风骨。

29. 符宏叛来归国,谢太傅每加接引。宏自以有才,多好上人,坐上无折之者。适王子猷来,太傅使共语。子猷直孰视良久,回语太傅云:"亦复竟不异人。"宏大惭而退。

30. 支道林入东,见王子猷兄弟,还,人问:"见诸王何如?"答曰:"见一群白颈乌,但闻唤哑哑声。"

31. 王中郎举许玄度为吏部郎,郗重熙曰:"相王好事,不可使阿讷在坐。"

32. 王兴道谓:谢望蔡霍霍如失鹰师。

33. 桓南郡每见人不快,辄嗔云:"君得哀家梨,当复不蒸食不?"

假谲第二十七

1. 魏武少时,尝与袁绍好为游侠。观人新婚,因潜入主人园中,夜叫呼云:"有偷儿贼!"青庐中人皆出观,魏武乃入,抽刃劫新妇,与绍还出。失道,坠枳棘中,绍不能得动。复大叫云:"偷儿在此!"绍遑迫自掷出,遂以俱免。

2. 魏武行役,失汲道,军皆渴,乃令曰:"前有大梅林,饶子,甘酸可以解渴。"士卒闻之,口皆出水,乘此得及前源。

3. 魏武常言:"人欲危己,己辄心动。"因语所亲小人曰:"汝怀刃密来我侧,我必说'心动',执汝使行刑,汝但勿言其使,无他,当厚相报。"执者信焉,不以为惧,遂斩之。此人至死不知也。左右以为实,谋逆者挫气矣。

4. 魏武常云:"我眠中不可妄近,近便斫人,亦不自觉。左右宜深慎此!"后阳眠,所幸一人,窃以被覆之,因便斫杀。自尔每眠,左右莫敢近者。

5. 袁绍年少时,曾遣人以剑掷魏武,少下,不着。魏武揆之,其后来必高。因帖卧床上,剑至果高。

6. 王大将军既为逆,顿军姑孰。晋明帝以英武之才,犹相猜惮,乃着戎服,骑巴滇马,赍一金马鞭,阴察军形势。未至十余里,有一客姥,居店卖食,帝过愒之,谓姥曰:"王敦举兵图逆,残害忠良,朝廷骇惧,社稷是忧。故劬劳晨夕,用相觇察。恐行迹危露,或致狼狈。追迫之日,姥其匿之。"便与客姥马鞭而去,行敦营匝而出。军士觉,曰:"此非常人也!"敦卧心动,曰:"此必黄须鲜卑奴来!"命骑追之。已觉多许里,追士因问向姥:"不见一黄须人骑马度此邪?"姥曰:"去已久矣,不可复及。"于是骑人息意而反。

7. 王右军年减十岁时,大将军甚爱之,恒置帐中眠。大将军尝先出,右军犹未起,须臾钱凤入,屏人论事,都忘右军在帐中,便言逆节之谋。右军觉,既闻所论,知无活理,乃剔吐污头面被褥,诈孰眠。敦论事造半,方忆右军未起,相与大惊曰:"不得不除之!"及开帐,乃见吐唾纵横,信其实孰眠,于是得全。于时称其有智。

8. 陶公自上流来,赴苏峻之难,令诛庾公。谓必戮庾,可以谢峻。庾欲奔窜,则不可;欲会,恐见执,进退无计。温公劝庾诣陶,曰:"卿但遥拜,必无它。我为卿保之。"庾从温言诣陶。至,便拜。陶自起止之,曰:"庾元规何缘拜陶士衡?"毕,又降就下坐。陶又自要起同坐。坐定,庾乃引咎责躬,深相逊谢。陶不觉释然。

9. 温公丧妇。从姑刘氏,家值乱离散,唯有一女,甚有姿慧。姑以属公觅婚,公密有自婚意,答云:"佳婿难得,但如峤比,云何?"姑云:"丧败之余,乞粗存活,便足慰吾余年,何敢希汝比?"却后少日,公报姑云:"已觅得婚处,门地粗可,婿身名宦尽不减峤。"因下玉镜台一枚。姑大喜。既婚,交礼,女以手披纱扇,抚掌大笑曰:"我固疑是老奴,果如所卜!"玉镜台,是公为刘越石长史,北征刘聪所得。

10. 诸葛令女,庾氏妇,既寡,誓云:"不复重出!"此女性甚正强,无有登车理。恢既许江思玄婚,乃移家近之。初诳女云:"宜徙。"于是家人一时去,独留女在后。比其觉,已不复得出。江郎莫来,女哭詈弥甚,积日渐歇。江彪暝入宿,恒在对床上。后观其意转帖,彪乃诈厌,良久不悟,声气转急。女乃呼婢云:"唤江郎觉!"江于是跃来就之,曰:"我自是天下男子,厌,何预卿事而见唤邪?既尔相关,不得不与人语。"女默然而惭,情义遂笃。

11. 愍度道人始欲过江,与一伧道人为侣,谋曰:"用旧义在江东,恐不办得食。"便共立"心无义"。既而此道人不成渡。愍度果讲义积年。后有伧人来,先道人寄语云:"为我致意愍度,无义那可立?治此计,权救饥尔!无为遂负如来也。"

12. 王文度弟阿智,恶乃不翅,当年长而无人与婚。孙兴公有一女,亦僻错,又无嫁娶理。因诣文度,求见阿智。既见,便阳言:"此定可,殊不如人所传,那得至今未有婚处?我有一女,乃不恶,但吾寒士,不宜与卿计,欲令阿智娶之。"文度欣然而启蓝田云:"兴公向来,忽言欲与阿智婚。"蓝田惊喜。既成婚,女之顽嚣,欲过阿智。方知兴公之诈。

13. 范玄平为人好用智数,而有时以多数失会。尝失官居东阳,桓大司马在南州,故往投之。桓时方欲招起屈滞,以倾朝廷,且玄平在京,素亦有誉。桓谓远来投己,喜跃非常。比入至庭,倾身引望,语笑欢甚。顾谓袁虎曰:"范公且可作太常卿。"范裁坐,桓便谢其远来意。范虽实投桓,而恐以趋时损名,乃曰:"虽怀朝宗,会有亡儿瘗在此,故来省视。"桓怅然失望,向之虚伫,一时都尽。

14. 谢遏年少时,好着紫罗香囊,垂覆手,太傅患之,而不欲伤其意。乃谲与赌,得即烧之。

黜免第二十八

1. 诸葛宏在西朝，少有清誉，为王夷甫所重。时论亦以拟王。后为继母族党所谗，诬之为狂逆。将远徙，友人王夷甫之徒，诣槛车与别。宏问："朝廷何以徙我？"王曰："言卿狂逆。"宏曰："逆则应杀，狂何所徙。"

2. 桓公入蜀，至三峡中，部伍中有得猿子者。其母缘岸哀号，行百余里不去，遂跳上船，至便即绝。破其腹中，肠皆寸断。公闻之怒，命黜其人。

3. 殷中军被废，在信安，终日恒书空作字。扬州吏民寻义逐之，窃视，唯作"咄咄怪事"四字而已。

4. 桓公坐有参军椅蒸薤不时解；共食者又不助，而椅终不放。举坐皆笑。桓公曰："同盘尚不相助，况复危难乎？"敕令免官。

5. 殷中军废后，恨简文曰："上人着百尺楼上，儋梯将去。"

6. 邓竟陵免官后赴山陵，过见大司马桓公，公问之曰："卿何以更瘦？"邓曰："有愧于叔达，不能不恨于破甑！"

7. 桓宣武既废太宰父子，仍上表曰："应割近情，以存远计。若除太宰父子，可无后忧。"简文手答表曰："所不忍言，况过于言？"宣武又重表，辞转苦切。简文更答曰："若晋室灵长，明公便宜奉行此诏；如大运去矣，请避贤路！"桓公读诏，手战流汗，于此乃止。太宰父子远徙新安。

8. 桓玄败后，殷仲文还为大司马咨议，意似二三，非复往日。大司马府厅前有一老槐，甚扶疏。殷因月朔，与众在厅，视槐良久，叹曰："槐树婆娑，无复生意！"

9. 殷仲文既素有名望，自谓必当阿衡朝政。忽作东阳太守，意甚不平，及之郡，至富阳，慨然叹曰："看此山川形势，当复出一孙伯符！"

俭啬第二十九

1. 和峤性至俭,家有好李,王武子求之,与不过数十。王武子因其上直,率将少年能食之者,持斧诣园,饱共啖毕,伐之,送一车枝与和公,问曰:"何如君李?"和既得,唯笑而已。

2. 王戎俭吝,其从子婚,与一单衣,后更责之。

3. 司徒王戎既贵且富,区宅、僮牧,膏田水碓之属,洛下无比。契书鞅掌,每与夫人烛下散筹算计。

4. 王戎有好李,卖之,恐人得其种,恒钻其核。

5. 王戎女适裴頠,贷钱数万。女归,戎色不说,女遽还钱,乃释然。

6. 卫江州在寻阳,有知旧人投之,都不料理,唯饷"王不留行"一斤,此人得饷,便命驾。李弘范闻之,曰:"家舅刻薄,乃复趋使草木。"

7. 王丞相俭节,帐下甘果盈溢不散。涉春烂败,都督白之,公令舍去,曰:"慎不可令大郎知。"

8. 苏峻之乱,庾太尉南奔见陶公。陶公雅相赏重。陶性俭吝。及食,啖薤,庾因留白。陶问:"用此何为?"庾云:"故可种。"于是大叹庾非唯风流,兼有治实。

9. 郗公大聚敛,有钱千万。嘉宾意甚不同,常朝旦问讯。郗家法:子弟不坐。因倚语移时,遂及财货事。郗公曰:"汝正当欲得吾钱耳!"乃开库一日,令任意用。郗公始正谓损数百万许,嘉宾遂一日乞与亲友、周旋略尽。郗公闻之,惊怪不能已已。

汰侈第三十

1. 石崇每要客燕集,常令美人行酒;客饮酒不尽者,使黄门交斩美人。王丞相与大将军尝共诣崇。丞相素不善饮,辄自勉强,至于沈醉。每至大将军,固不饮以观其变,已斩三人,颜色如故,尚不肯饮。丞相让之,大将军曰:"自杀伊家人,何预卿事!"

2. 石崇厕常有十余婢侍列,皆丽服藻饰,置甲煎粉、沉香之属,无不毕备。又与新衣着令出。客多羞不能如厕。王大将军往,脱故衣,着新衣,神色傲然。群婢相谓曰:"此客必能作贼。"

3. 武帝尝降王武子家,武子供馔,并用琉璃器。婢子百余人,皆绫罗绔䌷,以手擎饮食。蒸肫肥美,异于常味。帝怪而问之。答曰:"以人乳饮肫。"帝甚不平,食未毕,便去。王、石所未知作。

4. 王君夫以𩛃糒澳釜,石季伦用蜡烛作炊。君夫作紫丝巾步障碧绫裹四十里,石崇作锦步障五十里以敌之。石以椒为泥,王以赤石脂泥壁。

5. 石崇为客作豆粥,咄嗟便办。恒冬天得韭萍齑。又牛形状气力不胜王恺牛,而与恺出游,极晚发,争入洛城,崇牛数十步后,迅若飞禽,恺牛绝走不能及。每以此三事挝腕。乃密货崇帐下都督及御车人,问所以。都督曰:"豆至难煮,唯豫作熟末,客至,作白粥以投之。韭萍齑是捣韭根,杂以麦苗尔。"复问驭人牛所以驶。驭人云:"牛本不迟,由将车人不及制之尔。急时听偏辕,则驶矣。"恺悉从之,遂争长。石崇后闻,皆杀告者。

6. 王君夫有牛名"八百里驳",常莹其蹄角。王武子语君夫:"我射不如卿,今指赌卿牛,以千万对之。"君夫既恃手快,且谓骏物无有杀理,便相然可,令武子先射。武子一起便破的,却据胡床,叱左右:"速探牛心来!"须臾,炙至,一脔便去。

7. 王君夫尝责一人无服余衵,因直内着曲阁重闺里,不听人将出。遂饥经日,迷不知何处去。后因缘相为垂死,乃得出。

8. 石崇与王恺争豪,并穷绮丽,以饰舆服。武帝,恺之甥也,每助恺。尝以一珊瑚树高二尺许赐恺。枝柯扶疏,世罕其比。恺以示崇;崇视讫,

以铁如意击之,应手而碎。恺既惋惜,又以为疾己之宝,声色甚厉。崇曰:
"不足恨,今还卿。"乃命左右悉取珊瑚树,有三尺、四尺,条干绝世,光彩
溢目者六七枚,如恺许比甚众。恺惘然自失。

9. 王武子被责,移第北邙下。于时人多地贵,济好马射,买地作埒,
编钱币地竟埒。时人号曰:"金沟"。

10. 石崇每与王敦入学戏,见颜、原象而叹曰:"若与同升孔堂,去人
何必有间!"王曰:"不知余人云何,子贡去卿差近。"石正色云:"士当令身
名俱泰,何至以瓮牖语人!"

11. 彭城王有快牛,至爱惜之。王太尉与射,赌得之。彭城王曰:"君
欲自乘,则不论;若欲噉者,当以二十代之。既不废噉,又存所爱。"王遂
杀噉。

12. 王右军少时,在周侯末坐,割牛心噉之,于此改观。

忿狷第三十一

1. 魏武有一妓,声最清高,而情性酷恶。欲杀则爱才,欲置则不堪。于是选百人,一时俱教。少时,还有一人声及之,便杀恶性者。

2. 王蓝田性急。尝食鸡子,以箸刺之,不得,便大怒,举以掷地。鸡子于地圆转未止,仍下地以屐齿碾之,又不得,瞋甚,复于地取内口中,啮破即吐之。王右军闻而大笑曰:"使安期有此性,犹当无一豪可论,况蓝田邪?"

3. 王司州尝乘雪往王螭许。司州言气少有牾逆于螭,便作色不夷。司州觉恶,便舆床就之,持其臂曰:"汝讵复足与老兄计?"螭拨其手曰:"冷如鬼子手馨,强来捉人臂!"

4. 桓宣武与袁彦道樗蒲。袁彦道齿不合,遂厉色掷去五木。温太真云:"见袁生迁怒,知颜子为贵。"

5. 谢无奕性粗强,以事不相得,自往数王蓝田,肆言极骂。王正色面壁不敢动。半日谢去,良久,转头问左右小吏曰:"去未?"答云:"已去。"然后复坐。时人叹其性急而能有所容。

6. 王令诣谢公,值习凿齿已在坐,当与并榻。王徙倚不坐,公引之与对榻。去后,语胡儿曰:"子敬实自清立,但人为尔多衿咳,殊足损其自然。"

7. 王大、王恭尝俱在何仆射坐。恭时为丹阳尹,大始拜荆州。讫将乖之际,大劝恭酒,恭不为饮,大逼强之,转苦。便各以裙带绕手。恭府近千人,悉呼入斋;大左右虽少,亦命前,意便欲相杀。何仆射无计,因起排坐二人之间,方得分散。所谓势利之交,古人羞之。

8. 桓南郡小儿时,与诸从兄弟各养鹅共斗。南郡鹅每不如,甚以为忿。乃夜往鹅栏间,取诸兄弟鹅悉杀之。既晓,家人咸以惊骇,云是变怪,以白车骑。车骑曰:"无所致怪,当是南郡戏耳!"问,果如之。

谗险第三十二

1. 王平子形甚散朗,内实劲侠。

2. 袁悦有口才,能短长说,亦有精理。始作谢玄参军,颇被礼遇。后丁艰,服除还都,唯赍战国策而已。语人曰:"少年时读论语、老子,又看庄、易,此皆是病痛事,当何所益邪?天下要物,正有战国策。"既下,说司马孝文王,大见亲待,几乱机轴,俄而见诛。

3. 孝武甚亲敬王国宝、王雅。雅荐王珣于帝,帝欲见之。尝夜与国宝、雅相对,帝微有酒色,令唤珣,垂至,已闻卒传声,国宝自知才出珣下,恐倾夺要宠,因曰:"王珣当今名流,陛下不宜有酒色见之,自可别诏召之。"帝然其言,心以为忠,遂不见珣。

4. 王绪数谗殷荆州于王国宝,殷甚患之,求术于王东亭。曰:"卿但数诣王绪,往辄屏人,因论它事。如此,则二王之好离矣。"殷从之。国宝见王绪,问曰:"比与仲堪屏人何所道?"绪云:"故是常往来,无它所论。"国宝谓绪于己有隐,果情好日疏,谗言以息。

尤悔第三十三

1. 魏文帝忌弟任城王骁壮。因在卞太后阁共围棋,并啖枣,文帝以毒置诸枣蒂中。自选可食者而进,王弗悟,遂杂进之。既中毒,太后索水救之。帝预敕左右毁瓶罐,太后徒跣趋井,无以汲。须臾,遂卒。复欲害东阿,太后曰:"汝已杀我任城,不得复杀我东阿。"

2. 王浑后妻,琅邪颜氏女。王时为徐州刺史,交礼拜讫,王将答拜,观者咸曰:"王侯州将,新妇州民,恐无由答拜。"王乃止。武子以其父不答拜,不成礼,恐非夫妇;不为之拜,谓为颜妾。颜氏耻之。以其门贵,终不敢离。

3. 陆平原河桥败,为卢志所谗,被诛。临刑叹曰:"欲闻华亭鹤唳,可复得乎!"

4. 刘琨善能招延,而拙于抚御。一日虽有数千人归投,其逃散而去亦复如此。所以卒无所建。

5. 王平子始下,丞相语大将军:"不可复使羌人东行。"平子面似羌。

6. 王大将军起事,丞相兄弟诣阙谢。周侯深忧诸王,始入,甚有忧色。丞相呼周侯曰:"百口委卿!"周直过不应。既入,苦相存救。既释,周大说,饮酒。及出,诸王故在门。周曰:"今年杀诸贼奴,当取金印如斗大系肘后。"大将军至石头,问丞相曰:"周侯可为三公不?"丞相不答。又问:"可为尚书令不?"又不应。因云:"如此,唯当杀之耳!"复默然。逮周侯被害,丞相后知周侯救己,叹曰:"我不杀周侯,周侯由我而死。幽冥中负此人!"

7. 王导、温峤俱见明帝,帝问温前世所以得天下之由。温未答。顷,王曰:"温峤年少未谙,臣为陛下陈之。"王乃具叙宣王创业之始,诛夷名族,宠树同己。及文王之末,高贵乡公事。明帝闻之,复面着床曰:"若如公言,祚安得长!"

8. 王大将军于众坐中曰:"诸周由来未有作三公者。"有人答曰:"唯周侯邑五马领头而不克。"大将军曰:"我与周,洛下相遇,一面顿尽。值世纷纭,遂至于此!"因为流涕。

9. 温公初受刘司空使劝进,母崔氏固驻之,峤绝裾而去。迄于崇贵,乡品犹不过也。每爵皆发诏。

10. 庾公欲起周子南,子南执辞愈固。庾每诣周,庾从南门入,周从后门出。庾尝一往奄至,周不及去,相对终日。庾从周索食,周出蔬食,庾亦强饭,极欢;并语世故,约相推引,同佐世之任。既仕,至将军二千石,而不称意。中宵慨然曰:"大丈夫乃为庾元规所卖!"一叹,遂发背而卒。

11. 阮思旷奉大法,敬信甚至。大儿年未弱冠,忽被笃疾。儿既是偏所爱重,为之祈请三宝,昼夜不懈。谓至诚有感者,必当蒙佑。而儿遂不济。于是结恨释氏,宿命都除。

12. 桓宣武对简文帝,不甚得语。废海西后,宜自申叙,乃豫撰数百语,陈废立之意。既见简文,简文便泣下数十行。宣武矜愧,不得一言。

13. 桓公卧语曰:"作此寂寂,将为文、景所笑!"既而屈起坐曰:"既不能流芳后世,亦不足复遗臭万年邪?"

14. 谢太傅于东船行,小人引船,或迟或速,或停或待,又放船从横,撞人触岸。公初不呵谴。人谓公常无嗔喜。曾送兄征西葬还,日莫雨驶,小人皆醉,不可处分。公乃于车中,手取车柱撞驭人,声色甚厉。夫以水性沈柔,入隘奔激。方之人情,固知道迫隘之地,无得保其夷粹。

15. 简文见田稻不识,问是何草? 左右答是稻。简文还,三日不出,云:"宁有赖其末而不识其本?"

16. 桓车骑在上明畋猎。东信至,传淮上大捷。语左右云:"群谢年少,大破贼。"因发病薨。谈者以为此死,贤于让扬之荆。

17. 桓公初报破殷荆州,曾讲论语,至"富与贵是人之所欲,不以其道得之不处"。玄意色甚恶。

纰漏第三十四

1. 王敦初尚主，如厕，见漆箱盛干枣，本以塞鼻，王谓厕上亦下果，食遂至尽。既还，婢擎金澡盘盛水，琉璃碗盛澡豆，因倒着水中而饮之，谓是干饭。群婢莫不掩口而笑之。

2. 元皇初见贺司空，言及吴时事，问："孙皓烧锯截一贺头，是谁？"司空未得言，元皇自忆曰："是贺劭。"司空流涕曰："臣父遭遇无道，创巨痛深，无以仰答明诏。"元皇愧惭，三日不出。

3. 蔡司徒渡江，见彭蜞，大喜曰："蟹有八足，加以二螯。"令烹之。既食，吐下委顿，方知非蟹。后向谢仁祖说此事，谢曰："卿读尔雅不熟，几为劝学死。"

4. 任育长年少时，甚有令名。武帝崩，选百二十挽郎，一时之秀彦，育长亦在其中。王安丰选女婿，从挽郎搜其胜者，且择取四人，任犹在其中。童少时神明可爱，时人谓育长影亦好。自过江，便失志。王丞相请先度时贤共至石头迎之，犹作畴日相待，一见便觉有异。坐席竟，下饮，便问人云："此为茶？为茗？"觉有异色，乃自申明云："向问饮为热为冷耳。"尝行从棺邸下度，流涕悲伤。王丞相闻之曰："此是有情痴。"

5. 谢虎子尝上屋熏鼠，胡儿既无由知父为此事。闻人道"痴人有作此者"。戏笑之。时道此非复一过。太傅既了己之不知，因其言次，语胡儿曰："世人以此谤中郎，亦言我共作此。"胡儿懊热，一月闭斋不出。太傅虚托引己之过，一相开悟，可谓德教。

6. 殷仲堪父病虚悸，闻床下蚁动，谓是牛斗。孝武不知是殷公，问仲堪："有一殷病如此不？"仲堪流涕而起曰："臣进退维谷。"

7. 虞㢡父为孝武侍中，帝从容问曰："卿在门下，初不闻有所献替。"虞家富春，近海，谓帝望其意气，对曰："天时尚暖，鳖鱼虾鲲未可致，寻当有所上献。"帝抚掌大笑。

8. 王大丧后，朝论或云："国宝应作荆州。"国宝主簿夜函白事，云："荆州事已行。"国宝大喜，而夜开阁，唤纲纪话势，虽不及作荆州，而意色甚怡。晓遣参问，都无此事。即唤主簿数之曰："卿何以误人事邪？"

惑溺第三十五

1. 魏甄后惠而有色，先为袁熙妻，甚获宠。曹公之屠邺也，令疾召甄，左右白："五官中郎已将去。"公曰："今年破贼，正为奴。"

2. 荀奉倩与妇至笃，冬月妇病热，乃出中庭自取冷，还以身熨之。妇亡，奉倩后少时亦卒。以是获讥于世。奉倩曰："妇人德不足称，当以色为主。"裴令闻之，曰："此乃是兴到之事，非盛德言，冀后人未昧此语。"

3. 贾公闾后妻郭氏酷妒。有男儿名黎民，生载周，充自外还，乳母抱儿在中庭，儿见充喜踊，充就乳母手中呜之。郭遥望见，谓充爱乳母，即杀之。儿悲思啼泣，不饮它乳，遂死。郭后终无子。

4. 孙秀降晋，晋武帝厚存宠之，妻以姨妹蒯氏，室家甚笃。妻尝妒，乃骂秀为"貉子"，秀大不平，遂不复入。蒯氏大自悔责，请救于帝。时大赦，群臣咸见。既出，帝独留秀，从容谓曰："天下旷荡，蒯夫人可得从其例不？"秀免冠而谢，遂为夫妇如初。

5. 韩寿美姿容，贾充辟以为掾。充每聚会，贾女于青琐中看，见寿，说之，恒怀存想，发于吟咏。后婢往寿家，具述如此，并言女光丽。寿闻之心动，遂请婢潜修音问。及期往宿。寿蹻捷绝人，逾墙而入，家中莫知。自是充觉女盛自拂拭，说畅有异于常。后会诸吏，闻寿有奇香之气，是外国所贡，一着人则历月不歇。充计武帝唯赐己及陈骞，余家无此香，疑寿与女通，而垣墙重密，门阁急峻，何由得尔？乃托言有盗，令人修墙。使反，曰："其余无异，唯东北角如有人迹，而墙高非人所逾。"充乃取女左右婢考问。即以状对。充秘之，以女妻寿。

6. 王安丰妇，常卿安丰。安丰曰："妇人卿婿，于礼为不敬，后勿复尔。"妇曰："亲卿爱卿，是以卿卿；我不卿卿，谁当卿卿？"遂恒听之。

7. 王丞相有幸妾姓雷，颇预政事纳货。蔡公谓之"雷尚书"。

仇隙第三十六

1. 孙秀既恨石崇不与绿珠，又憾潘岳昔遇之不以礼。后秀为中书令。岳省内见之，因唤曰："孙令，忆畴昔周旋不？"秀曰："中心藏之，何日忘之？"岳于是始知必不免。后收石崇、欧阳坚石，同日收岳。石先送市，亦不相知。潘后至，石谓潘曰："安仁，卿亦复尔邪？"潘曰："可谓'白首同所归'。"潘金谷集诗云："投分寄石友，白首同所归。"乃成其谶。

2. 刘玙兄弟少时为王恺所憎，尝召二人宿，欲默除之。令作阬，阬毕，垂加害矣。石崇素与玙、琨善，闻就恺宿，知当有变，便夜往诣恺，问二刘所在？恺卒迫不得讳，答云："在后斋中眠。"石便径入，自牵出，同车而去。语曰："少年，何以轻就人宿？"

3. 王大将军执司马愍王，夜遣世将载王于车而杀之，当时不尽知也。虽愍王家亦未之皆悉，而无忌兄弟皆稚。王胡之与无忌，长甚相昵。胡之尝共游，无忌入告母，请为馔。母流涕曰："王敦昔肆酷汝父，假手世将。吾所以积年不告汝者，王氏门强，汝兄弟尚幼，不欲使此声著，盖以避祸耳！"无忌惊号，抽刃而出，胡之去已远。

4. 应镇南作荆州，王修载、谯王子无忌同至新亭与别。座上宾甚多，不悟二人俱到。有一客道："谯王丞致祸，非大将军意，正是平南所为耳。"无忌因夺直兵参军刀，便欲斫，修载走投水，舸上人接取，得免。

5. 王右军素轻蓝田。蓝田晚节论誉转重，右军尤不平。蓝田于会稽丁艰，停山阴治丧。右军代为郡，屡言出吊，连日不果。后诣门自通，主人既哭，不前而去，以凌辱之。于是彼此嫌隙大构。后蓝田临扬州，右军尚在郡。初得消息，遣一参军诣朝廷，求分会稽为越州。使人受意失旨，大为时贤所笑。蓝田密令从事数其郡诸不法，以先有隙，令自为其宜。右军遂称疾去郡，以愤慨至终。

6. 王东亭与孝伯语，后渐异。孝伯谓东亭曰："卿便不可复测！"答曰："王陵廷争，陈平从默，但问克终云何耳。"

7. 王孝伯死，悬其首于大桁。司马太傅命驾出，至标所，孰视首，曰："卿何故趣，欲杀我邪？"

8. 桓玄将篡，桓修欲因玄在修母许袭之。庾夫人云："汝等近，过我余年，我养之，不忍见行此事。"